天地悠悠

莫云 著

群言出版社
QUNYAN PRESS
·北京·

图书在版编目（CIP）数据

天地悠悠 / 莫云著. -- 北京 : 群言出版社，
2017.9
ISBN 978-7-5193-0412-6

Ⅰ. ①天… Ⅱ. ①莫… Ⅲ. ①散文集－中国－当代
Ⅳ. ① I267

中国版本图书馆 CIP 数据核字（2018）第 005166 号

责任编辑：侯　莹　李梦飞
封面设计：黄佳影

出版发行：群言出版社
地　　址：北京市东城区东厂胡同北巷1号（100006）
网　　址：www.qypublish.com（官网书城）
电子信箱：qunyancbs@126.com
联系电话：010-65267783　65263836
经　　销：全国新华书店

印　　刷：成都市兴雅致印务有限责任公司
版　　次：2018年8月第1版　2018年8月第1次印刷
开　　本：710mm×1000mm　1/16
印　　张：16.5
字　　数：251千字
书　　号：ISBN 978-7-5193-0412-6
定　　价：69.00元

前不见古人，后不见来者。

念天地之悠悠，独怆然而涕下。

——陈子昂《登幽州台歌》

斯人独怆然（自序）

前贤如碑，每一个足迹都堪为我们人生的启示录。

我的这篇序言首先要从一个人与一首诗开始，那个人便是唐代诗人陈子昂，那首诗题为《登幽州台歌》。

其实，那是一首千古悲歌，虽然仅有四句，却字字千钧，至今仍在敲打着一代代良知者的心灵。请听陈子昂当年登台怀古时的那千年一叹吧：

前不见古人，后不见来者。
念天地之悠悠，独怆然而涕下。

那次与一位也是中文专业毕业的朋友漫谈，当谈及《登幽州台歌》时，他突然发问："这首诗好在哪里？"我当时只是打了个比方，说这诗句中有一种东西在敲击着我的心，让我心灵的火花为之而迸发。他又问为什么，我说自己也说不清是为什么，可能是一种默契，也可能是一种共鸣。

曾读人民文学出版社1981年出版的《唐诗选》，其中对《登幽州台歌》注释道："幽州台，即蓟北楼。作者登台远眺，独立苍茫，不免引起古今变易的感触；又因为眼前是空旷的天宇和原野，又不免引起天地悠久，人生短暂，宇宙无垠的慨叹。作者是有远大抱负的诗人，怀才不遇，所以又有一些不逢知音的孤独感。"也许，陈子昂写这首诗是受到《楚辞·远游》篇的影响，其中有句云："往者余弗及兮，来者吾不闻。"也许，诗人在登台怀古之时，果真是怆然泪下了。我也曾设身处地地想过，"男儿有泪不轻弹"，我在陈子昂的其他诗作中没见他流过泪，唯独这一次，而且是在他登上当年燕昭王招贤纳士的古黄金台遗址之时。

其实男儿也有流泪时，懦夫的泪是流给别人看的，志士的泪是流给自己看的，天知，地知，我知。那是一个人在大悲愤、大孤独时流下的泪水，常人流不出，小人更流不出，大诗人陈子昂能流得出来，因为他正在和前贤对话，正在与后来者交流。

水流花谢，云卷云舒，是那蓝天中一片片悠悠的白云太轻浮，还是地球上人类的一行行脚印太沉重？俄国作家克雷洛夫在他的寓言《鹰与鸡》中写道："虽然鹰有时飞得比鸡低，可是鸡却永远飞不了鹰那么高。"这句话后来被列宁用来高度赞誉德国女革命家卢森堡。鸟类的飞行高度有所不同，人类的思想境界也有所不同。人生境界高的人往往在生活中低调。陈子昂被贬还乡时，竟然受到四川射洪小小县令的下狱之辱，这并不影响他的伟大，他不但是大国盛唐诗坛上的一只鹰，而且是人类苍茫史海上空的一只鹰，他可以飞翔在蓝天之下白云之上，因为他有一双庸人们永远看不到的翅膀，那是人类真正"隐形的翅膀"，可以穿越古今。

我没有凭吊过古幽州台遗址，只是从祖宗的方块字中，自以为读懂了诗人陈子昂的那一声长叹。自少年时，我就有游览祖国名胜古迹与名山大川的梦想；走上工作岗位以后，我又有出门旅游之好。我曾说过，读书须用心去读，唱歌须用心去唱，而看风景则须用心去看。一次与朋友交流，谈话核心是你登上长城时看到了什么？他说他看到了城墙城砖与崇山峻岭，我说我看到了王朝兴衰与历史烟云。朋友望着我的眼睛说：我的旅游就是看。我说：我的旅游就是读。他又说：我看到有趣的景物就想笑。我说：我想到历史的沉重就想哭。

踽踽独行，不计万里。足迹所至，每有所思。悠悠我心，红尘谁知？古人言乐，我亦言乐；前贤怆然，我亦怆然。我的第一本散文集名曰《乡路弯弯》，那是在书写乡情乡愁；此集名之曰《天地悠悠》，旨在抒发今古之思。这许多年，我有幸参与"行万里路"之列，写下游记散文约200篇。在《老莫山水游记》刚刚付梓之后，我又整理笔耕所得，收入名胜古迹散文70余篇，并结集出版。其中，有在云层中看云的奇趣，也有在山水中看山水的豁达；有对英雄故乡的神往，也有对前贤故居的流连；有对风景名胜的饱览，也有对地灵人杰的仰望。老朋友王清平在《老莫山水游记》序中这样写道："他的足迹所至，总是饱含激情地扑向那些他向往已久的地方。不是因为古人的诗句，就是因为某些典籍；不是因为故人，就是因为工作。反正，莫云像个求证者，探幽发微，寻古问今。”2004年，我参加全国党史干部培训班学习，报到那天中午，我就游览了陶然亭公园。之后的每天下午自学时间、星期日，都被我利用上了。登北京玉泉山、北望山和八达岭长城，寻找北大老红楼、曹雪芹故居与东交民巷的李大钊旧居，凭吊文化名贤梁启超、朱自清和戴望舒墓茔，甚至连停放袁崇焕灵柩的法门寺与文天祥、谭嗣同就义的菜市口遗址，都被我一一地寻找到了。我珍惜每一次外出的良机，更珍惜人生这宝贵的时间；我为自己的足迹而轻歌，我亦为历史的迷航而长叹。

芸芸众生，薪火相传。及时行乐者可为戒，及时努力者可为师。在我的眼中，处处山山水水都是我的朋友，代代地灵人杰都是我的老师。近来欣赏吕继宏放声高歌的《大黄河》，当他唱到“万里大奔流，万古大奔流”时，我的心不禁为之怦然而动。

蓝天下的白云依然在悠悠地飘，它不会为人间的悲欢离合而烦恼；地面上的江河在日夜地流，它也不会为人间的喜怒哀乐而流连。黄河是中华民族的母亲河，也是人类沧桑历史的见证者。我们都陶然于历史的沧桑之外，又跻身于历史的沧桑之中。无论你财富多寡，也无论你地位尊卑，只不过是这悠悠天地间的一介匆匆过客。

2017年8月8日于宿城三省斋

目录

CONTENTS

上篇　风景名胜

下篇　人杰地灵

附　散文诗页

上篇

风景名胜

扬州月

扬州多才子，扬州才子善写月。从张若虚的春江月，到朱自清的荷塘月，虽遥隔千年，却名冠今古。今夜，我有幸结识了扬州的月。

承蒙扬州师范学院历史系朋友的盛情款待，下午我醉眼看扬州，做了一次独具特色的游览。入夜，自江都县花荡镇做客归来，桑塔纳在镜似的柏油道上疾驰，车轻人爽，更有一轮多情的月流连于车窗外，相伴我一途。我行月行，我止月止，无猜无邪，似前生有约。

留宿扬州，斯人难眠，独倚招待所门前的桥栏，我赏月兴浓，悄悄走进一个如诗如画的境界……

月光如纱，轻盈地抚罩着扬州这位丽质天生的睡美人。月明星淡，霓虹闪烁，点缀着1997年的扬州夏夜。身外隐隐的天籁，往来稀疏的车鸣，也为今宵这天地一体的“月光曲”伴奏，指挥与演奏都是不动声色的扬州月。好景出天然，眼前是一幅大自然与人类共同创作的图画。

扬州的月因城而美。早在唐代，扬州便作为当时名列第二的历史文化古城而名扬中外。文人墨客吟于此，商贾政客歇于此，世界著名的旅行家马可波罗也曾在此任过三年总管。人文荟萃，名胜尤多，千古一月，扬州月美绝天下。

二十四桥明月依旧，那吹箫玉人却萍踪难寻。月光下的楼阁、亭榭与瘦西湖的清波绿树，送走了一天的游人，此时正对月梳妆，准备笑迎明天的游客。殷勤最是扬州月，她慈祥而温柔，招徕过多少古今痴心的游客？不知何年何月何日何时，何人也似我这般孤独地赏月，伤岁月匆匆，感年华易逝，将一腔心事，窃窃私语于那情人般的月亮。

今夜，且借月色荡开我茫茫的思绪……

扬州的月同仇敌忾。月光下，我追寻史可法的毅魂。梅花岭是我景仰已久的地方，因为岭畔掩埋着史将军的征衣。遇忆300年前，左光斗慧眼识可法，史可法未负老师的重托，于弘光六年（1645）四月，率军民坚守孤城扬州，不幸城破被俘。面对清军统帅多铎的诱降与胁迫，他威武不屈，凛然而不可犯："你们可将我碎尸万段，可扬州百姓不能杀戮！"言毕惨遭肢解酷刑杀害，临危不改恤民之心。12天后，其义子史德威寻找遗尸，因天热无法辨认，只好遵遗嘱将其衣冠葬于扬州广储门外梅花岭，以供世世代代凭吊。在史公衣冠冢前，我肃立、鞠躬，三鞠躬岂能表达尽我对英雄的敬仰？

扬州的月不随流俗。月光下，我追逐郑板桥的遗风。个园的竹书写着千千万万个刚劲有力的汉字，每片竹叶都表现出一种傲岸不群的性格。个园的竹最崇拜8个人，那就是以郑板桥为代表的"扬州八怪"。这一群曾在扬州卖画的"怪"文人，一"怪"在绘画风格有违传统，脱颖创新；二"怪"在思想行为放荡不羁，不同流俗。我敬佩他们横溢江河的才气，更敬佩他们不媚不俗的个性，因为那是人品与才华勾兑出的玉液琼浆，是民族精神与一方水土合制成的人格魅力。他们以画笔为戈，戮击当时黑暗的现实，他们又以丹青为曲，讴歌自己的社会理想，表达出对劳动人民的深切同情。他们貌似沉醉，却实比世人清醒；他们看似糊涂，却具备超凡脱俗的大智若愚。

扬州的月评古说今。月光下，我温习那一则则广为流传的故事。大运河逶迤南流，沿岸留下许多"隋炀帝下扬州"的传说。有人说，他是为了到扬州看琼花，才专门下令开凿了这条运河，并且征用500名童男与500名童女拉纤，骄奢淫逸之至。传说自是传说，隋炀帝三幸江都却是真。他在位时开凿了至今仍是世界上最长的运河，带来了祖国千年南北航运的便利。

扬州的白塔气势雄伟，临湖独立，壮观了瘦西湖的气派。相传，乾隆皇帝曾路过扬州，询问扬州有没有像北京北海那样的白塔。州官诚惶诚恐中随口应答：有。于是乾隆帝降旨次日御览。这可吓坏了州官。他怕犯欺君之罪，情急之下连夜调动全城豪吏巨商，派人用盐包堆了一座假白塔，侥幸瞒过了乾隆的视听。州官事后又动用大批人力财力，在盐堆旧址上修造了今存的白塔。

扬州富春园的包子闻名遐迩，且具地方特色，据说，蒋介石对此情有独钟，每天都要派飞机专程运送新鲜包子到南京供其早餐食用，其食好可与杨贵妃媲美，只是交通工具先进了近千年。如今，富春园又以其“名作”在市场经济的角逐中，独占鳌头。

扬州的月很文静，也是明净，似乎比异地的月多几许清爽，少几许朦胧。经人世沧桑的磨砺，历王朝兴衰的洗礼，她得天独厚地漫步于夜空，照彻身外寥廓的世界。远近的楼群睡得好香，仿佛忘却了白日的烦恼与辛劳。假日的扬州师范学院校舍，在月光的轻抚下显得格外的静。

“天下三分明月夜，二分无赖是扬州。”唐代诗人徐凝早做过评价。诗句道出了扬州月夜的佳处，却未解今日扬州月的心灵世界。我似有所悟，亦似有所得。扬州月美，扬州人更美，就在这不可多得的月夜。

我久久不能入眠，心头总挂着那轮皎皎的明月。哦，扬州的月，今宵抱你入梦，明朝携你回故乡。

载于《楚苑》1998年4期

台城柳

一

无情不是台城柳，这是我第一次游览古台城遗址时的感觉。

我对台城柳的昼思夜想，当在豆蔻之年。许多年来，即使是闭上眼睛也能背诵得出唐代诗人韦庄那首传唱千年的绝句《台城》：“江雨霏霏江草齐，六朝如梦鸟空啼。无情最是台城柳，依旧烟笼十里堤。”每诵此诗，心头总是飘拂着江南春柳，纷呈着人间的兴亡离乱。当此时，一种莫名的惆怅也会悄然走进心头。若问惆怅什么，又一时说不准，只能隐隐地感到，这脚下的地球也转得太快了点，时光的脚步也太匆匆，把人间一代代的美梦与噩梦都护送到一个叫作历史的大仓库中去了。韦庄写诗时，六朝宫阙早已人去楼无，他所看到的只不过是古台城外十里长堤上迎风招展的柳枝，与枝叶间不知愁为何物的啼鸟。我所能推测到的是，诗人当年大概也是这般满腹惆怅吧，一个人孤零零地站在那里搜索诗句，怀古寄情。

早年只知有韦庄的诗句，后来诗读得渐渐多了起来，始知吟咏古台城的诗词曲还有好多，如早于韦庄的诗人刘禹锡、杜牧等唐代名家，或晚于韦庄的词人林逋、贺铸以及近现代词人蒋春霖、夏承焘等人，无不在古台城的废墟上抒发过思古之幽情。今人季伏昆先生曾主编过一本《古金陵诗文鉴赏》，书中竟把刘禹锡的《台城》诗给选漏了。当然，中国的古诗文浩如烟海，偶有遗漏也是在所难免之事。现将刘诗移录于此：“台城六代竟豪华，结绮临春事最奢。万户千门成野草，只缘一曲后庭花。”读罢，我又自然地想起杜牧《泊秦淮》中的诗句“商女不知亡国恨，隔江犹唱后庭花”。也许有人会问：后庭花是什么东西？后庭花不是花，而是乐府曲名，原名《玉树后庭花》，相传为南朝陈后主所作，其曲淫靡颓废，正是陈叔宝荒淫奢侈生活的真实写照。后人遂把后庭花的曲名作为亡国之音的代名词。显赫一时的陈家王朝终于在声色犬马的极度荒淫中被隋朝推翻了，“成由勤俭破由奢”，这是历史所做出的结论。《旧唐书·音乐志》引用杜淹语：“前代兴亡，实由于乐。陈将亡也，为《玉树后庭花》；齐将亡也，而为《伴侣曲》。行路闻之，莫不悲泣，所谓亡国之音也。”

我想，若把亡国的罪责都加在歌女身上，这显然不公平。30年前，我曾看过国产故事片《桃花扇》，影片中有这样一幅镜头：夜色朦胧，秦淮河上灯火数点。当时清兵南下，中原离乱，几位文人在河边的酒楼上慷慨陈词，议论时政。这时，一只笙歌不歇的游船正从楼下驶过，船头上坐着女主人公李香君。文人中有个叫侯朝宗（该片主人公）的人即兴生情，背诵起杜牧的诗句。只见船上的李香君轻蔑地向楼上瞟了一眼，反唇相讥说：“不知亡国恨的未必都是商女。”我认为，这句话回答得极有道理。从古至今，在亡国的哀曲声中，最可悲的不是那些地位低下的歌女，而是那些在灯红酒绿、纸醉金迷之中欣赏歌女唱歌的达官显贵与公子王孙们。唐代花蕊夫人有首《述国亡诗》讽刺得极深刻：“君王城上竖降旗，妾在深宫哪得知。十四万人齐解甲，更无一个是男儿。”

二

南京名胜古迹较多，按辈分，古台城当列为长者。站在古台城遗址上，你最好不要用眼睛去看身外的一切，而要用心灵去抚开那穿越时空的历史烟尘。

台城，又名苑城，原是三国时吴国后苑城，东晋成帝时改建为新宫，南朝宋、齐、梁、陈四朝都以此处为宫禁，晋宋时习惯把朝廷禁省称为“台”，因此，台城便有了自己的学名。今天的南京人大都把鸡鸣寺以北的一段城墙叫台城，这段城墙在20世纪80年代经过文物部门的整修，现已成为南京的一个重要景点。台城作为皇帝居住的宫城，从东吴孙权大帝时的太初宫，到东晋咸和七年在其东北新建的建康宫，一直以此为名，乃至后来的宋、齐、梁、陈四朝，皆以新宫为禁省，内为宫城，外为都城。

台城南面还有大司马门，为衙署所在，即今天的珠江路到大行宫一带。据有关资料考证，台城的范围大约南至今珠江路以南，北至今渲武厅附近。想当年六朝相延，古台城画栋雕梁，殿宇雄宏，气象万千。“江南佳丽地，金陵帝王州。”南朝著名诗人谢朓曾用诗句给当时的建康城做出过精到的概括。

纵观历史，古台城又确实是一座祸城，它留给历代相关帝王们的大都是灾难，而留给后人的则又是淫逸亡国的警醒，正所谓：“前事不忘，后事之师。”台城历经吴、东晋与南朝宋、齐、梁、陈六朝，胜者为王败者为囚，孙、司马、刘、萧、陈几大姓氏轮流在这里坐庄，流泪的流泪，风光的风光。

台城是隔离君臣的禁区，也曾是君臣之间兵戎相见的战场。台城完成了一次次短命王朝的更替，台城的名字似乎已与战争紧密相连。公元548年农历十月二十五日，在中国历史上一向以反复无常著称的乱世奸雄侯景进兵建康，围攻台城，双方鏖战近半年后，侯景借玄武湖水灌城而取胜。城破后，南朝历时最长的皇帝——梁武帝萧衍束手被擒，并被囚禁在台城里。这位曾三次到同泰寺出家的皇帝，竟饿死在自己臣下的手中。

台城发生的又一次历史悲剧是在公元589年。这一年，隋朝大将贺若弼率军突破长江防线。有人向陈叔宝修书告急。出乎意料的是，这位嗜酒听歌的皇帝竟糊里糊涂地将信扔在了床下，直到隋将高颎攻进台城时才发现。除了酒以外，误了陈叔宝一生大事的还有色。当他在台城一眼枯井中被俘时，同时成为俘虏的还有孔贵妃以及最善唱《玉树后庭花》的宠妃张丽华。据史书载，隋文帝杨坚一次在洛阳城北邙山与陈后主宴饮。席上，陈叔宝把酒赋诗：“日月光天德，山河壮帝居。太平无以报，愿上东封书。”旧主面对新主，不惜歌功颂德，觍颜恭维之至。事后，他真的还上书请求杨坚学秦始皇登泰山举行封禅大典。在古金陵历史上，有两个能诗善词的后主，一个亡于隋，一个亡于宋，他们有一个共同的特点，就是都钟爱文学而不钟爱治国。从人格上说，陈后主又远不如李后主了，同是亡国之君，一个表现出的是“乐”，一个表现出的却是“愁”，一个及时行乐乐不思蜀，一个满眼都是离愁别恨故国楼台。至今，人们仍对南唐后主李煜的词作《虞美人》中的名句熟记于心：“问君能有几多愁？恰似一江春水向东流。”

扬子江水流走了一代代豪华奢侈的帝王梦。

三

当我登上南京城墙古台城遗址的时候，台城已经在这个地球上消失了一千多年。如果说《玉树后庭花》已被古今的文人们定格为亡国之音，那么古台城便是一座实足的亡国之城。无论古台城是毁于战火，还是毁于其他什么原因，都改变不了国人心痛这个历史的症结。它不像西方古庞贝城，具有较高的艺术研究价值，也不像我国的古长城，是祖先们用汗水、智慧与白骨堆积起来的人文标本。

登上南京古城墙，我满眼都是岁月的沧桑，满眼都是历史的伤痕。垂地的夕阳把最后的光线投射在东面的紫金山上，把天文台及其周围的山峰映照得像涂上了一层金黄色的油彩；城墙脚下的玄武湖微波，也被阳光撩拨得熠熠闪亮。右前方便是闻名遐迩的鸡鸣寺，高高的佛塔静静地日复一日地守望着这里的旭日与夕阳。解放门内的城墙脚下，有七棵柳树，正枝叶纷披在这初冬未寒的季节里，迎送着一群群不同语音的游客，并向韦庄诗中的台城柳发出遥远的呼唤。我不知道栽种者为什么只设计七棵树，只知道古台城遗址上不能没有柳树，否则，会令南来北往的游人大失所望，不是吗？凡是带着匆匆脚步前来游览的客人，不仅是奔着台城的历史而来，而且也是奔着韦庄的诗句而来。不管你承认与否，文人的作用就是不一样，他们凭着手中的那一支支生花妙笔，能使消失了的东西再次复活，能把人类的精神广告贴在时光老人的脸颊上。我面前的这七株柳树，只能是历史的小小象征物，实际上，当诗人韦庄亲临凭吊之时，古台城早已变成了废墟。而今我来之时，那烟笼十里长堤的台城柳也已经换成了一幢幢拔地而起的摩天高楼，现代南京城的繁华已经远远胜过李后主笔下的那“车如流水马如龙”的古金陵了。

不知是哪位有心人，在城头上立下一个“古台城寻踪”的大木牌。“寻踪”两个字说得比较准确，这是告诉往来游人，古台城的具体方位只能说在这一带，而我们脚下的城墙只是比古台城不知要晚多少辈分的明代修建的城墙。

韦庄诗因台城柳而吟诵，台城柳又因韦庄诗而传世。每一次诵起韦庄的诗句，我总会想到古台城与台城柳，仿佛那史海烟波中的台城柳已经被诗同化，或者说台城与其相关的柳枝本身就是诗的存在。此时，我又这样想，古台城因柳而成了世间的多情物，它给人们的感觉总是那般的柔情绵绵，缺少北国的大漠雄风与燕赵豪气。然而台城柳也有自己的美丽，它因了文人韦庄的诗句才会如此常绿不衰，就像那姑苏城外寒山寺的钟声，因了唐人张继的诗句而响彻千年，美丽千年。

再高大坚固的城墙也抵御不住战争的硝烟。因为韦庄的一首诗，台城柳也蒙冤了千年。“道是无情却有情”，当解放门前那七株柳树向我依依惜别之时，我这才想到该为台城柳平反了。其实，这人间有两种东西最无情，一种叫岁月，一种叫战争。

载于《学习与传播》2011年5期

空中看云

我穿行在白云之上，我飞翔在蓝天之下。

平生乘坐了好几次飞机，却没有一次座位排在机窗边。这不是说机窗边的座位高贵，而是说这个位置看风景方便些。我曾经埋怨过自己的命运，但更多的是顺其自然。这次乘坐的2705次班机自长沙飞昆明，我的座位是28C，C与D是靠近人行道的位置，看空姐近，而看窗外风景远。还是同事胜辉善解人意，他主动把27F的座位让给了我。我好开心，可以得天独厚地看蓝天白云。

一架架班机像一条条银白色的鱼雷，在机场上降落、起飞。长沙城的楼群在我的视线中渐渐变小，变成了一个个密集的小白点，一条条纵横的街道像几何老师画出的粉笔线，湘江恰似一条深蓝色的巨龙，伏卧在古楚大地上一动也不动。飞机穿越云层，窗外白茫茫的一片，不见蓝天，也分不出云朵，那白茫茫的景帘有时淡、有时浓，淡时可见云海，浓时可见机身。直到飞机钻出云层之后，我的视线才随之清爽起来。

在地面上看云须仰视，在飞机上看云是俯瞰。浓云过时，罅隙处可隐隐约约看到地面上的山川河流。平时站在地面上看山好高好大，此时坐在飞机上看山竟是那般的矮小，矮得逶迤，几乎与大地相连。孔子“登泰山而小天下”，可惜这位老先生未乘坐过飞机，不然的话，他一定会发出“乘飞机而小乾坤”的壮语。

此时，我已忘记了尘世的一切，甚至忘记了自家姓甚名谁。头上顶着蓝天，脚下踏着白云。头顶上的蓝天蓝得美丽、蓝得纯洁，纯洁得像年轻貌美而又贤淑文静的少女。身在大自然的怀抱中，你才会设身处地地想：

一个人太渺小了，渺小到不知其微的程度。苏轼曾把人生喻为“九牛之一毛，沧海之一粟”，而在我此刻看来，沧海也是何其之小，九牛更是微不足道。

胜辉坐在我的身边，他伸过头望了一会儿窗外，竟情不自禁地感叹道：“人与大自然简直无法相比，平日何必钩心斗角呢？”他的话也引起了我的沉思与联想，山不自言其大，人不自言其尊。人类时空苍茫，每个人都不过是匆匆一过客而已。

身外是一片云的世界。

白云如雪，堆积成一座座涌动的雪山，山上“盛开”着一簇簇雪莲，冰心玉洁的雪莲把雪山装点得更加圣洁。忽而，雪山又渐渐消融，散化成一道向远方延伸的雪堤，把脚下一片蔚蓝天围堵成一泓湖泊，依稀可辨那湖边的浅滩地，那湖面上点点远航的白帆。如果说是千帆竞发，一点儿也不为过，那一片片流云，多么像家乡洪泽湖上当年的白帆点点！

云朵有时组合成一尊玉观音，有时又组合成白须白眉的圣诞老人，有时组合成一驾马车，有时又组合成唐僧师徒西天取经。偶尔，也有一缕缕勇敢的流云，争强好胜地窜到机体的上面，却被其银色的翅膀撕成一道道长而碎的布片。还有两片燕子似的云朵，紧贴在机身外，呢喃对语，比翼齐飞。

整片整片的云在脚下铺展成漫无边际的银色的地毯，那锦绣的地毯下面正覆盖着锦绣的人间春色。

我的脚下覆盖着湘西风情、云贵山川，也覆盖着人类一代代悲欢离合。看地面，山是青色的，地是黄色的，水是墨色的，那山间的道路，像是蚯蚓身后留下的一道道曲线。

顺着阳光看云，一片片云朵白得雪亮，白得耀眼。白云漂泊无依，一叶叶浮萍般在天海上流动，仿佛我一伸手就能摘下一片。地面上的青山绿水铺展成巨幅油画，既有人类的刻意着墨，又有大自然的鬼斧神工。山伏如虎踞，水流如龙行。我用磅礴的目光鸟瞰着人间磅礴的山川。呀！俯瞰大地真是件美事，是古人只能想象而不能付诸实践的美事，其中既有高雅无比的乐趣，又有地面上永远也感受不到的壮美与壮观。

结束一次飞行之旅，就是一次审美过程的结束。我想，那圣洁的蓝天白云会常常萦绕在我的心间。

载于《宿迁晚报》2007年5月22日

空中赏月

飞机起飞了，我的心也随之而起飞。

第一次乘飞机无异于大姑娘坐轿，内心总有新鲜的甜蜜与恐惧。脑海中立时又翻过有关对乘机的介绍：一是说乘机须在晴天，阴雨天不太安全；二是说乘机最好是在白天，看蓝天，看白云，看飞鸟。还有就是说，夜间乘机太没意思，傻呆呆地看窗外黑咕隆咚的一片。

我这次所乘的南京至长沙的3986次班机，起飞时间原定是18时整，却突然在我们赶到机场时改为20点。按照原航班时间，春日天长，还可以看得上落日余晖、晚霞成绮，时间这么一推迟，就不禁令人大为扫兴，来时想象的乘机潇洒看风景的心愿，看样子已成为泡影。

起飞的时间终于到了，凭感觉我可以知道，我们所乘坐的班机正像一只银燕斜斜地射向长空。我的机票是15排B座，座位恰好在左面的中间。虽然被此次夜航扫了兴致，但好奇心却使我不时地把头伸向窗口前，去看那机翼上闪烁不停的霓虹灯光，看石城南京现代化的大片灯群。A座的是位年轻朋友，看样子他乘机倒是个宿客，见我观景如此心切，他便大大方方地和我调了个位置。在飞机上看风景，A座、F座位置最佳，居于机舱一排座位的两端，想怎么看就怎么看。我真应该感谢这位不知名的朋友，是他给了我一次空中赏月的良机。

今天是农历三月十八日。家乡谣云：“十七八，杀只鸭。”意思是说，每到农历十七、十八的时候，晚饭后只需杀一只鸭子的时间，月亮便出来了。大约飞行了半个小时以后吧，我忽然发现机窗外比先前明亮起来。我把眼睛紧紧地贴在窗玻璃上，又用一只手掌挡住舱内电灯的反光。呀！始料不及的情节出现了，原来，是一只近乎全圆的月亮出现在我的视线里。

我的心也猛地一下随之明亮了起来。

我飞翔在离地面数千米的云层之上，眼前是一片亮熠熠的月光的世界。坐在机舱里看月，从感觉上全是一幅静的画面。我凝视着那轮圆圆的月亮，圆月也瞪着美丽的眼睛注视着我。飞机像停泊在云海中的舰艇，仿佛一动也不动。月亮也静静地立在夜空里，像谁家淘气的孩子放飞的一只风筝，在无风的夜幕上静静地漂泊。我眼前的景象出奇地静，除了飞机时而传出的嗡嗡声外，整个世界都静止在无声之中。这里已没有尘世的喧嚣，也没有不平带来的烦恼，使人情不自禁地联想到了红尘之外的世界。古人多有超越红尘的梦想，我眼前不就是一个最理想的梦想之所？人类总喜欢用“美丽”一词来形容身边的事物，如青山、绿水、鲜花、美酒。可是，在此时的世界里，“美丽”一词竟显得是那样的小家子气。

尽管我的感觉停留在静止的状态里，然而，飞机依然是以寻常的速度在飞行。我眼前的景象也随着月光下云层的变化而变幻。

机窗外是一望无际的“大海”，“海面”上翻滚着层层洁白的“浪花”。云层厚时，那些“浪花”又渐渐堆积成一片片乳白色的“泡沫”，汇聚在水波不动的“港湾”。只是，那“港湾”寻找不到停泊的船只。云层薄时，那些“泡沫”又渐渐地疏散开来，绽开成一朵朵轻轻蠕动的“浪花”，缓缓地移向远方。没有云层的时候，“海面”上又恢复成清一色的湛蓝，当然，这湛蓝仅仅是感觉上的色彩，是被那一轮皎洁的月亮衬托出来的色彩。月亮愈加美丽了，像绝世独立的俏美人一样楚楚动人。她的胴体异常的明亮晶莹，那是在地面上从来看不到的明亮与晶莹。你立马会用“玲珑剔透，冰清玉洁”等词汇来加以修饰，可是，此时月并非彼时月，只可意会，不可言传，它是那样的无与伦比，那样的妙不可言，能够让所有的形容词望月而兴叹，可以使天下所有的丹青手羞涩而搁笔。更不可多见的是，眼前相依着两个月亮，空中一个月亮，水中一个月亮，空中的月亮圆，水中的月亮长。这大概是明月初升的缘故吧，美丽的月姑娘对“海”自照，把美丽的身影倒映在“海水”中，还像孔雀一样甩出了长长的尾巴，那尾巴就像彗星拉出的长长的光柱，随着“海水”的起伏而摇曳。

总是把眼睛贴在窗玻璃上，感到有些累了，我便坐好歇一歇。当我再次俯视机窗外时，先前的景象又不知被谁偷偷地更换了。我的眼前出现了茫茫的“大草原”，那“大草原”也像大海一样无边无垠，坦荡辽阔。茂密的野草长满了荒原，天空中没有展翅的雄鹰，地面上也没有牧羊姑娘的身影。辽阔的“大草原”带给我的是苍凉的壮观与美丽的寂寞。唯有空中那一轮玉镜似的圆月，时而把“草原”映照得黄澄澄的一片。忽然，一阵“风”过，风吹草低，似有一片片羊群隐隐约约地走进我的眼帘。“羊群”又渐渐消失，代之而来的是铺满了秋色的“田野”。高的大概是“高粱”吧，只是看不清深红的穗子；低的大概是“山芋地”吧，似乎还能依稀辨得出一道道沟沟垅垅的痕迹。那高与低之间的，大概便是遍野的“稻菽”了，在月光下金黄得惹眼。这也许是丰收时的原野吧，那晚归的农夫们到哪儿去了呢？

飞机在临近机场时慢慢下降，整个机身钻进了云层中。云儿时浓时淡，月亮也时隐时现，把一座座不规则的云山镶上了光灿灿的金边。恍惚中，座下的飞机仿佛变成了一只船舶，在一条宽阔的河道中航行，只见波浪在涌，却听不见拍岸的浪花声。岸边是蜿蜒起伏的山峦，月亮在岸边的山顶上行走着，像一位不知疲倦的纤夫，拉着船儿一步一步地行进……

班机终于降落到了地面上，月亮被厚厚的云层遮住了。此刻，又有一片云朵正笼罩住我一颗失落的心。

载于《楚苑》2007年1期

枣庄问山

枣庄有山，叫抱犊崮；枣庄临水，有微山湖。

从苏北到鲁南，长途公交车一路风光，载我来枣庄参加中国毛泽东诗词研究会2016年第十六届年会，住枣庄大酒店912房间。2007年我在枣庄参加大运河研讨会，下榻薛城区，会议参观了腾州红荷湿地，还乘游轮在微山湖上风光了一回。这次会议安排在中心区枣庄学院，地点就是老枣庄街区，距湖远而离山近，山又成了我走访的主题。

从枣庄向南是大平原，向北就是丘陵山地，推窗北望，整座老城都似依偎在山的怀抱之中。报到的那天下午，我在服务员小孙的介绍下，一个人去看枣庄古街与新中心公司。在解放北路的街角，我向坐在路边聊天的几位市民询问：市区北面的山叫什么名字，一位长胡须的师傅说叫北山，一位穿绿色上衣的枣庄媳妇说叫柱子山。

从解放北路往西行两里许，就到了新中兴公司，牌坊式的大门上五个字赫然醒目。听到这个名字，我立马想到了历史上的光武中兴，西方的文艺复兴，还有当代人正在实践着的中华民族的伟大复兴。从一个名称上，我看到了枣庄人兴业报国的赤心。据当地资料载，诞生于1923年的中兴公司是中国历史上最大的民族企业，中国工业史上第一支股票就诞生在中兴公司。如今，新中兴公司接过接力棒，在前人的基础上薪火相传，开拓创新。楼是旧的，但楼外的风景却是新的。此楼是新中兴公司办公所在地，穿的是旧鞋，走出的是新路子，迈出的是新步伐。就是这栋普通的小楼，却历经了百年的沧桑；从旧到新的传承，展示出了中国近代工业发展的不平凡的历程。看过中兴公司的介绍，我真的为之一惊，原来，当年的枣庄中心煤矿还与河北的开滦煤矿、辽宁的抚顺煤矿并称“中国三大煤矿”。

我从包里拿出照相机，拍下了枣庄煤矿旧址主体三层小楼的全景，并请一位匆匆过路的市民在楼前为我留了影。从这栋朴实无华的小楼上，我看到了一座大山的背影。一座工业之山，一座煤矿之城。

枣庄老街两旁栽着成行的槐树，正是稻谷飘香的季节，槐树枝头已长下一串串青色的槐豆，看上去像一串串翡翠状的项链，挂在槐树婆婆的颈上。《诗经·子衿》中有句："青青子衿，悠悠我心。"此诗写的是人之恋，而枣庄人注重的是国之情。老街植国槐，枣庄人已把祖国装在了心中。

傍晚休会时，我站在9楼的窗口，目不转睛地眺望城北的远山。透过薄薄的暮霭，那连绵起伏的山峦依稀可辨，整个枣庄的新城像是依偎在群山的怀抱之中。近处的两座山尤为突出，不是鹤立鸡群，而是无意争雄。楼窗如镜，把两座山活生生地照在"镜子"里，看上去多像一对孪生的兄弟，山顶上都顶着一个城堡状的东西。一群不知名的鸟儿在山前上下翻飞着，像舞蹈演员在翩翩起舞，又像花样游泳运动员在表演，不但队列整齐，而且动作一致，似受过特殊的训练。鸟之恋山，就像人之恋土难移啊！

虽然仅仅两天会议，我却交了好几位朋友，其中有来自中国社会科学院的藏族同胞降边嘉措先生。他很友善地送我一张名片，我也赠他一本拙著《老莫山水游记》。他长我几岁，头发已半白，更让我钦佩的是，他生长在西部四川甘孜大山里，性格非常温和，与我交谈言无不尽，我向他求教也相见恨晚。我曾在北京学习时交了一个西藏朋友叫达马平措，便问他"平措"在藏语中是什么意思，他说是吉祥；我又问"嘉措"是什么意思，他说是大海；我又问"山"在藏语中怎么翻译，他说读"日无"，比如日无昆仑、日无唐古拉、日无喜马拉雅。哦，西藏人把家乡的山称为神山，把家乡的水域称为圣湖，唯独在给人取名时没有相对应的意义。

早晨起床到不远处的人民公园散步，途中我向一位晨练的老师傅打听，城北面的那两座山叫什么名字，他匆匆忙忙地答，叫筑山，建筑的"筑"。我也满脸犹疑地匆匆道谢而别。公园里聚集着晨练的人群，有跳舞的"中国大妈"们，有打太极的"中国大叔"们，也有三五成伙的踢毽子人群。十年前，我在广州越秀公园曾观赏人们踢毽子，也是三五成伙，但不像今天这么多，也许是与时俱进吧，有几个年轻的女郎踢得很精彩，什么前踢、后踢，什么左踢右踢，闪转腾挪，有时应急还辅之以手，动作节奏有致，简直把踢毽技术发挥成了艺术。

假山旁有几位老先生正站在那里交谈，我上前道一声打扰，说话的主题还是问山。其中一位 70 多岁的刘师傅主动回答我。他像是个文化人，对枣庄的历史文化了解得较多。他说：枣庄市最大的山，是离这里大约 60 华里的抱犊崮，曾是鲁南八路军的党政军根据地，也是当年铁道游击队的指挥部。他还说：小说中的铁道游击队大队长刘洪，是两任大队长姓的合成，一个叫刘金山，一个叫洪德海，既有高山的性格，又有大海的胸怀。枣庄城外有东沙河与西沙河，游击队政委李正（文学名）的家就在河边的某庄，副大队长王强（文学名）的家就在河边陈村。我一边听他讲述，一边在沉思。少年的我是伴着看连环画与长篇小说《铁道游击队》长大的，什么刘洪飞车夺机枪，什么彭亮扒跳火车摘西瓜，什么林忠、鲁汉两雄遇难，这些故事一直耳熟能详，我至今依然记得他们那山一样的名字。

散会那天，枣庄学院的张师傅一大早就来送我去长途汽车站。我又问他城北的那座山叫什么名字，他用肯定的语气说：叫左山。我未置可否，但感到奇怪，同是一座山，当地人却说出了几个不同的名字。我顺便开个玩笑说：看来，西面的那座山就该叫右山了吧！他只是开心地一笑。尚未落座，我忽然又打开车门走下车来。张师傅忙问为什么。我答：想再看一看枣庄的山。

2016年9月于山东枣庄

宿州寻水

寻水如寻亲，古人早有“一衣带水”之说。时隔 50 年，又一次走进宿州（原为宿县），我总有一种亲切感。我的目光时时在宿州市的地图上寻找蕲水和汴水。

泗洪是水乡，宿州也是水乡，可谓河网密布，如果说泗洪是网之目，那么宿州便是网之纲。大巴车从砀山县城出发，向南经河南永城而直下宿州，车厢内一片谈笑风生。白居易有“汴水流，泗水流”词句，无论是古汴河，还是新汴河，都与我们的家乡紧密相连。我和几位宿州的朋友开玩笑说：你们在河之头，我们在河之尾，虽然不是“日日思君不见君”，但我们在共饮一河水呀。我的一句话似乎也唤起了他们的亲切感。

宿州古有“舟车汇聚，九州通衢”之誉，别称蕲城或宿城，也可简称“蕲”，因周代这里有蕲邑，直到隋朝通济渠开通，才设置宿州。泗洪曾经隶属过宿县地区（今为宿州市），1955 年方从安徽省划归江苏省。我家村西有条溧河，家乡人习惯称西溧河，我是喝西溧河水长大的，成人后才知道家乡和宿州还有一水之缘。据《泗洪水利志》载，溧河古名蕲水，其源头就在宿州，至今宿州市区南面还有蕲县乡。古蕲水有二，一是湖北省蕲春县的蕲水，一是古宿州的蕲水，只不过是现代的辞书《辞源》与《辞海》没有收录后者罢了。郦道元在《水经注》中还引用了汉代文字学家许慎的一句话：“（蕲水）出雩娄县，俗谓之浍水。”雩娄县故址在今河南省始固县东南，浍水就是今经宿州自五河县西部流入淮河的浍河。古代的蕲水曾经是汴水的支流，在今天的泗洪县临淮镇南境流进汴水，再注入淮河。泗洪人与宿州人还真就有水之缘，也许，我的亲切感就是来源于此。

宿州不但以符离集烧鸡闻名四海，而且又称“马戏之乡”。在秋水依依的新汴河岸边，我们尝到了美味可口的符离集鸡翅和鸡爪，让我在满嘴流香中回忆往事。那是 1966 年冬天，10 来岁的我乘火车北上经过符离集，停车间，车下一片叫卖声，那真是囊中羞涩的年代，一元钱一只的烧鸡，我们竟然买不起，只好带着香味和涎水随车远行，这不能不算是那次北京之行的遗憾；而到了北京买不起烤鸭，那当是又一次遗憾，这个遗憾终于在 50 年后的宿州之行给补偿上了。

宿州马戏园就坐落在新汴河岸边的埇桥区，马戏没看成，却看到了狮子和老虎的表演，几位驯兽师将大大小小几十只老虎和狮子训练得服服帖帖。老虎们站成整齐的队列齐步走，小老虎们像狗一样地钻铁圈，狮子像小女孩一样地跳绳子，雄狮们还有运动员似的单杠功夫。朋友刘家魁写过一首咏麻雀的诗，大意是：当今之世连狮子老虎们都进动物园了，唯独小小的麻雀还挺有骨气，始终不被动物园的笼子关住它们的自然之性。

这次宿州之行，是寻水又是循水。一条新汴河西连沱河，东经宿州、灵璧与泗县三个城市，再从泗洪县城西南的瑶沟乡流进西溧河。我们的车沿着泗许高速东行，路与河组成若即若离的平行线。新汴河就流经我外婆家的门前，记得此河开工那年，我正在泗县城南石庄走亲戚，我一边在工地上玩耍，一边欣赏那独轮车来来往往的印痕。经历了近半个世纪，当年民工的号子声变成了哗哗的流水声，年复一年地浇灌着两岸的良田。在灵璧现代农业博览馆，我看到一株株热带的植物，在新汴河水的浇灌下茁壮成长，岭南的植物迁居到淮北，以科学技术为指导，突破了几千年天造地设的淮河气候分界线。

这次来宿州，古汴水是寻找不到了，能够寻找到的只有新汴河那美丽的倩影。奇石文化园有一座汴阳楼，古人以水北为阳，它的名称就足以说明，楼就在新汴河的北岸。灵璧的磬云石为中国四大名石之一，也许这奇妙的石头就曾经浸润过汴河水的灵性。我的家乡泗洪有老汴河，也有新汴河，但没有汴阳楼，老汴河还是汴河文化留存下的唯一国宝。1979 年版的《辞海》在“汴水”的词条中就明确地注释：“今仅存江苏泗洪一段，俗名老汴河，上承濉河，东南流注入洪泽湖。”大诗人白居易为古汴水写过词《长相思》，也为磬云石写过诗《华原磬》，诗的前几句是：“华原磬，华原磬，古人不听今人听。今人古人何不同？用之舍之由乐工。乐工虽在耳如壁，不分清浊即为聋。”面对天下奇珍磬云石，我竟然流连忘返，等到匆匆追至公园大门时，却来不及在楼前留个影，频频回首中只好抱憾而回，让汴阳楼那高大的身影年年月月摇晃在新汴河的碧波之中吧。

站在河边，南望垓下古战场，怎不叫人感喟不止？这河北岸的虞姬文化公园里，至今还安葬着美女虞姬的遗骨。一曲项羽和虞姬用生命演绎出的“霸王别姬”的悲壮故事，让古今之人回味无穷。因为故事的两个主人公都是宿迁人，又让此行的所有宿迁人为之抱恨。最能引起我注目的，还是虞姬墓前的那副楹联与墓顶的那一株玉树。联的内容是：“虞兮奈何？自古红颜多薄命；姬兮安在？独留青冢向黄昏。”红颜薄命当是个千古咀嚼不尽的话题，而黄昏青冢就是来自中国历史上另一个美女——王昭君的故事。虞姬和王昭君虽然同是弱女子，但她们都以不同寻常的人生经历而流传在一代代国人的口碑之中。在绕墓三匝之后，我的目光忽然被墓顶北部的一棵小树所吸引，时令已是秋天，而那棵树依然舒展着青青的叶，开出紫色的花。就在解说员的讲解结束时，我急忙问那棵树和花的名字。她回答说：总名叫玉树后庭花。虽然唐人杜牧曾用“商女不知亡国恨，隔江犹唱后庭花”的诗句，去讽刺历代的红颜祸水，但有墓顶的这棵玉树的存在，却正好反衬出虞姬那临危于重重包围之中而从容镇定的千古烈女性格。

第二天，我们一行又乘车北赴萧县，去闻名已久的皇藏峪采风。沿途看了一座座小山，过了一道道秀水，但我的心中总是荡漾着新汴河的浪花。正因为一水相牵，我多想邀请宿州的朋友到泗洪做客，去游洪泽湖大湿地，做天然的深呼吸，然后再醉倒在双沟酒的醇香里，醉倒在月色下荷塘的小舟中。

载于《楚苑》2017年3期

砀山“听”梨

第一次踏上砀山的土地，就被奇妙的梨树王景区所吸引。

比起山东曲阜与河南商丘，砀山可能算不上是一本厚重的书，但可以说是一本掠奇之书，不说砀山那悠久的人文历史，仅那上百万亩的梨树林，就能让你感到耳目一新。我不能不感叹地说：这也是一片神奇的土地！

如果说春天是梨花的季节，那么秋天便是梨子的季节。正是秋高气爽、暖阳高照的季节，我们来到了砀山县良梨乡观赏梨树王景区，不仅是看梨，更是听梨。说来有趣，高中时回乡参加兴修水利工程，村上有人累出了小肠气不能上工，大家都开玩笑说某某“砀山梨”下来了。那时体力劳动太繁重，生病的民工宁愿被取笑，也想躺在庵棚里歇几天，这用家乡方言表达就叫“趴庵子”。当然，这种连患者都要赔笑脸的病，所形容的只是砀山梨之大，却不包括砀山梨之甜。与时俱进，梨的品种也在更新，而今砀山梨的第一品牌便是“酥梨”，吃上一口立马就会甜透了心窝。然而，此行还有另一种甜的东西在等待着我们。

在大巴车上，砀山县委宣传部的毛卫芳女士就介绍了砀山概况，她说砀山不但是当年汉高祖斩蛇起义的地方，而且是远近闻名的长寿之乡，全县有 100 多位百岁老人，这与当地的水土有很大关系，但与砀山人的重孝道也密不可分。砀山的土质环境很像河南兰考，砀山人世世代代在盐碱地上以及风沙中生存太不容易了。砀山对外称“梨都”，历史上砀山梨一直是地方名特产。如今砀山人因祸得福，沙土地上长出的梨子竟然特别好吃，领头的砀山酥梨已畅销国内外。原来是种下梨树挡风沙，今天是砀山酥梨回娘家，到砀山不看梨园，那当是人生的一大憾事。我忽然想起我是泗洪人，便接着她的话说：1955 年国家区划调整，把江苏的砀山与萧县划归安徽，把安徽的泗洪与盱眙划归江苏，如果不是这样，那么今天我就是安徽人，你就是江苏人了。毛女士会心地一笑，那一笑中有善意也有亲切感。

不见梨树王，枉来砀山走一趟。我曾在广东新会游览过小鸟天堂景区，一棵大榕树独木成林，可以栖宿上千只鸟儿。这次到砀山又看到一大奇观，一棵梨树占地 20 多平方米，还能每年结出 4000 多斤果实，大的梨每个都足有一斤多重。我禁不住向同伴们伸了伸舌头，又仰起头仔细地观赏这株闻名遐迩的梨树王。面前是一望无际的梨树林与卓尔不群的大梨树，粗壮的树干撑起庞大的树冠，纷披的梨叶覆盖着遒劲的枝干，斜伸的枝条又承载着累累的果实。树枝下还绑着密密的竹竿与木棍，那是梨农们怕果实结多了会坠折枝条。阵阵秋风乍起，树叶在沙沙作响，好像是对我们这群远方客人的问候。梨树王在用沉甸甸的硕果书写传奇，我在用深情的目光道之以钦敬，说准确点，是他乡之客的肃然起敬，也是人类对植物的肃然起敬。

解说员又把我们带到距离梨树王不到百米的一棵梨树下并讲解说：这是梨树神，与梨树王合称“夫妻树”，300 多年同心同德、不离不弃，可以说是一对模范夫妻。梨树神具有天生的惰性，只长枝叶，不结果实，还是现代科学技术发达了，用嫁接的方法才使它长出了少量的梨子。我认真地打量着这株梨树神，果然不一样，其他的树枝条下垂，它的枝条却是向上扬着。更可观的是，它的枝条上却垂挂着成百上千的红色绸带，上面还写着祈福平安的文字。

忽然，不远处传来一阵唢呐声，原来是砀山朋友为我们准备了特色节目。梨林中的一片青草地搭了个临时戏台，四个小伙子站在铺着红地毯的台面上，正扬起头鼓着腮吹奏一支支唢呐曲，那嘹亮的唢呐声，惊动了绿色葱茏的树叶，也惊飞了远处枝头的小鸟。我们都来到台前专注地欣赏着，不只是在欣赏他们的技艺，更是在尊重他们的劳动。此时，我的一颗心儿也随着唢呐声飘向了天空。一曲《空山鸟语》，似有鸟儿在头顶上对话；一曲《百鸟朝凤》，又似有千万只鸟聚集在梨林的上空；一曲《农家乐》，让我仿佛看到了砀山人欢庆丰收的景象；一曲《送战友》，让我从中听到了诚挚而浓郁的友情；一曲《边疆的泉水清又纯》，好像有一道道清泉在眼前流淌；一曲《我爱你，塞北的雪》，又好像有千万朵雪花在这茫茫的梨林里纷纷扬扬……我醉了，醉倒在这撩人的唢呐声里，醉倒在这百万亩梨林的回响与和鸣之中。我曾听过大山的回声，今天又听到了梨林的回声，那回声中似有亿万只梨子在翩翩起舞。所不同的是，大山的回声听于耳，而梨林的回声听于心。

听罢，又有两位着红色古装的砀山姑娘为我们献上一段当地的四平调。砀山位于苏豫皖三省交界处，这四平调就是来自河南商丘地区的地方剧种。虽然没有戏院和乐队，但二位唱得很认真也很投入，生怕对不住客人们的数百里之行。她们演唱的是《花为媒》中的“洞房”一段，欣喜与娇羞之态溢于言表。她们抑扬顿挫的唱腔是唱给客人听的，也是唱给梨子们听的。不信，那树叶的哗哗声多像大自然的掌声。

接着，又有四位美女作蓝印花走台秀表演。随后，砀山县文化馆馆长向我们介绍说：唢呐与四平调是砀山的两大特色文化，均为国家级非物质文化遗产项目。砀山是唢呐之乡，吹奏唢呐是当地的传统艺术，砀山县人刘毛领还被誉为“砀山唢呐王”，当地有名的唢呐艺术团有关帝庙、西关李楼、梅屯老黑、黄庄寨天天乐等。2015 年 4 月，举行全县唢呐大赛，参加比赛的艺术团就有 80 多个。吹奏唢呐的技法有单吐、双吐、三吐几种，就像相声艺术分单口、对口和群口一样。唢呐和竹笛关系很密切，高音的称尖笛，低音的称大笛，小唢呐又称梅笛。无论是城市还是乡村，无论是中老年人还是年轻人，吹奏唢呐在砀山已经蔚然成风。当年抗美援朝，砀山县唢呐民间艺人张联生、陈玉兰，还到朝鲜去参加慰问演出呢！听了他的一番话，我总感到此行上了一堂生动的艺术课。

夜宿国际大酒店，第二天告别砀山，大巴车在高高的高速公路上疾驰，身边依然有一片片梨林似在牵衣相送。秋风阵阵，梨叶沙沙作响，仿佛是在复述昨天那唢呐和四平调的回声。

载于《楚苑》2017年3期

海南辨树

列车纵穿雷州半岛，横渡琼州海峡，一路抵达海口车站。我之所以选择乘火车，是想看一看沿途风光，饱览祖国大好河山。若是改乘飞机，就没有这样的兴致了。

我这人观察事物相当不细心，昔日生活在乡村时，我们生产队的水牛混在其他牛群中，我认不出；我们家的猪与别人家的猪在一起走失时，我认不出；就连母亲喂养的几只鸡，一旦钻入队伍中，我也认不出。而这次海南之行，我却一反常规，注意认真地辨别起热带的树木来。

走进海南，我又走进了三个包围圈中：一是暴雨包围圈，6 天的行程，整整下了 5 天暴雨，只到返程那天，我才见到海南的第一轮太阳，那还是在浓云漂泊的隙缝之中；二是粤语包围圈，全团 39 人，唯我是江苏人，其他大人孩子几乎都是广东人，他们互相交谈起来，像树林中的鸟们在对歌，我一句也听不懂；三是绿色包围圈，海南岛是炎热的岛，更是绿色的岛，那些高低相间、成林成簇的热带植物，会给你孩子般的新鲜感，以致让你乐不思乡，流连忘返。

旅行团大队人马在琼海站下了火车，改乘旅游大巴一路南下赶景点。车过南渡江，越万泉河，直奔万宁市南桥镇，游览新中国历史上著名的兴隆华侨知青农场热带植物园。据导游介绍，海南旅游主要有三条线，都以琼海为起点，三亚为终点。东线高速又称黄金海岸线，经琼海、万宁与陵水等县级市，沿途大都是海边，且大都是经济较发达的地区；西线高速途经儋州、昌江、东方等县市，临海区域不多，且大都是经济欠发达地区；中线无高速公路，经屯昌、琼中、五指山等县市，沿途大都为山区。这三条线恰好又绘出了中间高、四周低的海南地形图。

不到南沙，不知什么是祖国的海岛；不到海南，不知热带树木的奇妙。海南看树给我的总体感受是：这里的树木大都是我以前没见过的品种，而家乡的树在这里一个品种也没有。下午游览兴隆热带植物园，确实让我长了见识。需要着重介绍的是，我踏上的这片土地，便是当年归侨知青农场的属地。20世纪60年代中期，数百名热血沸腾的归国华侨青年揣着一颗颗报国的赤心，来到这片荒凉的土地上，在中侨委的号召下，沐雨栉风，披星戴月，用他们勤劳的双手，建起了一个知青农场，把大片的荒山变成了椰林与橡胶园。如今，那一批曾经激情澎湃的青年人已经伴随着岁月，步入了老年期，但从那一株株蓬勃的绿树上，我们还能看到当年他们青春的倩影与蓬勃的朝气。

一路行来，我从导游与同座的口中，认识了道旁那高大的小叶桉树，于是我又问起大叶桉树是何形状，因为这树名前的“小”字是因为同类物体的比较而命名的。当然，我们沿途看得最多的还是那一株株、一排排、一片片显眼的椰子树和槟榔树。而当一排排初生不久的槟榔树出现在眼前的时候，让你突然会想到训练场上那整装待发威武雄壮的战士们。此时，你从一刹那的错觉中似乎还能隐隐听到阵阵喊杀之声。

实际上，我把那战士阵容般的树们称为槟榔树，是几个小时后才知道的，当时我真弄不清它是槟榔树还是椰子树。在兴隆热带植物园里，我一面认真地听园区导游解说，一面用心在细细地辨别它们。当然，如果是个海南人，他一眼就会辨得出来，而对于一个外乡人就不同了。我想，在历次来海南的游客中，把这两种树弄混淆的也许并不只是我一个人。

在海南人代代相传的故事里，椰子树与槟榔树，前者又名老公树，后者又称婆婆树、相思树。哦！只到现在我才知道，南国的相思树红豆并不仅仅是唯一。从整体上看，如果说椰子树的枝叶纷披，实足像飘着披肩发的贵妇人，那么槟榔树枝叶抖擞，便恰似扎着短辫亭亭玉立的俊俏姑娘。从造型上看，椰子树冠像伞盖，而槟榔树冠则像风车，前者枝叶下垂，似精神不振，而后者则枝叶奋发向上，充满对太空神奇的向往。再从果实上看，椰子树果实大，是把果实夹在“指缝”间，而槟榔树则果实小，常常把果实放在“颈项”部。

在热带植物园中，还有一种叫棕榈的树也容易使人弄混淆。我当时打过这样一个比方：如果说椰子树与槟榔树是一对情侣，那么棕榈树便是以假乱真的第三者。我们旅行团所下榻的汇丰花园酒店的楼下种有棕榈、旅人蕉与印度紫藤等多种树木。棕榈与槟榔树非常相似，树干都似一枚枚鱼雷或导弹挺立在那儿，总让人误以为是行走在某发射基地。细心的人一定能发现二者的区别，槟榔叶是条状，如宽大的芦苇叶片，而棕榈的叶呈针状，像鸡毛掸或大毛毛虫。棕榈的树干顶部还长着一根细长的茎芽，粗的像山间竹笋，细的则像发报机上的天线。

游览过三亚的海角天涯景区、鹿回头公园与热带天堂森林公园，旅行团便掉转车头打道回海口。真是天公不作美，连续下了两天的暴雨还在继续，在琼海附近的高速公路上，我们一车人被阻了 5 个多小时，同时被阻的还有一长串车辆。正所谓“云横南岭家何在？雨阻海南车不前”。我们都在十分焦急之中，眼睁睁地看着晚上 8 时 30 分的列车过点。无奈之中，导游联系过旅行社整体退票后，又一声令下，旅游车调头再南行，子夜时分，我们才又一次住进了汇丰花园酒店。那一夜，我们所有的梦都被愁丝笼罩着，不知何时才能离开海南。

第二天上午，导游兴奋地告诉我们一个好消息，接旅行社通知，虽然东线高速公路被暴雨阻塞，西线高速可以正常通车。塞翁失马，焉知非福？这样一来，我们此行不仅可以绕海南环岛行，而且让我与海南的热带植物又有一次结缘的良机。

车过昌化江大桥，给了我又一次不虚此行的喜悦。因为，从导游的口中我知道了海南有三条大河，前天见过了南渡江与万泉河，而今天第三条大河昌化江的碧水微澜也尽收我的眼底了。然而，给了我无边喜悦的，还有道路两旁那郁郁葱葱的热带植物。

不到其地，不知其物，亦不知其理。海南给我的总体印象是，植物的分布大体上是东部多乔木，西部多灌木。一座座绿色的山，一面面绿色的坡，都被焦急的车速甩向了身后，绵延不尽的倒是山民们种植的一片又一片的香蕉园。那低矮的树干，那宽大的叶片，多像北方的青纱帐，时时遮住游人的视线。还是在经黄流的时候，我误把莺歌海当成了昌化江。路旁立着一块大牌，上书“昌化江畔、鱼米之乡”八个字非常醒目。我想，对于海南而言，还是称“香蕉之乡”“荔枝之乡”“椰子之乡”“杧果之乡”

为好。因为中国历来有江南鱼米乡之说，而海南的特色根本不在“米”上。

远行在荔枝杧果之乡，我却不知荔枝树、杧果树是何物。乘坐在旅游车上，我一般都没有睡觉的习惯，因为离家远游目的就是观赏，倘若在车上睡大觉，岂不错过了一睹好山好水的机会？古人说：读万卷书，行万里路。我认为，旅游也是一种读书，他乡的山水景物不就是一本供你眼睛与心灵去共同阅读的好书？

来到海南，我恨不得自己多长出两只眼睛。道旁不时闪出一片片绿树林，乍看上去，与家乡的桃树没有多大区别。但我深知，在海南是看不到桃树的。于是我请教身边一位来自汕头的陈师傅，他回答我：“这是杧果树。”车又行，陈师傅手指着窗外告诉我：“这是荔枝林。”这就是苏轼“日啖荔枝三百颗，不辞常作岭南人”诗句中的荔枝？过去我是只食过其果而未见过其林，今日一见，分外亲切。我又问陈师傅：在我看来，荔枝树与杧果树也没有什么明显区别呀，你是怎么辨别出来的？他笑着告诉我：荔枝树普遍比杧果树要高一些。

时令已是金秋，道路两旁还偶尔可见有农民插秧。我在惊异中释然，海南是正宗的热带地区呀，不要少见多怪。我顿生诗兴，于是写下了四句小诗：“昌化江边杧果乡，香蕉遍野荔枝廊。江淮已是丰收季，黎地姑娘正插秧。”

自海南归来，我数日间满眼都是热带植物的影子，又总是让你挥之不去。假如下次再见到椰子树，我一定不会把它称作槟榔。因此我还这样想：做人，事事留心皆学问。辨树，只是一种小见识；而辨别人生的方向，便是一种大见识了。

2010年10月构思于海南岛

相约红楼

这是一次神往已久的约会，地点在北大红楼。

四月的北京春光旖旎，绿色翩跹。在绿树的掩映中，我终于找到了红楼。几天前，我与黑龙江朋友边清山、李雪滢同游北大校园，满以为北大红楼在北大校园内是合情合理之事，恰恰事与愿违。还是一位路人指点迷津："红楼在景山公园东面。"

我记忆中的是曹雪芹先生笔下温情绵绵的红楼，坐落在虚幻的世界中，而眼前的红楼却是一座时代的丰碑，是中华民族一座巍巍的历史里程碑。

北大红楼坐落在五四路东段北侧，始建于 1916 年，原设计为学生宿舍，1918 年 8 月建成后改为北大校部、图书馆与文法科教学楼，为北京大学第一院，也是当时北大的行政与教学中心。红楼，昔日曾是五四运动的指挥部，今被辟为"五四"新文化运动纪念馆。我原先一直以为，红楼的名字与中国无产阶级革命被称为红色的革命有关，向馆内工作人员打听才知，当年建筑施工时，此楼结构为红砖到顶的四层"土"字形大楼，与附近的其他建筑相比色彩很惹眼，故名红楼。红楼，这个名字很美丽，很有些怜香惜玉的味道。许多人听到它的名字，脑海中立刻就会联想到不朽的古典长篇小说《红楼梦》。也许是历史的缘分，红楼曾是一代中国新文化先驱者呕心沥血工作的地方。正是因为与他们的名字有关，红楼才会在一部中国现代史上熠熠生辉。

红楼地下室为印刷所，一楼为图书馆，二楼为校长室与各科教授办公室，三、四两层为教室及教授休息室。时任北大文科学长的陈独秀在二楼办公。我来之时，纪念馆赶在 5 月 4 日前筹办陈独秀生平资料展览，二楼正施工。虽不远千里而来，此时却也只得失之交臂。

来时孤身只影，带来一路风尘与一颗景仰之心。在一楼蔡元培展厅，我认真地领略这位被毛泽东称之为“学界泰斗，人世楷模”的蔡先生的风采。注目墙上先生的照片，我立马想起了苏联诗人马雅可夫斯基，二人极有形似之处。先生的人格、学识与贡献，我无须赘述，更不敢随意弄斧。梁漱溟先生已给予其极为中肯而精当的评价：“所有陈、胡及多位先生任何一人的工作，蔡先生未必能做，然他们诸位没有蔡先生，却不得聚拢在北大，更不得机会发抒。聚拢起来，而且使其各得发抒，这毕竟是蔡先生独有的伟大。”蔡先生治理北大的办学方针是：思想自由，兼容并办。这8个字，用现在的话说就是民主办学。北大红楼是五四运动的发祥地，五四运动的伟大历史功绩不仅在于反帝、反封建，而且在于解放思想，并从国外请进了两位“先生”，一位是“德先生”，一位是“赛先生”，即民主与科学。在现代教育史上首开民主之风气者，蔡元培先生堪称第一人。

红楼是中国文化史上的一所精神宝库，当年围绕在蔡元培先生旗帜下的一代文化前贤，学识渊博，目光敏锐，向旧世界宣战口诛笔伐，舌剑唇枪，教书育人，才华横溢，多出栋梁。出身于江苏吴县的戏曲理论家吴梅教授，曾为北大写了首号角似的校歌，其词曰：“景山门启鳣帷成钧，又新弦涌一堂春。破朝昏鸡鸣风雨相亲，数分科有东西秘文，论同堂尽南北儒珍珍重。读书声，莫白了青青双鬓。男儿自有真，谁不是良时豪俊？待培养出文章气节少年人。”这支歌，曾召唤过北大一代代莘莘学子励精图治、报效祖国。走近红楼，你会很快想起一个个在新文化运动中冲锋陷阵的名字：鲁迅、胡适、周作人、钱玄同、沈尹默、刘半农……

红楼一层东南角是图书馆主任室。1918年2月，“铁肩担道义，妙手著文章”的李大钊接过章士钊让出的图书馆主任一职，正式坐进这里办公。于是，这两间简陋的办公室遂成了中国共产党的创建地，几年后又成为中共北方局的领导中心。1919年5月4日，高君宇、邓中夏等人跟随李大钊走上街头集会游行，并火烧赵家楼交通总长曹汝霖住宅，痛打驻日公使章宗祥。一年后，他们又在这里成立了北京共产主义小组；又一年后，这里又成为中国共产党北京支部的秘密办公地点。

我在先驱者工作过的地方踱来踱去。我的目光一直凝视着李大钊的遗物。两间房子，东间为会议室，西间为办公室。办公室放一张桌子、一张椅子、一个茶几和两个书橱，还有一张临时休息用的藤椅。墙上挂着一个闹钟与一部西门子电话。普普通通的房间，平平常常的办公用品，却干出了惊天动地的大事业。我在想象着李大钊当年闭目沉思的面容和他奋笔疾书的身影。

阅览室在一楼西头，是毛泽东曾办过公的地方。1918 年 8 月，毛泽东来到北京，经其岳父杨怀中引荐给李大钊，他才在北大图书馆谋了个职，美其名曰“图书馆助理员”，实际上相当于今天没有编制的临时工，月薪仅 8 块大洋。当时陈独秀任北大文科学长，月薪 300 元，李大钊任图书馆主任，月薪 200 元。三位中国无产阶级革命的先驱者，领取不同的薪水，共同为推翻那个不平等的社会制度而寻求呐喊。

我徘徊在伟人毛泽东昔日工作过的地方，心境与徜徉在天安门城楼上毛泽东站立过的地方有所不同。红楼中留下的是毛泽东漂泊的足迹，天安门上留下的是毛泽东辉煌的身影。工作人员告诉我：靠门前的这张桌子是毛泽东登记用的，当年，他就是坐在桌前的椅子上，一丝不苟地干自己的本职工作。里面那两张拼起的乒乓球台似的大桌子是放置报纸杂志用的，格局与今天的阅览室没有什么两样。我的心像一片白帆，在岁月的长河上追溯着。我实在想不出用什么恰当的语言来表述当时的心境。当工作人员离开之时，我走近门边的桌子前，悄悄地坐在留有伟人痕迹的椅子上，极想体会一下毛泽东四海为家时忧国忧民的心境。椅子的响动声唤回了那位工作人员。听到脚步声我迅速站了起来，她用怀疑的目光盯着我，望得我心里像做贼似的难受。其实我心里明白，我身边的这把椅子，只能观赏，不能落座。唉，在心驰神往的红楼，竟演出这令人尴尬的一幕！

三位革命先驱者同时在一座楼里办公，这不能不算是历史的巧合，也是红楼的荣幸。红楼在深情地复述他们的名字：陈独秀、李大钊、毛泽东。80 多年前，当毛泽东第一次踏进红楼之时，陈与李已经是新文化运动的旗手，是马克思主义在中国的传播人，也可以说是毛泽东的老师辈。有人用诗赞扬他们说：“北大红楼两巨人，话说北李与南陈。孤松独秀如椽笔，日月双悬照古今。”这两位先驱者在红楼中创办的《新青年》与《每周评论》，对于传播新文化与马克思主义，起到过挥旗引航的作用。李大钊早在 1927 年便英勇献身了，走完了他短暂而完美的人生之路。陈独秀的后半生虽然不尽人意，但他的前半生光耀如灯塔，功不可没。他曾是中国现代史上一位举足轻重的出生入死过的革命先驱者。《每周评论》庶务主任李辛白曾写过一首《怀陈独秀》的小诗，生动地体现了陈独秀在与北洋军阀政府斗争中所起到的无可替代的重要作用："依他们的主张，我们小百姓痛苦。依你的主张，他们痛苦。他们不愿意痛苦，所以你痛苦。你痛苦，是替我们痛苦。"毛泽东也曾称赞陈独秀是"思想界的明星"，是"五四运动的总司令"。毛泽东师承陈独秀，而又超越了陈独秀，中国无产阶级革命的实践又一次证明："弟子不必不如师。"

这是一次跨世纪的心灵约会，也是我这个后来者千里寻师的良机。这又是一次无声的对话过程，我用心在聆听红楼的传世之音，我的心灵受到一次不可多得的净化与洗礼。世俗只知道把目光放在脚下，而红楼的目光永远注视着明天。红楼就是与众不同，二十世纪中国红色的暴风雨从这里腾云兴起，中华民族的新文化之舟从这里扬帆启航。

今生有约，走近红楼。我在审视自己，与红楼之间的距离是否已经遥远。北京城远远近近的楼群长高了，红楼依然旧时模样。然而红楼毕竟是现代中国万幢高楼的领袖，她具有不动声色的凝重，也曾发挥过登高一呼的历史作用。她启贤毓秀、呼风唤雨，曾领唱过一曲曲旧世界的葬歌。

也许，红楼与其主人的名字，已经被有些人渐渐淡忘。但是，历史会一次次提醒后来者：这是不该被遗忘的地方。

载于2010年《翰林文学》新春号

建湖纪事

九龙口看“龙”

初听九龙口这个地名，我立马想到了儿时听古书中的黑风口、三江口等，想到了中国近代史上山西人的走西口，同时也会想到《水浒传》中的梁山好汉九纹龙史进。而这次到建湖参加省民协采风会议，留下第一印象的就是九龙口。因为我们车到九龙口出口处没下高速，从而只好把车开往盐城西方向，然后再下道调头，多折腾个把小时。

古人把江河支流入干的地方称作“口”，如：古汴水流入淮河处叫汴口，古泗水流入淮河处叫泗口。当我随着人群来到实地采风的时候，九龙口却别有一番的含义，而且是诗一般的含义。这个还是在龙珠岛上通过解说员的口才明白，原来所谓的九龙口，就是一片大湿地中有九条小河蜿蜒而来，向脚下的小岛汇集，放眼望去，九条小河就好像九条蛟龙，摇头摆尾一路游过来，把一片大湿地闹腾得如诗如画、沸沸扬扬。

我对九龙口还有另外一种情感，蓦然给我第二故乡的感觉。这是因为，我的家乡也是大湿地，就是中国第四大淡水湖西岸的洪泽湖湿地。时令正值初春，看到这满湖尚未苏醒的芦苇，我就想到家乡那一望无际的芦苇滩涂，还有夏日里苇丛中叽叽喳喳的鸟群；看到水中这叶瘦茎枯的残荷，我便想起了家乡那叶绿荷红的万顷荷塘，还有王冕的败荷图与古人描写莲荷的诗。唐人郑谷在其《莲叶》诗中写道：“多谢浣纱人不折，雨中留得盖鸳鸯。”诗人也太怜香惜玉了，在这小荷尚无尖尖角的季节，没有伞盖般的莲叶，经冬复春的雪压霜欺，鸳鸯们都到哪去了？假如郑谷先生光临此处赏莲，也许会写出另一首惜玉怜香的诗作。

建湖县近似苏南，有镇无乡，这在苏北可以说首屈一指，全境15个镇但却被称为水乡。建湖县今无湖但古有湖，那就是射阳湖。九龙口位于里下河地区的腹地，原是射阳湖的一部分。中心点在建湖县蒋营镇的九龙口村。射阳湖古代称射陂，曾经历了海湾—潟湖—淡水湖沼这三个发育阶段。历史上它曾经是海湾，后因湾口被泥沙淤积而成为潟湖。古射阳湖早已不复存在，唯独九龙口至今还保存其古潟湖的原始特征，所以它也因这一大特色而被称为“上天赐予的明珠”。我多次见过湖泊湿地，却第一次见到潟湖，这也是此行的意外收获。九龙口上游的九条河亦与众不同，两岸没有堤坝，好像都是自然河流，因而被称为“最具本色的河”。龙珠岛，含有“九龙戏珠”之意。这又是一座神奇的岛，年年月月，无论周围水势有多大，也无论湖面水位有多高，它一直独自屹立在水面上，它是一座浮岛，也是一座宝岛，因此当地人称为“浮沉岛”“永安岛”。

有神奇岛就有神奇树。岛上有一栋办公楼，楼下有一株五谷树。据解说员介绍，此树又名雪柳树，相传是郑和下西洋带回的稀世之珍。这又是一种神奇的树，农历三月吐青，四月开花，夏日结果，深秋落叶。因其果实每年形状各异，或像小麦，或像水稻，或像高粱，或像谷子，或像荞麦，故取俗名“五谷树”。世界之大，真乃无奇不有。

乘着快艇沿着“龙”组成的河道兜一圈风，让你体会一下如龙戏水的感觉还真好，酣畅淋漓而又自得其乐，得天独厚而又无忧无虑。看一轮斜阳高挂西天，蓝天是那样的空旷无际；见小鸟在浅滩上低飞，湖水是那样的无边无垠。此时，你的心胸也会无边无际的大。远方的绿树上，还有鹊巢涂下的墨点，隐现在初春的时光里。那巢中有雏鹊吧，也许它们正在焦急地等待着母亲。

据地方史料载：“射阳湖在盐城西北120里，在山阳东南70里。”山阳，就是后来的淮安，也叫楚州。古代不少文人墨客都曾到此流连，也曾留下珍贵的墨宝和心迹。宋代的范仲淹来过，他写下一首五绝：“渺渺指平湖，烟波入望初。纵横皆钓者，何处得嘉鱼？”元代的萨都剌来过，他也写下一首五绝：“秋风吹白波，秋雨鸣败荷。平湖三十里，过客感秋多。”这结尾一句真让人感慨，古人是过客，我们也都将是过客，在大自然的俯仰之中，连射阳湖都曾经是历史的过客。

古云开卷有益，我今出门有得。我在龙珠岛的二楼上徘徊，放眼望去，九条河流仿佛像九条巨龙向我的脚下游动过来。龙归大海鸟入林。九龙口有水可养鱼，有树可栖鸟，有滩涂可生苇荷，但其实没有龙，有的只是与龙血浓于水的历史文化，还有古射阳湖的沧桑烟雨。

2016年3月于盐城建湖

江淮艺苑赏淮剧

建湖有剧团叫淮剧团，建湖有文化叫淮河文化。淮河古代与长江、黄河、济水并称“四渎”，悠久的淮河文化曾独领一方风骚，与黄河文化、长江文化是并列关系，而不是从属关系。一条古淮河流过我的家乡，也流过建湖人的家乡；清清的淮河水哺育这世世代代的泗洪儿女和建湖儿女。

我在淮阴师专读书时就听过淮剧，也总认为该剧的艺术创造权属于淮安。这次到建湖参加省民协组织的采风会议，才听建湖人说：建湖是两大艺术的故乡，一个是杂技，一个就是淮剧。中国有三大杂技之乡，这就是河北的吴桥，山东的聊城与江苏的建湖。建湖的杂技纵可追溯到汉唐，享誉海内外。至于淮剧，剧目当年曾经与徽班同台表演，最少也有200多年历史了。我和淮剧还有一个良缘：好友赵振泉在淮安插队与工作多年，他好饮，我亦好饮，因此，我常常在他酒到微醺时，就能欣赏到他的淮剧清唱，每一腔一调，他都唱得很动感情。他那时而婉转时而高亢的水乡曲调，也常常打动我这个水乡游子的情感。

我们这次会议下榻九龙锦江国际酒店，北邻双湖公园与江淮艺苑。九龙口采风归来，全体与会人员乘电瓶车环绕几周，把双湖公园看个遍，最后一站就是江淮艺苑。东面的溢香阁为书画苑，艺苑的一楼是工艺品展览馆，二楼是茶座式的小剧场。匆匆参观一楼的工艺展，大家又匆匆登上二楼，随便地落座饮茶，等待建湖艺人的才艺表演，这都是会议特意安排的内容。当然，大家的第一等待还是杂技。

小剧场、小舞台却不是小演员，观众也不是小小观众。正谈笑间，报幕人健步登台，他半报幕半抱歉式地说：不巧，县杂技团到外地演出去了，今天只能由县淮剧为大家演出《白蛇传》“游园”一段。我们一面鼓掌，一面慨叹来不逢时。

舞台上没有帷幕，音乐声起，身着绿色妆衣的小青划动手中的“木浆”，白娘子着一身粉红衣站立在“船舱里”，甜脆脆的唱腔荡漾在剧场中。扮白娘子和小青的两个演员，一个身材颀长，一个小巧玲珑，这也许是导演为主角和配角特意安排的吧，配角是陪衬。这个选段讲的是二人游西湖公园巧遇公子许仙的经过。许仙出场了，演员是个傻大个，给人的感觉是傻乎乎的，这用现代人的话说，就是不懂爱情。两个主角，一个羞于表达爱意，一个不理解爱情，这中间只好由小青来穿针引线了。只见那小青伶牙俐齿，字字传情，她一面划着桨，一面玲珑于许仙和白娘子之间。在我看来，她的一双灵动的眼睛哪里是在说话，那简直就是在传情。传自己的情似乎容易，而传别人的情就相当困难了，但小青不怕难，她把一个“情”字演得栩栩如生。

艺术就是这般的奇妙，它能在一个演员身上得到淋漓尽致的展示。这次建湖赏淮剧，我从小青身上看到了“戏”，以至在还乡的路上，总还能忆起她那双传神的眼睛。艺术源于生活，二者相辅相成。这不禁又能给人一种启示：在生活中，决不能忽视那些配角的作用。

载于《宿迁日报》2016年7月29日

凤凰树下

世界上每个国家都有自己的国花与国树，如中国的牡丹与银杏，俄罗斯的葵花与白桦，再如日本的国花是樱花，希腊的国树是油橄榄；我国每个城市也都有自己的市花与市树，如南京的市花是梅花，福州的市树是榕树。作为以鹭岛而著称的我国东南沿海城市厦门，市花是三角梅，市树是凤凰树。

在我国的海滨城市中，大连、青岛与厦门可谓“三驾马车”，既有山又有水，还能给人以清净的美感，既有雏女之静秀，又有少妇之淑贤。

厦门又被誉为“音乐的摇篮”，那大概是因为在当今小有名气的“鹭岛三杰”中，除了“会写诗的鸢尾花”舒婷之外，其他两位均以音乐而著名，那就是“一声琴音惊天下”的殷承宗，与当代中国的女音乐指挥家郑小瑛。我第二次到厦门，正是火红的夏日，既未迸发诗的激情，也未点着音乐的火花，而是把漂泊的身影留在那火红的凤凰树下。

那天，我和马志春等一行 4 人刚下火车，厦门市纪委退休干部陈泗溪便站在车站大门外迎候。他给我们的第一印象是热情好客。当我在陈老的二楼“空中花园”上看到凤凰树盆景时，才真正感受到了自己的见识浅陋，以至再遇“大言不惭”等词汇，每每会心有余悸。所谓的空中花园，就是陈老在自家楼房外的晒台上搞的一个私人盆景园，那些大大小小高高矮矮品种形状不等的花卉，经他一设计，果然层次分明、非同寻常，其中的雅趣与雅兴，非儒雅之人望尘莫及。此中有真意，欲说已忘言，高雅的文化生活境界与窗外物欲横流的世界，隔成了天壤之别。

陈老古道热肠，中午留我们在与他家相邻的华林酒店就餐，酒饮当地名酒，茶饮金骏眉，主人的殷勤确实能使客人忘归。席间，陈老还向我们讲述了凤凰树的故事。他的故事很美丽，美丽得令我们闲杯停箸。鹭是厦门的市鸟，相传很久以前，厦门还是个海边水村之时，便有成群结队的白鹭栖息于此，他们辛苦地啄地为泉，采果为种，才使这片近陆的小岛上蜂飞蝶舞，鸟语花香。这不禁引起了海蛇王与蛇妖的忌妒，他们贪欲膨胀，欲将岛占为己有。白鹭们岂甘示弱，自己的劳动果实决不能被不劳而获者侵吞，它们团结起来前仆后继地抗击来犯者。终于，正义战胜了邪恶，它们赶走了蛇王与蛇妖。不知是哪一天，在洒满白鹭们鲜血的土地上，忽然长出了一株刚劲挺拔的大树，碧绿的树叶就像凤凰的翅膀一样美丽多姿，火红的树花就像凤冠一样鲜艳夺目。于是，人们为它取了个名字叫凤凰树，也叫凤凰木。

由凤凰树的故事意外地引发出了另一个美丽的故事，这又是我此次厦门之行的又一个收获。

午饭后我们计划同游鼓浪屿，五个人，两辆出租车，沿着海边一路南行。从厦门市区到鼓浪屿，中间隔一条鹭江，过江须乘轮渡。在轮渡码头，我们匆匆下了车。也许是因为中午饮酒的缘故，我在下车付款时，竟将包落在了车上。游客匆忙，出租车也匆忙，当我下了车发现包不在身边时，先前所乘的那辆车已不见踪影。包中有我的证件与换洗衣服，真是乐而生忧，本来很顺利的事，这一来就情况逆转，变为不顺了，说不定当天晚上的住宿都是件麻烦事。

在同伴的提醒下，陈老领着我走近售票口外的警务室。值班的交警姓陈，是个年轻人，他知道情况后，向我要过乘车发票捏在手中仔细地看，他看清了所须找的出租车公司后，便从容地拿起值班电话。打了几次电话，他转头问我，车主是不是个女士，我点了点头。他然后安慰我说：没事了，我打电话到公司，公司又告诉我车主的号码，车主说今天的车是他的家属开的，我又拨通了他家属的手机号码，家属说车上是有一个包，不过她正在送客，待一会儿才能过来。

事情就这么定了，本来复杂的事，在交警的帮助下，又变得简单了。也就是说，我的旅行包有失而复得的可能。于是，我们兵分两路，他们 4 人渡江去鼓浪屿，我独自在这儿“守株待兔”。我的心忽地又转忧为喜，就像雨后见到晴空。我在耐心地等待着，虽然，世间的等待常常是那样的让人难耐。

我一边与交警小陈聊天，一边将目光投向宽敞的道路上搜寻，我在搜寻那一辆坐垫上尚带着我体温的出租车。谁知，我等来的却是呼呼风声和噼噼啪啪的雨声。下暴雨了，密集的雨点将我的心绪分为两半，一半是焦急，一半是担心，我在担心那几位同伴在急雨中如何游览。这人哪，真是，自己还没有从担忧中走出，却又去为别人担忧。

丢失的包终于送回来了，而且是在雨中。送包的是一个30多岁的女司机，扎两只俊俏的短辫，面带笑容，动作麻利。坐车时我没有注视她，而现在我要认认真真地把她打量一番。她把包郑重地交给了交警小陈，小陈又询问我包里有什么物品。待我回答完，他又从容地将包递到我的手上。当时，我的一颗心猛地从天空降落到了地上，不，是降落到一个温暖的花园里。

在我的诚恳道谢中，女司机转身走了，她矫健的身影随着出租车的一声短笛消失在尚未停歇的雨中。我道别了小陈，拎起包，向轮渡口的售票房走去。再看一看鼓浪屿吧，来一趟不容易，虽然离开同伴孤身只影，但我心头却漾起一阵阵的温馨。

雨过天晴。我在鼓浪屿一株高大的凤凰树下，请一个陌生的游客为我留了影。树上是浓绿的叶、火红的花，树下是我甜甜的笑脸。就在留影的那一瞬间，我忽然想起了交警小陈，还有那位出租车女司机，她那美丽的倩影就像这满树的凤凰花一样美丽。

徘徊树下，举目仰望，我又感觉到，头顶上的凤凰花今天格外地鲜艳。

2010年8月19日构思于厦门

告别桂林

告别桂林，是在2003年8月16日凌晨。

15日上午，友人就为我买好了自桂林返南京的火车票，时间是翌日凌晨3时21分。这是个极令旅客头痛的时间，上车前欲睡而不能睡，睡了又怕过点；不睡吧，那晚饭后的时间又不容易打发。坐在那里闭着眼睛听秒针在嘀嗒，世间最令人焦急的感觉恐怕也莫过于此了。没办法，昆明发至南京站途经桂林的列车两天就这么一班，你不坐也得坐。主人秦天进殷勤沽酒，邀我的同乡王忠作陪，三人成饮，天南地北地侃。桂林的山花美酒伴我度过了那个难以忘怀的不眠之夜。

列车向着东北方向急驰，我的一颗失落的心儿却依然飞回了桂林……

桂林以二江、三山、四湖而著称。一条天下知名的漓江自北而南，把秀丽的桂林城一分为二；一条蜿蜿蜒蜒的桃花江，为美丽的桂林城更增添了几分美丽。三山习惯上指城内最知名的三座山——象鼻山、伏波山与叠彩山。实际上，桂林亦为山城，城内外群山林立，“3”这个阿拉伯数字就显得太微不足道了。四湖，当为排列在漓江西岸的桂湖、榕湖、杉湖与木龙湖，如姐妹牵手，紧紧相依，为“山水甲天下”的桂林城平添了两双清澈明亮的眼睛。

桂林有两江，更有两岩。漓江纵横近千里，非为桂林所独有，而七星岩与芦笛岩就纯属桂林专有了。

与骆驼山合影之后，我便与美荣游览七星岩。七星岩位于漓江东岸的普陀山腹部，因普陀山与月牙山顶上的七峰如北斗七星林立而得名，隋唐时便成为旅游胜地，称栖霞洞，宋代更名仙李岩。洞内宛如仙境，有石乳、石笋、石柱、石幔、石花等大自然天造地设的景观，既变幻莫测，又玄妙无穷，显然是一个得天独厚的“石氏家族”。

随着导游小姐清脆的解说声，我一一领略眼前那惟妙惟肖的景观。“露滴石笋”，那是石钟乳相思千年的珠泪浇铸而成，露滴光滑而晶莹，石笋如竹笋般茁壮。“姜太公钓鱼”已钓了上万年，先生依然独坐溪边声色不动，那长长的钓竿，钓来了五大洲络绎不绝的游客。“老人看戏”幸福而慈祥，“雄狮怒吼”通过现代人工的协助，使整个岩洞都响彻着回声。“广寒宫”令人心寒，孤独的嫦娥，独立幽境，那寂寞的“人生”真让人消受不住，如果不是人类与大自然建交，这幽深的岩洞里，谁去和她谈心？

世间所有美的事物都有其天然的遗憾之处，七星岩的遗憾在于：年年月月，月月年年，始终请不来太阳为它照明。

我们是乘坐竹排从芳莲池水面上进入芦笛岩岩洞的。芦笛岩在桂林市西北部桃花江西岸的半山腰上，与它的孪生姐妹七星岩隔两江相望。据说，这个岩洞为1959年当地的一个放牛娃所发现。江水岩崖、绿树田畴与湖波山色构成芦笛岩独特的环境。洞中有“狮林朝霞”“高峡飞瀑”“远望长城”“水晶宫”等数十个景点，多彩多姿，神奇壮观，不愧为“大自然艺术之宫”。我在水晶宫里寻找龙王，寻找哪吒，寻找童年故事中的天真。

游览结束时，导游小姐动情地为我们唱了一首刘三姐山歌：“多谢了，多谢四方众乡亲。我今没有好茶饭，只有山歌送亲人。”带着甜甜的山歌上路，游人的心里也甜滋滋的。

伏波山屹立于漓江边，北近叠彩山，南眺象鼻山，东可俯瞰滚滚江涛，西可眺望老人山与独秀峰。此山因东汉伏波将军马援而得名。儿时我便听说书艺人讲述过伏波将军征南的故事，后又在“马革裹尸”这一成语中更深一层地领略到马援将军的风采。世传“薛仁贵三箭定天山”“马援一箭射穿山”，后者终于从我的耳闻变成了目见。伏波公园大门前塑一尊高大的马援骑马拉弓的雕像，烈马猛将，转首目视东南，张弓搭箭全神贯注。顺着将军的目光望去，东南小东江畔的穿山，果真被射出了一个天蓝色的洞口。这神话般的故事，为历史蒙上的一层美丽的传奇色彩，也更增添了伏波将军的英雄本色。这个神话之谜，直到我驻足在穿山公园外的现代新儒学奠基人梁漱溟先生墓前仰望穿山时，才梦醒似的解开。哦，穿山半山腰上的那个洞口好大好大，大得能让飞机并排穿过。原来，那是大自然的功力。

还是在诗人贺敬之的诗中，我读到了还珠洞。洞口在伏波山腹中，东临漓江，洞底面积600余平方米。在洞中观赏，最引人注目的景点是试剑石，游人谓为奇观。石在洞中，上连石壁，如仙人伸足其下。奇怪的是，那自上而下伸出的石柱，却不与下面的山石相连，中间相隔仅仅一线空间。相传，此石原先上下相接，伏波将军在此练武试剑时，一剑将其砍成这般形状。

忆桂林，最忆漓江放排时。那天，我与王忠骑单车同游，在象山公园外，我们被一个壮族妇女拦住，她答应带我们从公园南面乘船到江对岸，然后再乘竹排游览，既能看公园景点，又能坐竹排在水上游一圈，价格与门票一样，每人15元。于是，我们便随她在对岸上了竹排。难得一次壮乡的浪漫！苏北的汉子坐在南国的竹排上，那种感觉就是不一样，天高地广，神爽心阔。清清的江水倒映蓝天白云与老筏工的身影，水下的鹅卵石粒粒可数，江面上漂流着游人的欢乐。近看象鼻山，确实像一头巨象将长长的鼻子伸在江中吸水，象鼻与象身相距的那个空间恰好形成一个半圆形的山洞，洞中山石上正有游人们在那里观赏留影。不远处的情人岛上，还隐隐传来陌生人情意绵绵的歌声。

在桃花江入口处的江心岛上，我们吃上了当地人用砖头为灶临时烧熟的禾花鱼，三块钱一串，一串五条鱼，那味道的鲜美，真令人闻而垂涎。溯桃花江而上，游兴浓而忘情，老筏工的每一个撑排动作，都会给你带来相见恨晚的流连。桃花江并没有辱没它名字的秀美，倘若春光三月，夹岸桃花竞放，山水相依，东风为媒，再加上桃花汛时鲤鱼上滩戏水，那一幅情景定会让多情的游人们依依忘返，不知乡关何处。

桂林，桂林，桂树成林；桂花，桂花，香飘万家。我在奔驰北去的列车上。一遍遍重复这句大实话。大自然赋予桂林别具一格的美，桂林人又在生活中创造另一种美——那满城免费的公厕，那几路专设的免费公交车，还有桂林市民纯朴、诚信的行业风气，都在我的脑海中打下了不可磨灭的烙印。

列车驶过永州、衡阳、株洲，我的眼前却总是出现桂林站台上那扬手道别的身影。

载于2004年《全国百家百篇散文精品选》

小鸟天堂

此次广东江门访友，我竟得到了意外的收获——游览了小鸟天堂。8月11日上午，我与绪栋、陈浩游览了东湖公园。刚回到麻园镇，冯翔正在那里等候，他是专门请了半天假来相陪的，手中还买了一张江门市地图。一见面，他便高兴地手指着地图对我说："莫老师，我们下午就去这里吧，这两个景点很能代表江门的特色。"我顺着他手指看去，只见地图上新会市城区东南约10公里处，红字清清楚楚地标着：梁启超故居、小鸟天堂。

于是，我与冯翔、陈浩便匆匆赶路了。转了3次车，才到达目的地。当然，我们先参观了梁启超故居，因为，小鸟天堂待到傍晚时才能看到鸟儿。

一条天马河，联结着两个景点：东面是巍巍的凤山，山上耸立着凌云宝塔。凤山南麓的茶坑村是近代"百科全书式的奇才"梁启超的故居；西面便是慕名而来的小鸟天堂。

5点钟左右，我们才离开第一个景点。自梁启超故居西行3华里，便到了小鸟天堂的大门口。一问票价，门票竟达30元。我一伸舌头："30块钱看一棵树？"冯翔以主人的身份买了门票，并不无幽默地说："既来之，则看之。"

路短人急，看鸟还为时尚早了点，因为西下的夕阳正瞪着红彤彤的眼睛望着我们。步入大门不远处，路东便是一片荷池，池边还设有一个个较大的人工鸟笼，笼子里关着许多不知名的鸟儿。池上有一座竹亭，扶有竹柱，坐有竹椅。三人在亭中小坐，悠闲地观莲、赏莲。芙蓉映水，碧叶滚珠，在荷花与莲叶间，一头头莲蓬正鼓胀着饱满的绿腮。那边，还有几片睡莲被羞红了脸颊，正怯生生地觑着这边。

沿着中轴大道，越过杜鹃园，在夕阳即将垂地之时，我们来到了天马河边。出现在我们面前的便是巴金老人1933年所写的“鸟的天堂”，可谓世界奇观了。独木难成林，这个已形成了千百年的中国民间谚语，竟被眼前的景致无声地攻破。这是一个千真万确的独木成林的景观，一株足有380年树龄的大榕树，枝繁叶茂，郁郁苍苍，盘踞了整个一座古榕岛，枝叶覆盖面积竟达1万多平方米。这是大自然与人类共同留下的杰作，是人间独一无二的一道风景线。一株树覆盖面积如此之广，令世人难以置信。但是，这又是有一定科学道理的事实，当然，能够以独木成林而名之于世的，只有南国的榕树。榕树不像杉木与木棉树，有高大的树干，榕树的特点是斜枝横生，并且在每一根枝条上都会长出一条条棕色的气根。气根下垂扎在地上，又会长成树干，新的树干又生出新的横枝，新的横枝又长出新的须状气根，年深日久，一个榕树“大家族”便会繁衍而成。这种现象又叫作“多代同堂”。

有林鸟自来。就是这株古榕树，引来了数以千计的野生鸟类，有鱼鸥、灰鹤翩翩起舞，有天鹅、白鹭青天成行，有喜鹊、鸳鸯成对成双……当年剧作家田汉来此一游，挥笔写下了“三百年来榕一章，浓荫十亩鸟千双”的诗句。近百年的奇观美景，迎来了一代代不同乡音、不同肤色的游客，或登高临空数鸟，或驾舟绕岛而行。南来北往游人的背影与脚印，不仅为百鸟助威，为大榕树增色，而且引来了天马河上的另外两座小岛——竹岛与阁脚岛，那朝朝暮暮嫉妒的目光。

临河有观鸟楼，楼上一副对联颇能引起游人的联想：“暮出晨归，鹤翥银洲追日月；寒来暑往，榕攀玉宇证沧桑。”登上二楼，扶栏守鸟，古榕岛近在咫尺。夕阳在天马河上投下金灿灿的光环，天马河将古榕岛紧紧地拥抱在怀中，时而有三两只鸟影自头顶上划过，转瞬又变成了远方的墨点。水与天渐成一色，大榕树娴静地倒映在水中，并随着水波而微微颤动。我们在楼上拍了几张照，便走下楼梯，到楼西北侧的巴金亭去坐一会儿，那里三面环水，是看古榕岛的最近点。

有几个游人乘汽艇作环岛之游去了，我们三人坐在亭中对那一株古榕树作如饥似渴的近观。一水之隔，大概只有20来米吧，能够看得清那一层碧绿如巨伞盖下的零乱的枝与干。独木林中盘根错节，干枝交汇，枝与干相互纠缠在一起，让你一时辨不清哪是干，哪是枝。有的枝干呈灰黑色，有的枝干白得惹眼。一条条榕树气根把长臂垂向水面，像迫不及待般地欲与清波握手，又似情投意合般地相依相恋。从气根那寻不到着落的手势上，可以看得出，若不是古榕岛土地面积的局限，这株古榕树还会作永无休止的繁衍。林中不时地发出声调各异的鸟鸣，只闻其声，不见其形。我们所面对的，是鸟们“爱而不见”的意境与深居简出的腼腆。

日落西山，暮色降临，天马河上笼罩着一层若即若离的黯淡。为了变换个角度，我们又到古榕岛东南面的河边坐下来静观。不多一会儿，有数十只鸟从林中悄悄地探出头来，扑腾着翅膀在古榕树枝头盘旋。然后，它们又抖了抖翅膀向天马河的东北方向飞去，落进了竹岛那边的绿树丛中。然而，也有一大群鸟儿自东南方向飞来，叽叽喳喳地落进了古榕树丛中。情境竟是这样的不遂人愿，你愈想迫切看到的东西，生活偏让你适得其反。

我深知从苏北到粤南数千里路途，来一趟的确不易，便一边耐住性子等候，一边与冯翔、陈浩聊天。一群群鸟儿从树林中相继飞出，最多时四、五十只一群，远没有传闻与想象中的奇景那么壮观。我有些发急地开玩笑说：“如果在这河面上放一枪，或乘船到古榕岛上点放一挂爆竹，看你们鸟儿还出不出来？”我的话引起了二人一阵无奈的轻笑，可是，古榕树依然是那般的不动声色。“可能清晨看鸟效果最佳。”冯翔似安慰我又似自我安慰地说。我知道，从脚下到他们厂的住地还有近百里，明晨赶来看鸟是不可能的。

七点半，天色在我们的焦急中黑了下来，古榕岛也渐渐溶入了夜幕之中。我们相携走上返程。“下次再来看吧！”三人都这么说。

然而，把希望留在下一次，这不能不算是一次人生的缺憾。

2003年8月于广东江门

地坛的树

我对地坛的最深印象，是在当代作家史铁生的散文《我与地坛》中。那篇文章给我的记忆是地坛的荒芜与执着，而我面前的地坛，荒芜已经遥远，执着依然留在心中。

南京门多，苏州桥多，北京坛多。你看，一座现代化的五环城郭，紧紧地护卫着雄伟壮丽的天安门。四面是数十层的高楼林立，中间古朴的名胜与民居自然而然地呈现出“盆地”形。北京城以天安门广场为中心，南有天坛，北有地坛，左有日坛，右有月坛，被古代皇城的设计者设计为左青龙、右白虎、前朱雀、后玄武之势。北京的地坛恰恰坐落在子午线东端的朱雀位置上，因为我国古代就有“天南地北”之说。

初秋的太阳挂在朝阳区的楼群顶上，美丽而整洁的北京城沸腾在一片和煦的阳光之中。早饭后，我与友人马志春及宁新驾车游览体育圣地鸟巢，然后告别阳光下翘檐熠熠的雍和宫，到和平里去访友。归来，我们顺便同游地坛，因为地坛与和平里是近邻。

地坛是古都北京的第二大坛，又名方泽坛，始建于明嘉靖九年，即公元1530年，为明清两代帝王祭祀“皇地祇神”的场所，又是我国现存最大的祭地之坛。与今天宏大的北京城相比，地坛可谓小巧玲珑，总面积仅37.4公顷；从面积上看，无论是地坛，还是日坛、月坛，都不能和天坛相比。

这次游览地坛，行色匆匆。方泽坛，皇祇室，斋宫，神库，基本上从眼前一瞥而过，唯坛中那一株株绿树时时映入我的眼帘。那碧绿的松柏因秋而苍翠，那高高的白杨把“手指”直伸向蓝天，那粗壮的法国梧桐可任两个人搂抱，那古老的银杏撒开满树的“铜钱”。地坛中的树牵手搭臂，连缀成一地浓荫。成排的像威严的卫兵在持枪值岗，成片的像连队的士兵在集队操练。斋宫门前的白杨树们挺起它们笔直的腰肢，似在与不远处的群楼比高。在我看来，2008 年的北京奥运会刚过一年，北京城的万树也似乎愈加地抖擞起了精神。万绿丛中，偶尔有一株红枫来点缀，竟然把整个地坛的秋天都燃烧成火辣辣的希望。

在地坛北门内东侧，我的目光被一株沉甸甸的海棠树深深地吸引。那株海棠五六米高，短而粗的树干撑起满树密密的海棠果，树冠形如努力张开的伞盖，在地面上映出美丽的身影。一片片树叶似小手在轻摇，一枚枚海棠展现孩子般的微笑。树身用它那坚实的母体承载着满树丰硕的收获，在和煦的秋阳下，在飒飒的金风里。这是我平生第一次看到结在树上的海棠果，以致我目光呈现出新鲜与好奇。我两颊的喜形于色，全被头顶上那密不可数的顽皮的海棠们招徕了去。

我生长在偏僻的洪泽湖西岸，早年家贫，自然与欣赏名花名木无缘。初中毕业时，从李清照的名作中，读到“却道海棠依旧”之句，竟不知海棠为何物，待吃到了海棠罐头与看到海棠花，那是在走上工作岗位之后。再后来看到电视剧《秋海棠》，我又把海棠与屏幕上的梨园名角儿紧密地联系在一起，从而造成一种情感上的错觉，总认为海棠与悲欢离合紧密相依。20 年前在绍兴沈园，听一位老师傅讲述陆游与唐婉的故事，说的是陆游在母亲逼迫之下休了爱妻唐婉，临别，他送一盆海棠花给唐婉。唐问：此为何花？陆答：相思红。多年后，陆游路过沈园，这时唐婉已改嫁赵士诚，此园即是赵家的后花园。陆游见园中遍植海棠，乃问花工。花工答，此花名断肠红，名字乃女主人唐婉所起。一对有情人两次改花名，让秋色中红艳艳的海棠花醉了两地相思的断肠人。

我对海棠的钟爱不仅来源于陆游与唐婉风流千古的故事，而且源于古人咏海棠的诗句之中。如果说牡丹有“国色”之称，那么海棠便有“国艳”之誉。唐代贾耽在《花谱》一书中竟称海棠为“花中神仙”。唐代薛能曾留下“四海应无蜀海棠，一时开处一城香”之句，从嗅觉上写出了海棠的芳香；北宋大才子苏轼则咏道：“东风袅袅泛崇光，香雾空蒙月转廊。只恐夜深花睡去，故烧高烛照红妆。”他又从视觉上写出了海棠的红艳。“岷蜀地千里，海棠花独妍。万株佳丽国，二月艳阳天。”这是宋人沈立《海棠百咏》中的诗句，描绘出春海棠临春自放、独领风骚的神姿仙态。

游遍地坛，独见此一株海棠树，难怪我这般的颔首称奇。站立树下，我不能不想到当代著名作家史铁生。36年前，当他双腿瘫痪自陕北返回北京时，身处绝境，满目凄凉，甚至产生绝望轻生的念头。这地坛的古树下，是史铁生思考人生的地方，也是他人生峰回路转的圣地，是地坛的绿树给予了他生命绿色的生机。史铁生平日与地坛为邻，用他自己的话说："这古园仿佛是为了等我，而历经沧桑在那等了四百年。"我想，这可能也是一种缘分。如今，那海棠树上沉甸甸的果实，又多么像史铁生那丰硕的人生。人生当如树，春天吐绿开花，夏日枝叶纷披，秋天果实累累，冬来叶落归根。史铁生是一棵树，一棵北京地坛的泥土滋养大的一棵参天大树，他以身残体弱的生命，谱写了一首茁壮的人生之歌；他以坚忍不拔的精神，为大地撑起了一片浓荫；他用一支毕生依恋的生花妙笔，书写绿色，讴歌生命。

离开地坛，我独有一份遗憾：如果当时我把那株海棠树拍照下来，放在电脑桌面上常看，那该多好！

2009年9月1日于北京

上海印象

这是我第三次到上海，且每次的时间跨度都在 20 年以上。

上海是中国最大的城市，在世界排名也均在十大国际都市与十大摩天城市之列，上海的高楼大厦在全国堪称第一。我第一次到上海，也可以说主要是奔当时的国际饭店 24 层楼而去的。在低矮的茅草房中长大的农村娃子，乍一见到那么高的楼房，用“欣喜若狂”一词来形容，一点儿也不算过分，以至给我多年来的茶余饭后留下了说话的本钱。儿时就听说过，上海的娃子来到苏北，看到遍地的麦苗竟大惊为韭菜；而苏北的农民到了上海，最忌讳的一句称呼就是“乡巴佬”。确实是时代不同了，如今进上海打工的农民队伍，如波似潮，他们不仅以自己的人群包围了大上海的楼群，而且以自己的汗水装点了这座现代化的大都市。

20 世纪 80 年代的一场大改革，在很大程度上缩小了城市与乡村的距离，但苏北的楼房怎么也赶不上上海的楼房那么高。农村在走，城市也在走；苏北在疾行，上海也在疾行。在今日的苏北，见到 30 层楼便会感到“危乎高哉”了；而上海黄浦江东岸金融中心的环球大厦，已高达 101 层，说手可摩天，这并不算什么夸张。看来，李白当年“危楼高百尺，手可摘星辰”的诗句，还需与时俱进些。面对着百层环球金融中心，我像个孩子似的躺在路边的地面上，用现代的数码相机摄下了它和金茂大厦的合影，并取名为“浦东俩兄弟”。据路边宣传效果图显示，再过三四年，浦东还会出现“仨兄弟”，老大的位置将被后来居上的一百三四十层高楼取代。

记得我第一次到上海，是住在三湾镇五角场的一家大工厂里，后两次不谋而合，都是住宿在黄浦江边，一在 20 年前的浦东，一在此次的上海发电机制造厂。1989 年 7 月，我与周崇健、李家才经上海辗转南下杭州，时在浦东某部服役的外甥冯耀，热情招待了我们。我第一次乘坐轿车是在上海，我发表的第一则格言也是在上海的《解放日报》上，而且同是在浦东大开发前夕的 1989 年。不难猜测，21 年前一个乡村教师坐在轿车上看上海时，究竟是怎样的感觉，说真的，那时确实感到有一朵心花在我无边无际的心空中绽放。

那次冯耀招待我们是在一家私营皮鞋厂的厂房里，一间不太宽敞的厂房两个世界：这边我们在尽情地饮酒，那边有几个工人在灯光下全神贯注地赶做皮鞋；这边我们老乡聚会饮得痛快淋漓，那边他们按件计资忙得不亦乐乎。家才是个有心人，他在饭前就走到工人中去，细心地询问他们厂里的效益及产品营销情况，可以算那次江南之旅的一项社会调查。那天傍晚，我们自十六铺码头过江，沿途看一路浦东景况，满眼是破旧的街道房舍，全然不似今天的高楼林立。如果比较一下，那时浦东的水平，大致能相当于苏北 90 年代的乡镇或县城。后来，我从报上看到了浦东大开发的消息，如果说苏北发展的速度是在走，那么浦东的发展速度便是在跑，而且是冲刺式的短跑。士别三日则刮目相看，20 年前后的上海浦东，变化竟是这般的翻天覆地。当我又一次乘车在摩天大厦与宽敞的街道上穿行之时，感慨之情油然而生。

我每次到上海，都要到虹口公园（今改为鲁迅公园）去凭吊鲁迅先生墓，这似乎已成为我人生的一种义务与任务。也许是因为从小就拜读小说《水浒传》的缘故，我一直对人格高尚者崇敬有加，仰而望之，而对奸诈刁钻之徒又是那样的鄙视憎恶，不屑一顾。从古至今，凡受到世俗青睐者大都不会是好人，而那些常常令世俗不可思议者，却用他们的人格与情操组成了民族的魂魄与脊梁。鲁迅先生正是因有一根铮铮的傲骨，才能赢得万代千秋的敬仰。

每次走近鲁迅先生墓前，我都会默诵他最著名的诗句："横眉冷对千夫指，俯首甘为孺子牛。"这是何等的铁胆柔肠！天生一副硬骨头！

我曾到过鲁迅先生的出生地绍兴百草园，又曾到过先生在北京的居住地阜成门附近的"老虎尾巴"，可以这样说，我心中最敬重的人莫过于鲁迅先生。人生能以先生为师，那当是做人的一大幸事。一个没有民族之魂的民族是悲哀的，一个有了民族之魂而不知敬仰的国民是无知的。大上海，因长眠着顶天立地的民族之魂——鲁迅而骄傲。

我第三次拜谒鲁迅先生墓园，正是夏历庚寅年的端午节，意义更殊有不同。远有爱国大诗人屈原引路，近有大文学家鲁迅为模，身边又有长江的奔腾与大海的浩瀚，不觉之中，心灵已为之慰，心志已为之增。

2010 年的 6 月是喜庆之月，我应胞妹宝侠一家之邀，特地到上海看世博，这也当是此生中的一件大事。宝侠与茂生夫妇已到上海打工数年，能在他们家暂居的斗室里饮家乡酒，睡木板床，心中感到格外的舒畅。因为陋室中的人间真情远比高楼大厦中的虚情假意要珍贵得多。

当然，我这次上海之行的第一主题无疑是看世博。上海世博园分布在黄浦江两岸，共分 ABCDE 五大展区，我们选择的是亚洲与欧洲展区，因为一天时间你是不可能把所有的展馆看完的。况且，观众又是那么的多，每天都有数十万人，偏偏给我赶巧的是，6 月 15 日这天参观人数高达 54 万余人，是近期参观人数最多的一天。我的最大感受是拥挤，无论位尊位卑，除了老年人与残疾人之外，都得排队：上世博公交专线时，排队；在大门外等候时，排队；进了大门接受安检时，排队；连在中国馆内选择看某个展馆时，也要排队。上海世博园有两道风景线，馆内的风景线是：陈列；馆外的风景线是：排队。虽然，看某个国家的展馆可能需要排一个多小时的队，但人们依然是喜形于色，乐趣横生。排队中不仅有秩序，而且有文明，排队在这里是最公平合理的事情。

我国第一次举办世界博览会，作为有条件的中国人，我们都应该来看看，这不仅仅是一种参与，更有一种无须言说的特殊意义，不是吗？2008 年看北京奥运是举国的热点，2010 年看上海世博同样是举国的热点。每个前来参观的炎黄子孙，在心底里都有一种希求祖国强盛的渴望。走在上海世博园平坦的地板砖上，我没有放声歌唱，而是默默地写下了一首题为《上海看世博》的小诗：“黄浦江连着大海 / 大海连着五大洲 / 当心海涨潮的时候 / 当热血澎湃的时候 / 和平鸽的翅膀 / 迎来八方自由之神 / 展馆，华夏展馆最大 / 国旗，五星红旗最红 / 一半飘在空中 / 一半飘在我心中。”

我不能说，上海是世界上地铁线路最多的城市；只能说，上海是个乘地铁很方便的城市。东西南北中，老城与新区，有十几条地铁线路在恭候着你，无论是直达还是转线，大都能让乘客满意。我在游览时开玩笑地说：上海的地铁不仅是在地下，有的还在空中。说确切点，那线路是在头顶上，像立交桥。茂生笑着告诉我，那不叫地铁，而叫轻轨。在这世界排名前列的大上海闹市中，轻轨比公交车还要方便，不仅速度快，还能沿途居高临下看风景。

到上海来看世博，首先要过安检关。车过太仓，迎接我们的是夹道红艳如霞、洁白如雪的夹竹桃花；而车达嘉定，迎接我们的又是安全检查站手执枪械、表情严肃的武警检查人员。这是在告诫我们：看世博需要潇洒，更需要安全。坐在上海的公交车上，你会发现，连往来专线司机们的胳膊上都戴着印有“安检员”字样的袖章。

我的外甥孙女冯一帆，刚刚考取高校便被选到世博园担任安检员，是工作人员，也是武警战士。世博园内的安全检查分好多个进口，一个个安检员忙碌在万头攒动之中。我手执相机，一边排队，一边注目观望，如果能看到一帆，正好为她拍一张工作照带回家。因为我事先知道，按安检的纪律要求，工作人员是不能与亲友随便打招呼的。在这人流汇集的世博园中，我始终没看到一帆的身影。

上海看世博，一天能看几个馆就算知足了。人虽然这样多，但秩序还是井井有条。在克罗地亚展馆里，在来自四面八方的人群中，我顿生两个感受：一是感受磨砺，长年坐在办公室里的人，到这种场合来累一累，于身于心不无裨益；二是感受公平，汇集到这里的人群，只有笑脸，没有尊卑，更没有等级。在展馆门前，不知哪位观众不慎把一个矿泉水瓶子丢在了地上。我正欲走过去捡拾，却被一个四五岁的小男孩捷足先登了，他用小手轻轻地捡了起来。他把瓶子与食品同时放在手中，看样子是想等待时机放进垃圾箱中。他在守护着纪律，也在守护着文明。他小小的心里竟也知道，不能让一个垃圾瓶给外国朋友带来不好印象。

我挨近那个小男孩身边，故意逗趣说：“把瓶子给我好吗？”谁知他把黑眼睛一瞪，挺认真地说：“我是安检员！”我不禁一笑，笑他的所答非所问，也笑上海世博会的安检工作，给他聪明的小脑袋带来了灵感。

古云：童言无忌。今天，已华发横生的我却从一个幼童的口中得到了感悟和启发。是啊，我国举办这么大规模的世界博览会，安检是必不可少的一项工作。为了祖国母亲的安宁与振兴，我们每个人都应当是安检员。

载于《大湖徐风》2010年9月

静海寺沧桑

一

走进南京静海寺，我的脚步缓慢而沉重，像是在参加一次神圣的洗礼。

所谓静海寺，不过是一片残存的废墟，但古风犹在，历史长存。曾几何时，大英帝国谈判代表们手中的“文明棍”，强硬地点击着脚下这片真正文明的土地。时光老人沉默不语。

这是一片悲与喜、泪与笑交织的土地：近代耻辱的国门从这里痛苦地打开，又从这里严肃地关闭。打开国门的是帝国主义的枪炮与清政府的腐败，而为一百余年国耻画上句号的，则是中国共产党及其领导下的人民大众。这是历史的巧合，又是不容置疑的真实——眼前的狮子与不远处那高高耸立的中国人民解放军渡江战役纪念塔可以作证！

1949 年 4 月 22 日，陈毅和粟裕两位将军率领所部，从狮子山脚下突破扬子江天然防线，把红旗插上国民党反动派的老巢——南京“总统府”，用胜利去迎接中华人民共和国的诞生。

二

静海寺已无寺院，仅留下它遥远的故事与淡淡的历史血痕。不知是谁，别出心裁地在大门前题下“古静海寺”几个大字。多一个“古”字，沧桑感倍生；一字之增，亦可以作为对历史的诠释与凭吊。

1987 年，南京市政府拨款 48 万元，在静海寺东配殿旧址复建 628 平方米的明代风格古式建筑，故地再造，后被顺理成章地辟为《南京条约》

史料陈列馆。为了迎接香港回归，1996年底，省、市与下关区政府拨款500多万元，南京大中小学师生及社会各界人士又捐款60余万元，在陈列馆原有基础上加以扩建，占地2100平方米，建筑面积达1000平方米之多，不仅修复了市级文物三宿岩，移来了与静海寺密切相关的省级文物——明代天妃宫碑，而且增设了“条约陈列室”与“郑和史料陈列室”。天妃即我国东南沿海一带民间祭祀的妈祖神，天妃宫碑文为明成祖亲自撰写。

如果说历史是一部教科书，那么，中国近代史便是一本用血与泪著成的教科书，古静海寺亦成为这本教科书中天然而又人工装帧的扉页。

明理明智莫过于炎黄子孙。从民族奇耻大辱的启示录中，今天的中国人正在寻找自己的方位。所有的游览者都会发现，在陈列馆的大院内，悬挂着一尊铜钟，铸造于香港回归的前夕，这就成为静海寺的新名胜——警世钟。钟的主体高1.842米，象征着《南京条约》签订的年份；上方铸有12只和平鸽，象征我国12亿人民热爱和平；下方有两条巨龙，象征长江与黄河；中间有一个梅花形撞击点，是以南京市市花作为标志，象征着《南京条约》签订地点；四周铸上许多“回”形图案，象征中国人民喜盼香港回归的心情。此钟只在每年8月29日才可以撞击一次，让钟声告诫海内外华人同胞：不忘国耻！刻骨铭心！钟名由中共江苏省委书记陈焕友同志题写，著名书法家武中奇也在上面留下遒劲的笔迹：“前事不忘，后事之师。”

在庆祝香港回归期间，已经96岁高龄的江苏武进籍画家袁晓园女士即兴挥毫，为《南京条约》陈列馆书下一联：“鸣钟堪警世，知耻足兴邦。”

一堂堂生动的爱国主义教育课，将在警世的钟声中一代一代传与后人。钟声也是一种祭奠：对屈辱国史的祭奠；钟声又是一种祝愿：对祖国辉煌未来的祝愿。

三

历史已告诉了我们很多很多，其中包括古静海寺的诉说。

我们的脚下是一片历尽沧桑与苦难的土地。废墟也能给人以财富，那是一份无价的精神财富。对于一个没有失去良知的人，静海寺会赋予你闪烁着理想与智慧的启示；对于一个从灾难中醒来的民族，古静海寺又是一所取之不尽用之不竭的精神宝库。

昨天，我们的头上曾翻滚过战争的烟云，我们已属于烟消云散、云开日出的今天。啊，战争，这个人类极凶残的怪物，它曾野兽般地吞食过人类的理想、憧憬与幸福。

在一片具有浓重的历史氛围的空间上站立，我的思绪很长很长。虽然沉思有时很孤独，但从古至今，也很少有人去衡量沉思的重量。站在这血与火、耻与辱的废墟上，回首眺望岁月的蹉跎与人世的苍茫，我突然发现：历史流泪了，流下的是对种恶者的愤憎，也是对播种者的敬仰。那泪水在奔涌，在澎湃，在咆哮，流泻成新的黄河与长江。

一颗心儿沉甸甸地来，又沉甸甸地去。狮子山不动声色，扬子江无语东流。

走出静海寺，我的心境似乎有点豁然开朗，像实现了一次沉重的解脱，又如完成了一次隆重的洗礼。

我们的脚下又是一片充满阳光与希望的土地。残忍的人只希望自己好，善良的人也希望别人好，而高尚的人却能希望人类好。我们不能总是把目光停留在头顶上，那未免太浅陋。脚下这条长长的路，需要我们勇敢地去走，更需要我们具备世界的目光。为了把祖先传下来的人类文明之火燃烧得更加旺盛，不同肤色、不同语言的人们都要携起手来，跨过历史的围墙，去拥抱新世纪的太阳。

一群和平鸽从都市的上空飞过，带走了我流连忘返的目光。我的眼前忽地闪现出古静海寺的明天，那也是我们国家灿烂的明天，但愿也是“地球村”明天被浓缩了的画卷。

是的，明天美丽而又诱人，虽然我不能详知她仙女似的模样，尽管她的身旁还会丛生着荆棘。

皇藏峪读树

十多年前在乘火车穿越皖北时，面对广阔无垠的大平原，我坐在车窗边感慨地说：皖北无山。游览了萧县皇藏峪之后，我才体会到，见不尽天下之事，妄下结论乃人生之大忌。

这次宿州之旅，最后一站是萧县，早上7点半车发灵璧开发区大酒店，两个多小时就抵达皇藏峪大门前了。此行的主题是看皇藏洞，去品味一下汉代开国皇帝刘邦成功前的酸甜苦辣。偌大的一座山开宗明义，说的就是彭城之战时，刘邦大败，逃进徐州西南的山中，见后面追兵甚急，他灵机一动，便带着几个残兵败将藏进了悬崖下的一个山洞里。刘邦心下寻思，若有一块大石头挡在门前就好了。神奇真的出现了，顷刻间，忽然一块巨石自天而降，把洞口遮得严严实实。随之，又有无数蜘蛛从天外涌来，在洞外结出一道道蛛网。项羽的追兵来到洞下的山道上，负责搜寻的将领向他禀报说：他们发现了一个山洞，但外面结满了蛛网，不像有人躲藏的样子。项羽听罢，遂下令到其他地方去追寻。因此刘邦才躲过了这一劫难。于是这座山就有了个与战争有关的名字：皇藏峪。在导游的讲解中，我却干了一件无心插柳之事，悄悄偷换了主题——把注意力放在那些奇妙的山树上了。皇藏峪可谓名树云集，尤以檀树居多，许多景点可以说是一树一故事。

进入大门，路边玉立着一棵菩提树，青枝绿叶，给人一种与众不同的感觉。这使我立马想到了张贤亮的同名小说以及佛教六祖惠能的那四句偈语：“菩提本无树，明镜亦非台。本来无一物，何处染尘埃？”菩提树是佛祖悟道的地方，佛教五祖弘忍大师在湖北黄梅开坛授徒的故事也代代相传。景区植此树，植树者似有苦心，让来来往往的游客进门就上了一堂人生课，在旅途中去想一想做人的道理。前面不远处有一座假山，上有流水下注，然而，总让人找不到天然的感觉。我于是即景生情，篡改了李白的诗句："飞流直下三四尺，不是银河落九天。"遂引来同行的笑声。

道左有一棵掉了皮的老榆树，相传已有2200多年历史，树干上还挂着一块牌子，上写着"夫妻鸳鸯树"几字。这无疑又给游人一个惊喜。一棵根上长出两棵树干的现象见过，而像这般枝叶搂搂抱抱、缠缠绵绵的树还是第一次看见。

北行登山，我们来到一个叫"龟兔赛跑"的景点。只见一块龟形的巨石，背上背着一棵高约10余米的大树，旁边还有一块石头像一只飞跑的野兔。那棵大树将根深深地扎进石缝之中，古老的枝干仿佛在仰天长啸，遒劲的树根牢牢地抓住石头，与大山、巨石结成生生不息的大自然联盟。我不禁慨叹：大地可生万物，大山亦可生万物，它们都是大自然与人类的母亲。

山道边的山石上还站立着两棵青檀树，粗壮的干直冲云霄，而一根根挖掘机似的根须，就像壮汉们用力大无穷的双臂紧紧地抱住巨石，那块巨石于无可奈何之中，裂开了一道石缝。大树欲将巨石抱走，巨石又眷恋地依偎在大山的怀抱里。听导游说，这叫"石破天惊"，它不仅惊走了天上的流云，还震撼着一个个游客的心灵。

瑞云寺，多么祥瑞而美丽的名字！它面对深谷，背负山崖，遥望青天。据说，寺名原为清代大书法家邓石如题写，不知泯灭于何时，今寺名三字题写人是已故赵朴初老先生。我感叹这建筑于晋代的千年古刹，也感慨这古刹里一代代晨钟暮鼓、青灯黄卷的僧人。然而，令我为之感叹的，还是寺院中那株龄愈千年且"一脉相承"的古银杏树。中间是树的主干——爷爷，顶天立地；两边又生出一大一小两根树干，东面大的一株是儿子，直立着；西面小的一株是孙子，斜弯着枝干。顾名思义，人们称它们为"祖孙三代"，也叫"三世同堂"。也有人解释说，这是一次拉架场面的形象组合：孙子不争气，父亲怒气冲冲要打他，而一向溺爱孙子的爷爷从中劝架，这让教子有方的父亲一时间又无法教子。院子西部原有两棵桂树，一棵金桂是姐姐，一棵银桂是妹妹，人称"姐妹树"。如今只剩下姐姐金桂了，在大树的覆盖下枝条弯弯，像恹恹欲睡的样子，人们又给它取了个名字——睡美人。这样，故事又出现了，原来东面的那棵孙子树是在拈花惹草，它伸出手臂一样的长长枝条，似在想勾引睡美人。仔细地看一看，想一想，真还叫人忍俊不禁。

因我们还要赶往蔡洼村去参观淮海战役指挥部旧址，这次游览近于尾声了。导游带有遗憾似的说：景区中龙岗山下的无艳泉边，还有苏轼的长子苏迈的墓，墓边绿树环绕；山中天门寺景点还有一棵叫“女郎舞春”的树，其形其状栩栩如生。我在抱憾而回中沉思，与其说此行是看山，倒不如说是看树；与其说是看树，倒不如说是读树，因为皇藏峪就是一部由树编纂而成的书，既有神话的色彩，又有童话的韵味。

中午在丁里镇的一家酒店用餐，饭前，夏程程与王艳林几个宿州小朋友，要我在赠送他们的散文集上签名。签毕，他们客气地说：我们送你什么呢？我开玩笑说：就送一棵皇藏峪的树吧！

载于《楚苑》2017年3期

沧桑柳山湖

人类最令人敬畏的词汇当是“沧桑”。

初游柳山湖，我的收获是感叹；再游柳山湖，我的收获还是感叹。我此行是故地重回，我所面对的是一湖水，而我记忆的屏幕上所回放出来的却是一座山，一座高约百米的山，这在地势低洼的洪泽湖西岸，确实能给人一种鹤立鸡群之感。

金秋九月，也就是泗洪稻米文化节的前夕，我与文友王清平应邀赴石集乡柳山湖景区采风。说来更巧的是，清平的老家在景区北二华里处的石台村，我的老家在景区南七八华里处的莫台村。如今，石台村已变成了一片稻海，莫台村也在拆迁之中。我们的车在稻田间的柏油路上，围绕预设的国际半程马拉松跑道一周后，便在柳山村仅存的几户原山民的住房前停了下来，随之，柳山村的周支书与乡宣传委员蔡睿便把我们领进了景区的大门。脚下是不太平整的沙石路，潭四周是满眼未曾开采的山石，山石结成一个严严实实的整体，紧紧地拥抱着清澈的湖水，形成天衣无缝的山水组合。柳山湖不是源于大自然的鬼斧神工，而是来自人类的钎锤之力。人类也太了不起了，一锤一锤地挥打，一钎一钎地蘸水，一炮一炮地燃放，终于将一座山夷为平石地，又将平石地凿成湖，准确地说，是深不见底的潭。

记忆中柳山上没有池塘，也没有莲叶荷花，而路边却出现了以石头为底的人工池塘，池中还散立着初秋的渐于枯萎的莲叶。最令人感到新鲜的是，在湖边土层稍厚一些的地方，还被种上了不远万里迁徙来的西部高原“移民”——格桑花。它们一个个露出粉红而灿烂的笑容，像是表示对我们的欢迎。实际上，它们才是远方的客人。

秋雨不遮天，密密的细雨在淅沥着，天空毫无牵挂的云儿在移动着，我的一颗心儿在飞翔着，飞向那不甚遥远的昨天。途中蔡睿讲了一个故事，说的是一个小学生游柳山湖，回去在老师布置的作文中感慨万千地写道："好深好深的山啊！"她的一句话引来了我们的笑声，我亦在笑声中感慨万千。小雨如梳，静静地梳理着我的往事。

关于柳山的传说很多。已记不得第一次登柳山是在何时，只记得在我读初中时，父亲为了供我上学，不得不在年近五旬时组织村上一帮人到柳山采石厂做工，这在今天叫打工。所做的工作就是为来往的卡车上石头，那一块块大石头就是在一批批上石工的汗水和号子声中，被运往远方的。听人说，柳山的石质特好，既有刚性，又有韧性，既耐压，又耐磨。据说，南京第一座长江大桥的桥墩里，就垒砌过一块块柳山石。我常常站立在山顶上，遥看泗洪县城的标志物，也是唯一的一座三层楼——人民医院大楼。当然，这个"大"字只属于那个时代，它与今天拔地而起的数十层高楼相比，又只能是小巫见大巫了。

那时我在洪中上学，每次都要来回走近 40 里的土路。为了图个方便，我们同村的人就经常走柳山采石厂搭乘拉石头的大卡车到县城，有时等车，就顺便到山头上去转一转。那时我便与家乡的柳山结下了友情，因而在后来从教期间，就以二郎神担山赶太阳的神话传说为素材，写出了民间故事《柳山与毛山的传说》，并被收入《淮阴民间故事集成》中。柳山湖入口处附近的一方巨石上立一尊高高的如来佛祖塑像，没有寺庙，也没有大雄宝殿，风吹日晒，披星戴月，给人一种十分辛苦的感觉。设计者也许是想收到招徕香客的效果，而给游人带来的却是孤苦伶仃的感受。我风趣地对同行的周书记说：如果塑一尊二郎神担山赶太阳的雕塑，不是很吻合景区的主题吗？周书记望了望那尊辛勤的佛像，随之点头一笑。

清平对家乡的许多往事还记忆犹新，他建议到昔日的船塘去看看。雨下得稍大了点，蔡委员是女同志，心细一些，她从车后备厢中拿出了雨伞，我们便冒雨前行。当年的船塘如今成了一个普通的水塘，不但看不见一条条往来的船帆，而且看不到岸上那忙忙碌碌的人群以及船家的吆喝声，上石工人的号子声，还有石工们铁锤敲击石子的叮叮当当声。那时的柳山不是景区，而是热气腾腾的繁忙工地，那段往事应当写进新中国的建设史。

静静的秋雨也勾起了我对往事的回忆。初中毕业的第二年，十六岁的我以每个劳动日八分工分的报酬，加入柳山运石队伍中。那是因为我的母校莫台小学的迁址工程，校址准备从莫台迁到大队部小胡台，并破天荒地将原房屋的土墙草苫，改成砖墙瓦苫。为了墙壁的坚固，大队革委会还决定将墙壁的下面部分及地基改用石头结构，因为柳山就在不远处，采购石头方便。我曾在散文《做纤夫的日子》里写到过有关情节，生产队还派出了另外两个民工，一个是族姑父戚仁高，一个是老表哥王庆龙。如今老表哥早已不在人世，族姑父也成了八旬高龄的老人。岁月能改变的东西很多很多，却改变不了人类的记忆和情感。

我们生产队的运石船须从村西的溧河运输，而柳山的船塘距离西溧河也有一华里左右路程。石头在船塘抬上了船，还要从小胡台的村西溧河岸边从船上抬下来，然后再抬上牛车拉到学校的新址上卸下来。这么多的工序，每道工序所用的都是力气，同时还有被沉重的石头砸伤的危险。好在我们和第一生产队只负责船运，其他工序就由别的生产队承担了。我和老表哥负责拉纤，拉纤在家乡称“拉 tan”，至今我还不知道 tan 字该怎么写。我们的船出入于船塘，轻飘飘地船来，沉甸甸地船走，来程与回程的感觉是那样的截然不同，因为船上拉着的是石头，不是粮食，更不是棉花。我很想去寻找当年我拉纤的脚印，也很想寻找当年那船头上我蹦蹦跳跳的身影，这是一个六十岁的人在寻找自己十六岁的脚印与身影。

我每次回乡，都想去看一看昔日身体健壮的族姑父，看他的白发，看他的皱纹，看他那双长满老茧的大手，再与他聊聊那次拉纤运石的往事。此时，我的心有些沉甸甸的，就像当年那船舱中沉甸甸的石头。我无法表达对家乡这片土地的感情，我也无法说得清我对许多往事的感叹。

岁月不仅能把一个腰板硬朗的青年变成步履蹒跚的老人，而且能把一座高大的石山变成深深的湖潭。有一个声音在悄悄地告诉我：这就是沧桑！

载于《江苏地方志》2017年4期

感觉台儿庄

在中国，比台儿庄还大的“村庄”大概只有石家庄了。70 年前，台儿庄是个只有 3000 户的镇子，如今已成为人口近 30 万县级区的经济、政治中心。

我来时，正是秋光潋滟，台儿庄的上空蓝天白云，远远望去，楼台房舍一片静谧。这是一座世界名城，究实而言，它的名气还是侵略者的枪炮逼出来的，因为，法西斯的武力能够锻打出一个民族的反抗精神。

按照山东省运河文化研讨会会务的日程安排，我们原先计划是从微山湖边的韩庄闸乘船，沿京杭大运河东行，观一路山光水色，然后再从台儿庄登岸。几天前连日降雨，微山湖水位增高，运河上水流湍急。为安全起见，会议考察路线改从枣庄市中区南行，经峄城而达台儿庄，并由乘船改为乘车。

台儿庄在我的想象空间里，一直都是浓云滚滚、硝烟弥漫。人的第一感觉就是这么重要，英雄的台儿庄，它给我多少年的感觉不是亲临目睹，而是在历史教科书中和电影银幕上。

九点半钟左右，红色宇通大巴到达目的地。双脚踏上台儿庄大战纪念馆门前的广场，我们所听到的是 DVD 播放的现代歌声。在文艺欢迎仪式上，我听到了熟悉而亲切的柳琴戏，哦，原来枣庄还是柳琴戏的故乡。我之所以说亲切，是因为家乡泗洪原属皖东北，家乡几代人传承的地方剧种是泗州戏。泗州戏与柳琴戏同出一宗，原名“拉魂腔”“拉后腔”“拉花腔”等，形成于清嘉庆、道光年间。古戏曲有“南昆北弋东柳西梆”之说，拉魂腔吸收了鲁南柳子戏、肘鼓子以及诸多民间小调发展而成，共分三支，北路有滕县（今滕州）东郭镇苏楼村的苏家班；中路有峄县西部陶官村的高家班；大约在 19 世纪后期，滕县东门外武氏兄弟将此剧传入皖北与徐州一带，称南路柳戏，而流传至古泗州一带的拉魂腔则被称为“泗州戏”。至于“柳琴戏”这一名称，直到 1954 年才在鲁南出现，因其主要伴奏乐器柳叶琴而更名。

在近代史上，台儿庄给人的印象是勇武之地，而呈现在我们面前的却是五彩缤纷的人文胜地。欢迎演出有唢呐合奏，有武术表演，还有现代歌剧《白毛女》选段。在这种场合唱《白毛女》，我感觉有点奇怪，一问才知，原来台儿庄是诗人贺敬之的故乡，歌剧《白毛女》便是他的杰作。家乡人表演家乡作家的作品，这无疑也是对家乡的一种赞美方式。演唱柳琴戏的是台儿庄文化馆张凤云女士，她淡妆不抹，演唱著名的柳琴戏《喝面叶》片段，据说“喝面叶”就是当地的吃面条，而在我们家乡的方言中，应该叫喝面油汤。60 岁的人了，唱腔还是那么圆润，显然是宝刀不老。听到张凤云的演唱，我立刻想到了家乡泗州戏名演员李彩凤，当年她的戏唱响了皖北、苏北与鲁南。记得我十来岁时，李家班到我们村演出，让村中乡亲们兴奋了好多天。那时的县剧团下乡演出，有点像今天的心连心艺术团一样受欢迎。那不仅是父老乡亲的精神饥渴与文化需求，而且因为，那时农民的文化生活实在太贫乏。生活的步伐也太快了，银幕取代了舞台，荧屏又取代了银幕，当代丰富多彩的网络生活，又大有逐渐冷落荧屏的趋势。近些年来，家乡的泗州戏已被冷落到寂寞的边缘，我真担心，祖先创造出的地方文化遗产，将于不知不觉之中在家乡的土地上消逝，就像夜幕上消逝了繁星群中的任何一颗星星。

历史上的台儿庄是京杭大运河沿线的一个重镇，古老的大运河文化养育了这片土地上的代代子孙。韩庄运河东下，经台儿庄南流，再与苏北中运河相连接。台儿庄又是京杭大运河家族中的一颗璀璨明珠，无论是康熙帝六次南巡，还是乾隆帝六下江南，这里都是必经之地。物华天宝耀于山水，地灵人杰适时而生。乾隆帝一次乘舟而过，心为两岸的绿柳烟村所动，他欣然写下了一首绝句：“乾庄水气罩楼台，雨后斜阳岸不开。人在长亭深处好，风帆一一眼中来。”这位文采飞扬的皇帝一生写了 4 万多首诗，可以说是我国古代最高产的诗人了，遗憾的是，他却未能留下一首脍炙人口的传世名作，他是诗人，却算不上著名诗人。可见，文学创作太严酷，文学作品也绝不是以量取胜，而是以优以精取胜。上面所引的这首诗，称得上是乾隆皇帝诗中的佳作了，他的才气加上台儿庄运河上的美景，孕育了一首情景交融的好诗。

对于台儿庄血战，我不是战斗者，也不是目击者，只是一个同仇敌忾的后来者。我在现代化的城市建筑中，我在大战纪念馆的文物与文字中，仔仔细细地寻找台儿庄战役的原始镜头，就像15年前在扬子江边南京大屠杀遇难同胞纪念馆寻找累累白骨一样，让胸腔在膨胀，让心火在燃烧。历史是最不容包装的时间体，商品越包装越精致入目，而历史却越包装越丑陋不堪。然而，台儿庄从不需要包装，岁月的烟尘始终擦不去历史的血痕。

从墙上那大段的文字中，我寻找到了一首小诗："三千人家十里街，连日烽火化尘埃。伤心几株红芍药，犹傍瓦砾惨淡开。"这是当年中国军人别志南在清扫战场时写下的一首即景诗，这首诗虽然在格律上有不合平仄之处，但它却真实地描绘出了台儿庄战后的残破景象。

童年时，我曾从说书的江湖艺人口中听到过唐代罗通盘肠大战的故事，而从大战纪念馆的历史资料中，我却看到了一个"现代中国的罗通"。31师某营营长颜省吾，肠子被日寇的炮弹炸了出来，但他忍住剧痛把肠子塞进腹中，又持枪与敌寇战斗。就是这位被李宗仁赞为"保家卫国之模范军人"的民族英雄，用生命与热血写下了民族史上最悲壮、最优秀的英雄之诗。

古有西楚霸王项羽破釜沉舟，在台儿庄血战中，31师师长池峰城果断炸掉浮桥，与日寇决一死战，他留在天地间一句最壮烈的语言是："台儿庄就是我们的坟墓！"

在台儿庄清真寺，我一次次抚摸墙上日寇留下的弹孔。弹孔有的大如蟹穴，有的小如蜂窝，点点遍遍，历历在目。子弹已不知落于何处，但弹孔依然被历史收藏着。

走进台儿庄，展现在游人眼前的是条条宽阔平坦的街道，是幢幢拔地而起的楼群。而我是用心看的，依然能看到另外一种景象——那连日的烽火，那颓圮的街墙，那森森的白骨，那踽踽的幽灵。那是一场什么样的战役呀？歼敌1.19万人，却有3万名中国将士为国捐躯。中国军队以近三倍于敌的惨重代价，取得了大战的胜利。从一张历史的照片上，我看到李宗仁将军站在领奖台上，两颊露出庄严而惨淡的笑容。

晚宴安排在国际大酒店。台儿庄人很好客，献上丰盛的酒食饭菜。在举杯应酬的空闲间，我悄悄发现，白天在纪念馆中的那种严肃的表情消失了，代之而起的是一片欢声笑语。招待宴上，白酒、啤酒、红酒大滴大滴地从杯中溢出来，又与汁汤掺和在一起，在餐桌上汇成另一道“京杭运河”，那些着了色的酒水洇洇地从桌边往下滴。那桌面上蠕动的酒水，多像当年抗日将士们的血水与汗水。

载于《文化月刊》2008年1月

车向清西陵

夜宿保定老城根，第二天上午匆匆游览直隶总督府。游罢，导游肖鑫风趣地说：小巫见大巫，我们再去游览帝王陵园。

如果要追回我曾经有过的崇拜对象，那绝对不会是清西陵；如果说我这次冀中之行是久有此心，那么我的目光所追寻的也当是清西陵之外的一路风景。旅游专车北行，前面有桃园结义的故乡，更有成语慷慨悲歌的故乡。东北面是号称“天下第一州”的涿州，我原以为只有神州能这么称谓，没想到涿州人也这么“牛”。据说，这“第一州”的说法来源于乾隆皇帝的诗句：“日边冲要无双地，天下繁难第一州。”车经满城，导游说，这里有灵山，山上葬有中山靖王刘胜的遗骨，以山为墓，气势恢宏。

我在中学时代就从“图穷匕首见”这一成语中知道了荆轲的名字，从此崇拜之情一触而不可中止。车向清西陵，必经南易水河、中易水河与北易水河。南易水河又名瀑河，在地图上寻找不到它的原名。易水自古是条名水，它不仅名在因易州而得名上，而且名在与历史上的一个大名人结下了缘分，那个人的名字叫荆轲。历史上任何一个刺客的名字到这个名字面前都会显得逊色。

车近易水，我想起了初唐诗人骆宾王的诗：“此地别燕丹，壮士发冲冠。昔时人已没，今日水犹寒。”骆宾王也是一条汉子，一条文化汉子，他为了一腔正气敢于帮助徐敬业起草檄文，痛骂身为大周女皇的武则天。他一次路过易水为朋友送别时，忽然豪情大发，缅怀古人写起了诗来。如今我也来到易水河畔，怎能不增感慨之情？骆宾王在怀古，我亦在怀古；骆宾王在凭吊荆轲，而我在凭吊荆轲与骆宾王。因为这一文一武两英雄，一直是后来者的老师与楷模。在易县县城西北易水河南岸的荆轲山上，矗立着一座高高的荆轲塔。此塔始建于辽乾统三年，即公元1103年。荆轲是慷慨悲歌的杰出代表。荆轲塔建在荆轲衣冠冢上，衣冠冢坐落在荆轲山上，山东面还有一个荆轲村，据说即当年荆轲馆所在地，此馆是燕太子丹专门为荆轲而建的。那是一个在史册中极为重要的日子，荆轲就是在此馆中郑重地接受了燕太子丹派他刺杀秦王的使命从而名垂千古的。司马迁在《报任安书》中有这样一个名句："士为知己者用，女为悦己者容。"也许，这个名句即是来自于壮士荆轲的启发。

创造力最大的莫过于时间，破坏力最强的也莫过于时间。时间能移山填海，能摧毁坚固的城垒，却毁不掉人类的崇拜与敬仰。古易水历经两千多年的人间沧桑，如今一分为三，以至于让我们这些后来者已搞不清历史上燕太子丹为荆轲饯行究竟是在哪一条易水河边。我感到奇怪的是，据当地人相传，荆轲临行时那悲壮的一别是在南易水河畔，也就是今天瀑河上游的塘湖村附近，而历史上的荆轲馆与后人纪念性的标志却大都在北易河边的荆轲山下。两地相距百里，以至让我们很难寻觅古人确切的萍踪。

我们在审视历史的同时，又在叩问历史。隔代经年，有许多问题已无法澄清，但有一个悲壮而动人的历史画面，一直缭绕在我的心中。公元前228年一个深秋之日，秋风萧瑟，落叶纷飞。燕太子丹与群僚们皆身着素装，在易水岸边隆重地为荆轲送行。友人高渐离面无笑容，慨然击筑，13张古琴跳动着切切的悲壮之音。荆轲双手合于胸前，他一面向众人行道别之礼，一面放声高歌："风萧萧兮易水寒，壮士一去兮不复还。"苍凉悲壮的歌声在苍凉的秋色中回荡。

有时，一次壮举能赢得千年百代的掌声。是的，那个被送行的人确是一去没有回来。假如他因贪生而还，那么史册中就少了一个顶天立地的荆轲，那一曲《易水歌》也不会至今还那般的铿锵而嘹亮。世俗最瞩目那些站在高处的人们，唯有历史，才能把那些高风亮节之士供奉在心灵的殿堂中。

清西陵终于到了。从大红门、石牌坊与神道碑那华贵的建筑上，我隐隐约约地看到了两个字——皇权。如果说，人们对荆轲塔的神往是一种崇拜和敬仰，那么对清东陵的游览只能是一种猎奇，甚至还有一种感情上的鄙视，鄙视帝王们的奢侈与不公。因为人类最顽固的共同宿敌就是不公平，天下不公是历代帝王自绝于民的最大劣迹。

只要我们对清代帝王爱新觉罗氏的陵墓略做盘点，便可以对皇帝与老百姓的天壤之别一目了然，就会对皇权与专制制度的罪恶疾首痛心。清代的皇家陵园共有三处：一是辽宁沈阳与新宾县的永陵、福陵与昭陵，统称为“盛京三陵”，是清太祖努尔哈赤、清太宗皇太极以及清室远祖的陵墓；二是河北遵化市的清东陵，安葬着顺治、康熙、乾隆、咸丰、同治以及慈禧太后与皇后妃嫔、阿哥、格格；三是河北易县的清西陵，其中包括雍正的泰陵、嘉庆的昌陵、道光的慕陵与光绪的崇陵等。清室的三座陵园，占地面积达3000多平方公里，仅清东陵在清代就占地2500平方公里。试想，一个皇帝的陵墓可以独占一座山，一个家族的陵墓可以广达数千平方公里。

清西陵分散在永宁山（原名泰宁山）下。我们在行宫宾馆红旗厅就餐。饭后，导游又不无幽默地说：清西陵阴气太重，大家要多穿点衣服。当大队人马都在大红门前下了车，果不其然，正是暮春时节，气温却低得让人受不了，加上天空乌云密布，我们总觉得有一阵阵寒气在身边逡巡打转。大家只好返回车上，从包中取出预备的冬装穿上。

旅游大巴载着我们一行在800多平方公里的清西陵内左旋右转，我的心儿也在历史的径道上左旋右转。我真弄不明白，大清王朝的前9位皇帝，为什么5个安葬在东陵，而4个偏要安葬在西陵（宣统骨灰后也简易迁葬在西陵），并且儿子与老子互相不葬在一起，让人从中找不到一点规律性。我原以为，一个家族代代成员的安葬，选好墓地，集中葬在一起就是了，没想到，这里的清西陵零零散散，像寥寥辰星一样相互不着边际。在清西陵，两个帝王的陵墓相距最远的竟达20多公里。

导游小肖在一路介绍着，他说可能是因为雍正皇帝的人缘好，他的陵墓至今无人盗劫，土石未动，依然是一座平静的山峦；光绪皇帝就没有交上好运，他生前得不到自由，死后墓穴中的财宝竟被盗劫一空。

我随着观光的人流登上崇陵的顶部。这哪里像陵墓，分明是一座小山。站在此山望彼山，山外更有山，好一片风水宝地。下得陵顶，我忽然想到地宫再去看一看，看这位皇帝100年后的梦幻。我顺着脚下的水泥坡道一步一步向前，光绪皇帝木质的大棺材赫然眼前。此时的地宫空无一人，唯见那厚重的棺椁瞪着大眼睛，出神地望着我，多像当年被慈禧囚禁在宫中的光绪皇帝，目光中放射出殷切的期盼。一阵莫名的心悸使我放下了脚步，说一点不怕，那纯粹是假，我忽然觉得有一股阴气扑面而来。

今天的荆轲塔与清西陵无疑是易县发展中的两个经济增长点，但二者在世人心中的重量却截然不同，前者如高山之重，后者则如鱼浮之轻。从古至今，真正矗立在世代人民心中的，是一种顶天立地的风骨与高山仰止的精神。

2010年4月于河北保定

车走黄花塘

这是一次匆匆的寻访，也是一次匆匆的告别，在俯仰今古的感慨之中。

自南京公务归来，车过天长路段，我忽生一念，顺便拐个弯到曾经的新四军军部——黄花塘去看看。我的提议得到车上其他3个人的一致同意。

下了高速公路，我们的商务车在弯弯曲曲的乡路上行进。说是乡路，如今都铺上了水泥，这是当年抗日将士们想都不敢想的事情。据说，自从1943年元月新四军军部迁到这里以后，日军从来没骚扰过，原因有几种，听起来还有点玄乎。一种说法是新四军威震敌胆，敌伪不敢来侵犯；另一说为黄花塘是块风水宝地，有神灵护佑着；还有一种说法较贴近事实，那就是当年这里的路况太差，令人望而却步，加上村庄参差不齐，日军不好寻找。

司机老裴几次停车问路，车头在他手中的方向盘转动下左旋右转。老裴不无幽默地说：怪不得当年日本鬼子找不到，连我们这邻近的淮北老乡寻找起来都困难。他的一句话打破了车上的沉闷。六月骄阳似火，尽管有空调，司机还是向我要了一张报纸挡住车门上的玻璃，说是阳光太强烈，晒得他受不了。因他的话我才隔着玻璃认真地望了望窗外的阳光，而我看到的却是正在田中插秧的人们，汗水滴在他们脚下的泥水中，笑意却写在一张张黝黑的脸上。夏日插秧的辛勤，那是为了秋天的收获，黄花塘人给我的第一印象是：勤劳。

我们终于找到了黄花塘。车在一个乡村大院的门前停了下来，院门上清清楚楚写着：新四军军部旧址。院中有两排房子，前一排是草房，后一排是瓦房。那瓦房大概是实行改革开放以后盖的，那土墙草苫的茅草房，看样子也是后来人所建，否则，经64年的人间风雨，那草顶是不会有现在这个厚度的。上前敲门，门上落了锁，喊了几声，身外除了火辣辣的阳光以外，四下无声。司机掉转车头要回，我摆了摆手止住了他，并相劝说：既来之，则看之，机会难得。

我和李成下意识地寻找。我们的脚步在一户村民的门前停下来，屋里正有几个人在电风扇下聊天。见我们询问，一位身材魁梧的中年男子站了起来，用手向左面一指，说：新四军军部纪念馆就在树丛那边不远处。说完，他还怕我们找不到，便主动走出门外，又一次为我们指路。黄花塘人，原来是这么实在，他们用诚实在继承老区的传统，在装点这个世界。

新四军是一支英勇善战的队伍，又是一支举步维艰的部队。从汉口、南昌到皖南山区，又从皖南的岩寺、云岭再到苏北的盐城、黄花塘，中遭多少阴谋暗算，又有多少苦辣辛酸？不得而知。古有孟母三迁，那是为了教子成才；新四军军部五迁，那是为了民族解放的大业。

纪念馆中陈列着一幅幅当年抗日军民同仇敌忾的照片。我在沉思中浏览了所有的展厅。在同行几人一再催促下，我才坐回返程的车座上。此时我如圆旧梦般地深深呼了一口气。车过庄头，忽见一塘，方圆数百米，碧水萦回，堤埂上树木参天，有一种发人深思的幽境。我想这大概就是黄花塘吧，多年前我就留心于它的芳名。其实黄花塘原名黄昏塘，名字叫人听来老气横秋。1941 年初，新四军二师驻军此处，副师长罗炳辉为其更名黄哗塘，似取流水哗哗之意。此名似乎缺少美感，不久又更名黄花塘，也许是受到战地黄花的启发吧。

在烈日炎炎之下，我们乘车来寻访黄花塘，美丽的黄花塘曾发出过抗日杀敌的呐喊。我轻轻地按下车门玻璃，深情地望上一眼黄花塘的倩影。塘埂上岸树下，我似乎隐隐听到陈毅将军当年戎装吟咏的四川口音。

2009年6月构思于南京返宿迁归途

胜棋楼览胜

到南京的人不能不游览莫愁湖，而到莫愁湖的人又不能不赏看胜棋楼。

带着莫愁女善意的“规劝”，我走进绿树丛中的胜棋楼。这是我的第三次游历，每一次观赏都是一次温故知新的过程。我所说的“知新”，不是指那泼洒在楼顶上的新世纪的阳光，也不是指楼外那阳光下波光粼粼的湖水，而是指二楼上那600余年费人思量的棋局。

南京是朱明王朝的开基之地，论资历，胜棋楼比北京的太和殿还要长一两个辈分。近年来，二月河先生的一支生花妙笔，让沉睡多年的大清王朝的前几代帝王们风光占尽，相比之下，明代的帝王们就受冷落多了。

胜棋楼坐落在莫愁湖东南岸，世传明太祖朱元璋与中山王徐达常对弈于此，徐达以其高超的棋技，令太祖叹服，太祖便以莫愁湖赐之，此楼便因之而得名。原楼已毁于战火，今楼为同治十年重建。一楼大门两旁书着清人张兆与鹿伟堂合撰的对联：“粉黛江山留得半湖烟雨；王侯事业都如一局棋枰。”联中透出一种大气，既有岁月如斯的慨叹，又有粪土功名的豪情，非胸罗万壑之人莫能撰得出。

中国两个用“京”字命名的大都市，无不与朱明王朝有着直接的渊源关系。公元1356年，朱元璋率领农民起义军攻下集庆，遂将集庆改名为应天，后筑城建都，“南京”的名字便应运而生。至今，石头城上还回荡着徽州名儒朱升建议明太祖的那句名言：“高筑墙，广积粮，缓称王。”从明太祖朱元璋定都南京到明成祖朱棣迁都北京，历史的足印踏出一代帝王的大起大落。朱棣，这个以“清君侧”为名而发起靖难之乱靠政变起家的皇帝，他虽然因从侄儿朱允炆手中夺取帝位而受到历代的非议，但他确实是个有本事的皇帝。他为了北御强敌而迁都北京，又为了扩大国家威望而七次派郑和下西洋。可以说，他是一个集内政外交智谋于一身且有雄才大略的封建帝王。

无论是当时的留都南京紫金山麓的明孝陵，还是新都北京燕山脚下的十三陵，无时不游荡着朱明帝王的幽灵。胜棋楼的一楼大厅正中，陈列着一个个栩栩如生的明代帝王的塑像，明朝16位皇帝的雄风和俗颜尽被禁锢在这咫尺之距的玻璃柜中。朱元璋和朱棣算是把安徽凤阳朱氏的风水拔尽了，乃至于使后来的十几个帝王，基本上呈下降趋势，可谓一代不如一代。他们虽然有乐不知蜀、纸醉金迷的共性，但是他们的性格喜好却又不尽相同。如：宣宗爱赏玩蟋蟀，武宗擅射箭游乐，世宗重崇信方术，熹宗善油漆木工。别看他们正才不足偏才有余，其中还有两个人确实分别做过两件大好事。一个是英宗朱祁镇，他在遗诏中曾明确命令废除宫妃殉葬制度，这一仁慈之举，在他生前不光彩的形象上重新绘了一笔。一个是思宗朱由检，他败掉了大明江山，却也曾顺应民心，除掉了天怒人怨的魏忠贤，立下了一个历史性的大功。

从明成祖的“靖难之乱”到明英宗的“夺门之变”，从洪武帝的定鼎中原，到崇祯帝的自缢煤山，演尽了朱明王朝一代代的悲喜剧。

云南昆明大观楼有副对联长达180字，为世之稀。南京胜棋楼一楼的东西墙壁上也书写着一副对联，上下联足足224字，更蔚为奇观。联为赵戴文先生于1928年撰写，全联如下：

千年王气西来，酿成戎马干戈，纷如棋局，任居襟严，龙盘带险，燕矶舟泊，牛首烽传，尽教天阙崔嵬神符懿铄，徒资霸王以野心耳！城上石头，撼不动钢砣迷梦，问围棋谢傅，悬纛周郎，累代英雄，而今安在？只赢得危楼一角，凭吊斜阳，世运转洪钧，旷观函夏方州，庆郅治光昌，抚槛高歌革命曲。

万里长江东去，淘尽豪华靡绮，空似吟笺，况金连歇，玉树歌残，桃叶迎归，柳枝唱罢，漫道风环旖旎隽语缠绵，岂非亡国之杀俗耶？波间凉月，照无端锦瑟闲愁，想争夺齐姬，应图卫后，六朝佳丽，毕竟难存，仅留他清水半奁，曾窥艳影，南都兴雅化，净洗零膏剩粉，视女权柄耀，满湖开遍自由花。

如果说大观楼的长联是上联写景，下联咏史，那么，胜棋楼的长联则侧重书写古金陵的沧桑与变迁。

家离明祖陵仅数十里的我，儿时听到了许多关于朱元璋的传说，其中有一则说：刘基先生早就“算”到朱元璋要杀戮功臣，他为了明哲保身，便灵机一动辞官归隐江湖。临行前，徐达相送。刘基感其一番挚情，嘱咐他说，某年某月某日，太祖必下手除尽功臣，你那天定要小心谨慎，形影不离。到朱元璋火焚庆功楼那天，徐达遵照刘基所嘱，步步紧随其后，任太祖几次婉言相逐，他始终也不离开。当太祖强硬地命他到楼上与群臣饮酒时，徐达连忙伏地而言道：“我主万岁，难道还能一臣不留吗？”朱元璋在无奈之中放过了他。火焚庆功楼的传说虽无案可稽，但也道出了朱元璋心地残忍的性格特点。

缓步登上二楼，迎面便见朱元璋与徐达下棋的雕塑，太祖着黄服，徐达着红衣，各手执棋子，全神贯注地弈棋。徐达在文武群臣中是围棋高手，太祖常约他在莫愁湖边这座小楼上弈棋。与皇帝下棋，就像今天下属与领导下棋一般，着实令人费难，赢了固然不好，但输也要输个得体。倘若徐达一认真，三下五除二便把太祖杀得片甲不留，弄得他太难堪，太祖龙颜不悦，徐达那颗头颅说不定哪天就会猝然落地。如果徐达故意输棋，又会得个戏君或欺君之罪。然而，胜棋楼的传说更令人拍手称奇。相传有一次，君臣二人对弈，徐达小费脑筋，一局棋竟下了三天三夜。后来，徐达左手扶腮，迟迟不动棋子。太祖问其何故，徐达说：“陛下，请您过来一观。”太祖走到棋桌这头，仔细一看，棋盘上的棋子儿清晰地摆成了“万岁”二字。于是，棋局告停，这一停就停了数百年。

民间流传着一则关于棋局的对联，气魄极大，上联是：“天为棋盘星为子，谁人敢下？”下联为：“地当琵琶路当弦，哪个敢弹？”民间这副对联中的棋局与胜棋楼上的棋局相比，各有千秋，一个场面宏大，涵纳万事万物，一个技艺精湛，叹绝中外古今。

历史，本身就是永远下不完的棋局。胜棋楼上的那局“棋”至今胜负未决，君臣二人一直风雨兼程地在对弈，时光老人是最执着的看客。

往来的游客换了一茬又一茬，一代又一代，而楼上的那局棋至今依然在不动声色地“下”着。

载于《学习与传播》2010年2期

北京的槐树

北京是本书，一本厚重的书。那街头巷尾的槐树，便是书中一道典雅古朴的风景。

古老的北京城正在以大鹏振翅的速度向四周扩展，那速度之猛令人能听得到羽毛离开母体时的唰唰声。新世纪的花信风日新月异般地吹，又在北京的外围吹出了远远近近的楼群。站在景山公园的万春亭上，你会发现一个秘密，那如山林一样的新式楼群，大都在三环路之外，而以天安门乃至故宫为中心的旧城区依然是物不障目，古风犹存。

北京植槐树，不知始于何年，亦不知始于何人。也许是因山西洪洞县大槐树下埋着华夏民族大衣胞的缘故，北京的槐树经久延年，至今不衰。即使是在清朝统治下的200余年历史中，北京城内的槐树也是有增无减。如果你流连在某一景点中的古槐树下时，那百年以上树龄者不仅数不胜数，而且会引起你怀古追昔的联想与沉思。我原以为槐树专利权在于民间，是乡村的产物。记忆中的每年初夏，正值槐花飘香的季节，村前、沟边那一株株散生的槐树枝头，一串串洁白的槐花漂白了家乡的净空，清香沁入小村的早晨黄昏。再看这北京天安门广场周边，前门大街两旁，站立着排排葱绿的槐树，给全国政治、经济、文化中心的心脏地带，增添了质朴、庄重与宁静，然而，这宁静中又蕴藏着温馨与祥和。看到那一棵棵充满生机的槐树，你立刻就会发现一种美，一种传统的美，一种文静的美，一种沉稳的美。

乘车沿复兴路东行，经复兴门内外大街驶向西长安街，无论是中华世纪坛与军事博物馆附近，还是红墙森严的新华门前，大街两边密密的槐树，又会让你浮想联翩。槐树自有槐树的品格，它不与孤傲的白杨争高，也不与寂寞的梧桐比肩；它不像棠梨那般满身棘刺，也不像垂柳那般柔枝绵绵。槐树自有槐树的个性，它铁色的干，铁色的枝，铁一般的木质。它既不攀龙附凤，也不恃强凌弱。若论木质坚硬，它可以与松柏相媲美；若论花香蕊甜，它不亚于桃李之芬芳。

北京的槐树浴风沐雨，目睹了几度王朝的兴衰。

1644年农历三月十九日，李自成农民起义军攻破北京城。明代崇祯帝朱由检仓皇从故宫北门出逃。他见大明王朝气数已尽，凤阁龙楼将不再朱姓，遂断然在后宫门外煤山（今景山）东侧的一棵槐树上自缢而亡。槐树显然是朱明王朝覆灭的见证。在崇祯帝自缢360周年后的春天，当年的那棵大槐树已被从半山坡移植到景山东麓的山脚下，成为警示后人的一个重要景点。崇祯皇帝的死与槐树密切相关。

北京的槐树顶天立地，集燕赵慷慨悲歌于一身。

北京宣武区有个菜市口，又名柴市口，这里的槐树是用人血浇灌出来的。沧桑千年，人世巨变，如今街道拓宽，前人栽植的唐槐宋槐，或明槐清槐已不知砍伐于何年何月。菜市口是古代皇帝杀人的地方，刀光剑影，杀人如麻。奇怪的是，这里不仅杀抢劫纵火的坏人，也杀赤心报国的好人。有史为证：元至元十九年（1382）十二月十九日，“留取丹心照汗青”的大英雄文天祥就是在这里英勇就义；明崇祯三年（1630）八月十六日，横戈戍边蒙冤百年的袁崇焕在这里被处以磔刑（凌迟处死）；清光绪二十四年（1898）八月十三日，身列“戊戌六君子”之首的维新志士谭嗣同，在这里面对铡刀，慷慨就刑。菜市口上空至今仍回荡着勇士的呐喊声：“有心杀贼，无力回天；死得其所，快哉快哉！”菜市口西南不远处有个法源寺，寺中大雄宝殿门东侧有一株古槐，树龄已近千年。每当初夏之时，满树白茫茫的槐花就会在满院丁香树的簇拥下怒放。法源寺的主人喜爱白色的花，尤喜槐花与丁香，因为白色象征忠贞与高洁。相传，元代咸淳元年（1289）夏天，那位在《千家诗》中吟诵“花飞莫遣随流水，怕有渔郎来问津”的南宋爱国诗人谢枋得，被元朝统治者从福建远逐来京，并强迫其做官。他与文天祥为同科进士，亦有同样肝胆。他不愿为官，即在法源寺大雄宝殿门前的满树槐花下与满院丁香花的余馨中，绝食十余日而逝，以其坚贞不屈作为对故国北宋亡国10周年的祭奠。他的诗作《蚕妇吟》中

“不信楼头杨柳月，玉人歌舞未曾归”的诗句，即使在今天也具有反腐败的价值。

北京法源寺不仅以其于1956年开办中国佛教学院而遐迩闻名，而且以其悲壮的故事打动一代代人的心。与法源寺那株古槐有关的，还有一个17代人为忠臣守墓的故事。据报载，袁崇焕因以“谋叛欺君”罪而被凌迟处死后，他的头颅被悬挂在城墙内的旗杆上。第二天夜半时分，他的贴身保镖余义士冒着生命危险，将他的头颅偷回，并与其尸身合在一处，在法源寺的槐树下，以棺木入殓，后又与该寺方丈一起偷偷地将英雄的遗体埋葬于广渠门内广东义园。

余义士终身守墓，临终前他叮嘱家人，他死后也要安葬在袁大将军墓旁，并要求余家子孙永不为官，亦不许回广东老家（注：袁崇焕为广东东莞人，余义士为广东顺德马冈村人），宁愿犯杀头之罪，余家世世代代也要由长子为袁将军守墓。150年后，乾隆皇帝公正地为曾与自己高祖拼死抗争的勇将袁崇焕平反昭雪，并经多方查寻，才找到余氏后人与袁崇焕的坟墓。乾隆帝即时下诏，为袁将军及当年余义士修坟立祠以旌气节。他又念余家满门忠烈，欲封官加爵。余家不为官位所动，谢绝了朝廷的美意，誓遵先祖遗训，世代为英雄守墓。余幼芝是余家第十七代守墓人，而且是唯一的女守墓人。她说：“生，随墓地生；死，随墓地死！”时至今日，当有人问她为什么这样做时，年逾花甲的余幼芝果断地回答：“不为别的，就为了‘忠义’二字。”此言此行，北京的古槐树有知，果真巾帼不让须眉，有其先祖余义士的遗风。

不知是历史的巧合，还是英雄与英雄之间的“缘分”，八月，就是在袁崇焕蒙冤受刑后268年的八月，炎黄的优秀子孙谭嗣同在北京为变法而中小人暗算以至英勇献身，据说他的灵柩便停放在法源寺这株大槐树旁的佛房里，第二年方几经辗转买车南运，安葬在志士的故乡——湖南浏阳城外一座石山下。谭嗣同就义前，常与朋友、同仁相聚于法源寺，或执杯倾谈，或磋商救国救民大计。从南宋谢枋得，到袁崇焕与谭嗣同，法源寺的古槐一次次目睹了不同形式的壮烈场面。

北京的槐树大义凛然，敢于担人间道义于铁肩。

我借这次来京的机会，很想认真而深刻地读一读北京，读它的沧桑，读它的古韵，读它的悲壮。我不仅注目于菜市口的十字街前，徘徊在法源寺的古槐树下，而且特地走访东交民巷，去寻找革命志士李大钊当年被捕时的足痕。东交民巷位于天安门广场东侧，是北洋军阀政府统治时期外国大使馆的集中地。1928 年 4 月 6 日，“铁肩担道义，妙手著文章”的中国无产阶级革命先驱者李大钊，就是在此处苏联大使馆不幸被捕的，下逮捕令的正是北洋军阀政府的最后一个执政张作霖。李大钊为中国带来了“天火”，却惨死于刽子手的绞刑架下。

我寻访的那天，东风无力，细雨纷纷。首先迎接我的是古街两旁那饱经忧患的古槐树。从树龄上看，它们都老干虬枝，有的树干上还遗有深深的洞口，被哪位有心人用水泥给封住。古街的格局未变，不少房舍都经过装修或翻新，旧迹犹在，但每个庭院都早已更换了主人。一位热心的李先生殷勤地为我做介绍，他家几代人住在东交民巷。昔日的苏联大使馆现在变成了中国人民最高法院与最高检察院的招待所。他手指招待所的门牌说，“李大钊同志就是在这个地方被捕的，同时被押上警车的还有他的大女儿李星华。”他的话忽地翻起了我儿时的记忆，依稀记得从前小学的课本上选有李星华的文章《十六年前的回忆》，讲的就是其父被捕和牺牲的经过。我那时太幼稚，不知人间的壮烈与感动，亦不知世间还有一种高尚的东西比生命更可贵。李先生还告诉我，听老人说，20 天后，李大钊即在西交民巷的警察厅被处以绞刑，同时遇难的还有路友于、范鸿劼等革命者 20 人。李大钊的壮烈牺牲也深深地感动了他的老朋友陈独秀，陈在南京狱中闻讯后非常敬佩地说：“南陈徒有虚名，北李确如北斗。”李大钊就义后，遗体先后停放在长椿寺与宣武门外妙光阁，1933 年才安葬在北京西北郊玉泉山下的万安公墓。1983 年，中共中央始在古墓园中兴建李大钊烈士陵园。

我在槐树纵横的北京城追寻。祖先为我们留下了许许多多新文明，比如这槐树，本身就是一种文明的存在。从音韵学上看，“槐”与“怀”同音，槐树青青的叶象征着不屈的正气，槐树洁白的花象征着无尽的哀思。当然，这种怀念与哀思只能为那些品格高尚者而敬献。

在北京车站准备乘车南下，为我送行的依然是绿色的槐树。街对面的同仁堂大药店门前，正有几株槐树枝繁叶茂，在春风中向我频频挥手道别。

它们还不时发出沙沙的声响，似在复述苦难而悲壮的历史，又似在呼唤一场伟大的民族复兴。

2004年4月于北京国防大学

载于《绿都》2011年1期

茶马古道寻踪

车到丽江已近子夜，我们都在迷迷糊糊之中，被清脆的女声唤醒。纳西族导游小周那一张利嘴好厉害，简直能把石头说活。我来之前，就听说丽江旅游特色是“六个一”，即“一山、一城、一江、一湖、一文化与一风情。”一山是玉龙雪山，一城是丽江古城，一江是金沙江，一湖是泸沽湖，一文化是东巴文化，一风情就是女儿国的“走婚”摩梭风情。不料，我把“六个一”的询问刚说出口，就被周导纠正了一处，她快言快语：“丽江旅游特色不是一山，而是两山，还有老君山，那是从高空看三江并流的最佳地带。”好家伙，世界上已经评出的自然文化遗产，就被丽江一市给占了三个：一个是丽江古城，一个是东巴文化，一个是三江并流。小周还告诉我们：“丽江旅游特色还应当加上一镇，就是茶马古道上的束河镇。各位今夜将在那儿住宿。”

茶马花园客栈是我们的下榻之处。我们是踏着茶马古镇光滑而又不平的石板街一路走过来的，只能感受到昏暗路灯下朦胧而又静寂的夜景。第二天一早醒来，我像演员背台词似的复述导游教给我们的几句纳西族特定词汇：对男性称“胖金哥”，对女性称“胖金妹”，再见时说“泪多多”。纳西族人以胖为美，与唐代人的审美观念相仿。走出门外一看，束河镇的民居也与众不同，有院但不像我国北方的四合院，有楼但更不像土家族的吊脚楼。一条条平坦的街道之间排列着整齐的房屋；每家独立成院，进了门楼便可登上小楼，而后面却是带有走廊的平房，所不同的是，整个院落的楼房与平房相连，组合成一个整体。院子空间较小，但植上花草，能给人一种玲珑剔透的感觉。

我看过许多城市雕塑，从中发现一个小小的秘密，中国东部的城市雕塑习惯雕拓荒牛，而云南的城市雕塑多喜欢塑马，特别是负重之马。与蒙古大草原上的马或战场上的马相比，云南的马已经不再是马，而是骆驼，充其量也只能是骆驼马，其中重要的一个原因是，“马”字在云南已经和茶马古道上的马帮紧紧地联系在了一起。草原马的特点是奔驰，战场马的特点是冲锋，而云南马的特点却是跋涉，一步一个脚印地跋涉，一年 365 日地跋涉。后者所展示的已不再是迅猛彪悍，而是坚韧不拔。

门额上“茶马花园客栈”几个大字极敏感地吸引了我的目光，在我此行前几个月，我刚欣赏了电视连续剧《茶马古道》。在昆明庆澧祥百年荣庄时，我便与门内那一组马帮青铜雕塑认真地合了影。

我们这次的下榻之地，原来是被历史磨砺得沧桑备至的所在。问古今：人类还有什么能比历史还要耐磨的砺石呢？我们这次行程和路线是这样安排的：先到香格里拉，回来再游丽江古城与玉龙雪山。

从大理到丽江，再从丽江到香格里拉，听导游说我们车行的路线，基本上是沿着茶马古道的旧路，所不同的是，古代狭窄不过两尺宽的茶马古道，如今已经变成了较宽阔的柏油公路。穿行在崇山峻岭之间，一路上，我始终为古人那伟大的吃苦耐劳精神而赞叹不已。历史上没有茶马古道这一名称，1990 年，云南省 6 位青年学者沿着滇藏、川藏古代马帮行走的路线徒步探险考察，遂把历史上的商道命名为“茶马古道”，后逐渐得到学术界的认同。就是这个还没被收入《辞海》的新名词，却在社会上引起了较大的影响。

茶马古道无疑是世界上地势最高也最狭窄的商道，它狭窄得有时只能行走过一匹马。通过这条路，云南、四川等地的茶、盐、药材、棉布等物品就可以源源不断地运往远方。有了茶，就有茶文化；有了商贸往来，就有文化交流。因此，有人又给茶马古道的一代代马帮人群加了句诗意的评语——“流动的文明”。

“马蹄踏出了火花，马铃声摇落了夕阳。”这是云南一位作家对马帮生活艰难之至的描述。遥想当年，马帮一旦踏上征途，少则数月，多则年余，家人才能团聚，途中的艰难险阻就可想而知了。行进在茶马古道的旧址上，我忽然生出一份诗性的感慨：“休言横断诸山高，莫说乡关云路遥。铃响马帮人万里，相思何处借夕箫？”

从香格里拉返回时，我们登罢玉龙雪山，晚上依然下榻茶马花园客栈。恰巧又赶上了一年一度的束河镇纳西族火把节。每年农历六月二十五至二十七日，束河镇万家空巷集中举办火把艺术节。农历二十六日晚上，我极兴奋地与同行张虎观看了那种热闹的场面，黑压压的人群，人们手拉手围着篝火跳舞，还有放水冲街与爱情宝贝踩街等一系列民族风情活动，人们直闹腾到夜深方散。一个民族的智慧与生活习惯，能造就一种独特的民族文化。

第二天游罢丽江古城，下午便打道回大理，我们也该与导游道别了。这是一种极常见的道别，然而又很可能是一次永远不会再相见的道别。临下车前，导游小周在交代完有关事宜之后，一低头，一弯腰，双手作道万福状，深情地说了一声："泪多多。"那一刻我立马想到了徐志摩的小诗《沙扬娜拉》，也想到了诗中情意绵绵的日本女郎。

至今仍记得，那天周导的一声再见，把车上一颗颗异乡的心儿溅得湿漉漉的。

载于《宿迁晚报》2011年5月13日

寻师东林书院

一

走进东林书院，我感觉走进了一座神圣的殿堂。来这里游览的人心境大有不同，既不像在常州中国恐龙园“穿越侏罗纪”“冒险恐龙岛”那般刺激，也不像春游芳草地、秋步花月下那般轻松。我的整个心绪被浓缩成两个字：凝重。我此行的目的，不是观花看景，而是在做一次精神上的求师，一次良知上的追寻。

东林书院位于无锡市旧城区东门内，创建者为北宋理学家程颢的掌门弟子龙图阁直学士杨时。元代书院荒废，改名东林庵，周围遍植桃花，成为供人游览的风景区。明代著名学者顾宪成出资修复旧制，为书院首任山长，并在此聚众讲学。清光绪二十八年（1902 年），书院改为东林学堂，后经战乱，1947 年修复，1957 年被列为国家级文物保护单位，今隔壁设有东林小学。

东林书院不仅知名度高，而且影响较大，其原因在于，它既是宋代我国江南地区重要的理学传播中心，又是明代东林学院主要讲学之地。支撑书院传统文明的有两大精神支柱，一是民族思想文化的内涵，一是知识分子的人格力量。

在理学思想的传播上，东林书院是一座举足轻重的桥梁，而杨时便是这座桥梁的建造者。儒学为国学，古今尽知。而儒学到了宋代，便发展成为儒、道、佛互相渗透的唯心主义思想体系——程朱理学。程颢、程颐兄弟与朱熹之间，地距千里，人隔百年，二程居河南洛阳，朱熹乔居福建建阳，理学南迁，杨时是当之无愧的播种人。杨早年受业于二程，学成后在无锡讲学，后又南下福建讲学数十年，朱熹为其三传弟子。朱子能在二程理学上有所发展，青出于蓝而胜于蓝，理学的播火者杨时功不可没。他是洛学的传人，又是闽学的鼻祖。关于杨时求学，还有一个“程门立雪”的故事至今相传，成为佳话。《宋史·杨时传》载：“见程颐于洛，时盖年四十矣。一日见颐，颐偶瞑坐，时与游酢侍立不去。颐既觉，则门外雪深一尺矣。”自此，程门立雪便专指尊敬师长之意。据说程颢闻此事，也深有感触地说：“吾道南矣。”元代诗人谢应芳在凭吊杨时祠后，遂题诗赞颂此事：“卓彼文靖公，早立程门雪。载道归东南，统绪赖不绝。”钱伟长先生因此也为东林书院大门题联曰：“此日今还在，当年道果南。”当理学南迁之时，受业者云集，江西抚州又涌出了陆九洲、陆九龄与陆九韶兄弟三人，并称“三陆子之学”，而以陆九洲成就最大，其学被称为心学或主观唯心主义理学，在学术思想上与朱熹的客观唯心主义理学有所不同，故后人在祖国的成语海洋中又多创造了一个固定词组——朱陆异同。

二

数百年来，给东林书院带来较大影响的另外一个原因，便是它不屈不挠的人格精神。

书院后面的依庸堂内有一副历史名联，为明代书院主人顾宪成所撰，联曰：

风声雨声读书声声声入耳；
家事国事天下事事事关心。

脚下这片土地上，曾聚集过一批批有志有识之士，他们为后世的知识分子身体力行，做出了表率。这就是东林书院有别于其他书院之处，也是光彩照人之处。明代的东林学者们相互影响，共同形成了有悖流俗的人格特色，他们关注国事，关心民生，讲究人品，刚正不阿，清正廉洁，他们抨击时弊，反对空谈，毋虚求实，百折不回，其品质与气节成为中华历史上不可多得的宝贵遗产和精神财富。

三

我游览东林书院是在400年后一个初冬的下午，实为久慕盛名而来。如果说不到长城非好汉，那么不到东林书院又是读书人的一大遗憾。出书院大门东行数十米，便是繁华的解放东路大街，那里人来人往，车水马龙，而这里却是一片静寂，静寂如沉睡的山林。站在这历史为之命名的书院中，我心里总有一种莫名的忧虑与说不出的惆怅。

在长方形的泮池边，我看到了两株火红的枫树与树上火红的枫叶，我在揣测栽植者的良苦用心，在这特殊的空间里栽植这特殊的树种，最恰当不过了。枫叶经霜愈浓，这正是东林党人在恶势力的摧残下不屈不挠品格的象征。

我身边的泮池凿于书院修复的那一年，此池明代称“月河”，长约60米，东西横贯道南祠与东林精舍门前。古代称学宫为泮，顾名思义，泮池即是学宫中的池塘，是讲学的象征性建筑。古泮池已深埋于地下，1994年，地方人民政府在发掘出的古泮池废墟上重建方池与石拱小桥，既保持旧貌，又耳目一新。

我在书院的每一寸土地上寻觅，泣血的心灵在东林人的遗迹上寻觅。这里是一座人文宝库，蕴藏着最价值连城的人间瑰宝。不随波逐流，不怜惜羽毛，不甘囚禁在功利的牢笼中，这便是东林前贤们人生的闪光点，也正是他们高人一筹的壮美之处，除此以外，所有金钱与权力都丝毫增加不了他们的人格光辉。物质可以使人一时富有，而闪光的思想与不朽的精神却能照亮世世代代人的路程。

前车可为鉴，前贤可为师，游览东林书院，本身就是一个寻师的过程。在我们的前面，一代代人的身影都先后被时光吞没了，我们的身影也将被时光吞没。那么，用什么方法能让世界承认你的存在呢？我想，拥有享乐并不算拥有世界，权力显赫也不是民族灵魂的象征。一个人仅仅追求物质生命的存在，那还远远不够，最好能以你的汗、你的血、你的灵魂去铺就一条美丽而崭新的道路，去寻找一片历史的空间。

载于《江苏地方志》2003年1期

人在三台仙境中

如果说西双版纳森林公园是大家闺秀，那么宿迁三台山景区便是小家碧玉。

宿迁是中国南方的北方，又是中国北方的南方，三台山位于宿迁市区北部，是宿迁的地标，四季如春，气候宜人。以前游览三台山都是走马观花，匆匆去来，如雾里看花不辨容颜。这次采风，有景区主任张宜春先生殷勤相陪，可以说看得真切了些。

山不在高，水不在深，三台山之美，美在四时的风物景致之中。三台山由锅框山、鳌子山与起喽峰三座小山组成，前二者因形得名，后者却因声得名，当山风呜呜刮起，松涛阵阵在山谷中回荡，用当地方言喊一声“起风喽”，于是就有了一座山的乳名。山上没有奇峰异石，而以山水与草木花卉取胜。整个景区分山水亭园四大系列，素称三山九湖六园 137 亭。这几大系列景观又不是各自孤立存在的，而是形成相对独立、相互包容并且相互联系的整体，可谓山抱水、水环山，树连花、花拥树，给人一种相濡以沫、不离不弃的感觉。

山为树之骨，树为山之衣。三座山似天作之合，都以松柏居多，其次是乌柏树，再次为水杉、香樟乃至本土杂树，如刺槐、苦楝、白杨、垂柳。春来柳枝低垂，似美女披肩长发，临风傍水，婀娜多姿。夏日是水杉和白杨的世界，伴着五月槐花的沁香阵阵，水杉们挺起它们高傲的头颅，笔直的干，细长的枝，密密的叶，在百树之中，大有鹤立鸡群之势。秋风劲吹，风儿把山外的万顷稻海染黄，也把三台山的树叶染黄，而此时最入眼的还是那一排排、一株株不甚高大的乌柏树，“树老根弥壮”，经秋叶更红，那是燃烧的红，也是醉人的红。诗人杜牧说“霜叶红于二月花”，而三台山乌桕的红叶，则像西天绚丽的晚霞，又像丹青手们笔下燃烧出来的画作。满山的松柏树不算高，它们不似原始大森林中的巨柏那么参天耸立，而是具备青春少年的翩然之姿，为景区寒气逼人的冬天作飞青飘绿的点缀与补充。

北望马陵山，西伴骆马湖，三台山与骆马湖可谓千年伉俪。外有大湖，内有小湖，更兼白马古涧绕山而流，曲折盘旋，水声潺潺。有形形色色的小湖点缀着山光水色，这里真乃青山绿水之地，闲情逸致之所。

三台山最大的湖是镜湖，因水明如镜而取名。来到湖边，使人自然想起唐代诗人贺知章的诗句："惟有门前镜湖水，春风不改旧时波。"然而，此镜湖非彼镜湖，两湖的距离相隔千里，两湖的诗意相隔千年。站立湖边，西望三座峰峦清晰可辨，一目了然。湖的南面建有清风明月二亭，六角翘檐，古色古香。待到红日初升之时，独坐亭中，相伴阵阵拂面清风，手中捧着圣贤之书，更有风吹檐角的风铃响动，那将是一种何等高雅的人生意境！只羡清风不羡仙，此时你也许会产生身临仙境的幻觉。倘若是在月明之夜，偕两三友人置身亭中，饮几杯家乡洋河与双沟美酒，诵几首古今咏月之诗，或者是唱几曲他乡的俚曲情歌，你又会把人生所有的烦恼与忧愁都抛到九霄云外去了。湖的北面有三台桥，全长152米，是赏月的最佳地点。"三台桥下映三月，三轮明月照三桥"，其景观可以和杭州西湖的"三潭印月"相媲美。我第一次游镜湖是在秋阳高照的下午，曾于水明山秀之间写下了一首绝句："秋色纵横霜叶红，镜湖如镜现鱼群。山花逗得游人乐，廊桥送影钓流云。"

相思湖是三台山最缠绵的湖，仅仅是它的名字，就足以让许多少男少女们醉倒在朝朝暮暮的相思之中。相思湖在天和塔的下面，从东北西三面形成月牙状的包围圈，清清的湖水中倒映着塔影，似拱卫又似拥抱。塔是佛塔，塔前炷炷香阵缭绕；湖是天然湖，湖边播下了人间感情的种子。佛俗共赏，天人合一，谁会想到，这自然界的万绿丛中，还融进了让人牵肠挂肚的人间风情！湖水晃动着塔影，也晃动着我的诗思，一首名为《天和塔》的小诗应时而生："立地顶天醉晚霞，一衣带水看黄花。秋来目送帆归去，尘海茫茫何处家？"

面对碧波粼粼的湖水，导游讲述了一个凄美的传说。相传从前这湖边住着一位书生，东海龙王的女儿一次来到三台山，看上了他的帅气与才华。正当他们相爱之时，龙王却派虾兵蟹将把龙女给抓走了。那位书生思念龙女，一天天，一月月，一年年，他洒下的泪水竟积成了今天这相思湖。后来，一代代三台山的儿女大都为这个故事所感动，他们在湖边生活，在湖边劳作，也在湖边相恋。当我徘徊在湖边时，于是就口占了另一首诗《相思湖》：“天和塔下一清池，万木葱茏日出迟。早起山姑梳辫发，满湖碧水照相思。”

三台山如仙境，落满了湖群，几乎每个湖泊都荡漾着诗情画意。看到晴翠湖，你会想到白居易的诗句：“远芳侵古道，晴翠接荒城。”来到养心湖边，你会想到曹孟德的诗句：“养怡之福，可得永年。”

青青三台，有园在山，园是全景区的核心景观。山北有果树园，其中成片种植的果树有梨、苹果、柿子、山楂、板栗等。果树既是欣赏之物，也是食用之物，春天赏其花，五彩缤纷之花；秋天食其果，累累压枝之果。这不仅能让游客饥渴时打打牙祭，还可以为景区增加不薄的收入。这里的果树不高，那一个个沉甸甸的果子把枝条都给压弯了。春花缀枝，秋果压枝，那弯弯的枝条也太了不起了，多像时光老人那勤劳而沧桑的背脊。

三台山的园景以花为最。春看衲田花海，夏有曲水风荷，秋赏红叶之恋，冬来梅村煮雪。难怪有人评价说：三台山有三宝，秀水山花生态好。乘着电动车行进在弯弯的山道上，头上逶迤着长龙似的空中廊桥，脚边盛开着层出不穷的艳丽山花。高处的繁花开在枝头，真乃灿烂夺目；低处的小花眨着迷人的眼睛，可谓小鸟依人。当你款步在衲田中的小路上，一片衲田一道风景，可以说是五彩缤纷，也可以说是七彩斑斓，让你在不可多得的享受中感到眼花缭乱。

三台山的花主要分布在衲田景区、梅园景区和林边道旁。到处是弯弯的山道，到处是玲珑的小桥，到处是可眼的花草。沿途最能吸引人眼球的，要数当地生长的鼠尾草和他乡移植的格桑花。而我最敬佩的还是那来自青藏高原的格桑花。格桑花，又名幸福花，这是因为，“格桑”在藏语中是“幸福”或“美好时光”之意，它的名字中蕴含着藏族人民对幸福生活的向往。我欣赏格桑花的美丽，更崇敬它那顽强的适应能力，从西部的高原来到东部的平原，它不择地势，不厌他乡，依然是不遗余力地生长，乃至绽放。看到满眼粉红、洁白的花朵，我情不自禁地写下了一首新体诗《迁徙的格桑花》，中有句云：“旧友换成新友／他乡变成故乡／大草原的女儿远嫁了／把白云做成美丽的嫁妆。”格桑花，它牵起了高原与平原友谊的双手。

宿迁古有八景之一的“梅村煮雪”，今有三台山梅园景区，这不但是对旧景点的传承，而且是一种留白与创新，当北风呼啸、雪花纷飞之时，满园竞相开放的梅花，便成为游客眼中不可多得的盛景。此时，你又会想到宋人王安石的诗句：“遥知不是雪，唯有暗香来。”

三台山最有特色的园区是由衲田组成的大花园，衲田在景区的最东部，西邻镜湖，南靠养心湖。衲田村的民风民俗会让你流连忘返，而衲田的繁花似锦又会让你大饱眼福。衲田，顾名思义，就是像老和尚百衲衣一样的田块。衲衣补丁连补丁，衲田花地连花地，放眼远眺，赤橙黄绿青蓝紫，异彩纷呈，各色相间，似一幅丹青油画，又似小朋友游戏的玩具。衲田中种植最多的是马鞭草，也许是因细长的花茎形状像马鞭而得名。此草生命力是那样的顽强，花期短，看点长，花农用刀把它们割去，2～3个月后，一片新的花田又会展现在游客的面前。向日葵也是衲田的主要看点，它们站成凌乱的群体，向着太阳微笑，向着湖光山色微笑，向着远方的客人微笑。

依依不舍地离开衲田村，宜春主任又领着我们去看八仙洞。山洞在起喽峰的北面，隐藏在乱树丛中深不可见。洞门前有一条山溪汩汩流出，向人们传递着八仙的信息。听土著人说，洞中还塑有八仙神像，或立或坐，各居情态。若是在冬天，满山的树叶落了，山民们可拨开树丛，绕到洞前焚香叩拜，并各自许下美好的心愿。

走在盘山道上，犹如款步在人间仙境之中。寻不见八仙洞，我不禁有点怅然，而途中这若即若离的感觉，又给此次三台山之行增添了神秘的色彩。

载于2016年《宿迁年鉴》

走进尘封的开封

走进开封，街街巷巷都有说不完的故事。

开封，北宋时称汴梁，这大概是因为古汴水绕城与战国魏都大梁合二为一而命名的吧。汴梁又称东京，这是相对于西京洛阳而言的，从地理位置上说，东京在东，西京在西，合情合理。今天的河南省在宋代也太风光了，举国四京，河南占其三，还有一个是应天府南京，也就是现在的商丘，这又是根据北京大名府的地理位置而定的，南京在南，北京在北，大名府即现在的河北大名县。

自 2003 年至今，我八年两次来开封，导游都这么说：我们现在所看到的只是近现代的开封，古代的东京汴梁城早就被黄河的泥沙埋在新城的下面了。这不免令我们大失所望，到开封旅游，游客大都是奔施耐庵的《水浒传》而来，奔张择端的《清明上河图》而来，或者奔晏殊、柳永、苏轼们的词作而来。原来，我们要游览的景点都是今人打造的。同行王冬曾在郑州工作过几年，对开封也较熟悉，他说了句大实话："开封唯一的真实景点，就只有近千年的铁塔了，因为黄河的泥沙只埋掉了铁塔的基座部分，塔身还照样直立至今。"

旅游如读书，后者是开卷有益，前者则是举目有益。古人云：书读百遍，其义自见。我说，景观百遍，其境在心。我此行的重游开封，只能是一次温故知新的复习。

按照行程安排，我们首先游览包公祠与大相国寺。我曾在 20 年前游览过合肥的包公祠，那里是包拯的出生地，汴梁则是包拯的发迹地，从故乡到异乡，包拯的仕途也还算顺利。相比之下，合肥的包公祠古朴，而开封的包公祠则新颖，新得让人不敢信以为真。民间说书人常常称包公为"相爷”，实际上包公仅做过开封府知府与龙图阁直学士等官，最大也只做过枢密副使。凡有包公祠处，必置三把铡刀，就像关公庙宇中必放一把青龙偃月刀一样。包公的三把铡刀：一曰龙头铡，铡皇亲国戚；二曰虎头铡，铡贪官污吏；三曰狗头铡，铡作恶平民。

大相国寺是焚香拜佛的地方，但许多游客都用目光去搜寻花和尚鲁智深。在国人的心目中，梁山好汉是神圣而又伟大的。他们是为了铲除人间的不平而存在的。因了人间有不平，人类才去崇拜梁山好汉；因了人间有黑夜，人类才去追寻光明。

我四处寻找鲁智深倒拔的那株垂杨柳，寻找他自栽自种的那片菜园，也寻找他和林教头之间的那份真感情以及他本人的那种真性情。鲁智深与林冲相识于大相国寺，而大相国寺又是林冲被逼上梁山的引发之地。是高衙内在大相国寺调戏林冲的妻子，才使一贯让人三分的林教头忍无可忍，从而杀人冒雪上梁山。林冲有两个朋友，一个是陆谦，一个是鲁智深，前者跪倒在权力的脚下，后者却肝胆相照，日月其心。林冲不因鲁智深是一介穷和尚而不交，鲁智深也不因林冲的充军发配而忘情。大相国寺为林鲁二人结下了千古友谊，野猪林又把林鲁的友谊推上了人类感情的高峰。

在中国绘画史上，有两图堪称双璧，一是北宋张择端的《清明上河图》，一是元代黄公望的《富春山居图》。《清明上河图》不仅是国宝，而且是今天开封市的旅游之宝。不知是哪位高手想出这一绝招，在开封旧城的西北部，也就是隆汴河的北端，依自然水源而打造了一个“清明上河园”。图与园，一字之差，园中竟再现了图上所绘的当年东京汴梁的繁华景象。这用当今时髦的话说，叫作整合资源，打造旅游品牌。

清明上河园里，由现代开封人演绎了一个个北宋时代的故事，如马队表演，“杨志”卖刀以及包公现场断劫粮案等。园中的讲解员以及商贩均着宋服，真实地再现历史。在一个商店门前，站立着一对夫妻，“武大郎”身材不算矮，“潘金莲”也没有《水浒传》中描写得漂亮。潘金莲身着粉红衣衫，脸上还捧着笑容，她在等待着与往来游客合影，10 元钱一张。就听一位游客说，宁与母夜叉合影，也不和潘金莲合影，如果合了影，岂不成了西门庆？我也从中发现了一个问题：清明上河园中哪来的潘金莲？在《水浒传》中，武大郎夫妻开店是在山东阳谷县，什么时候迁到东京汴梁来了？如果打着京都美人李师师的旗号来赚钱，那还差不多。

园中故事大都发生在古汴河边，这便是张择端画笔下真实的东京汴梁。我凝视着波光粼粼的汴河水出神，我知道，此汴河非彼汴河，历史上的古汴河已掩埋进黄沙底下。我是个老汴河畔的游子，这次是到开封上游寻旧踪来了。当年隋炀帝征发民工开凿通济渠，东京汴梁是上游，而我的家乡（古泗州）是下游。昔日的通济渠，今天仅剩下江苏泗洪县城青阳镇到临淮镇60华里的一段了，家乡人称那一段老汴河是“国宝”。

说到古汴河的湮废与黄河夺淮，这里面又包含着许许多多凄惨的故事。1127年，是北宋王朝最耻辱的年份。是年金兵南下，汴京失守，徽钦二帝被掳。也就是在那一年，东京留守杜充欲借黄河水以阻挡金兵，结果适得其反，滚滚的黄河水沿着古汴河直下东南，洪水抢占了古泗水与古淮水河道而流入大海，于是“黄河夺泗入淮”成了一个灾难的名词，使昔年的泗水变成了黄河入海的水道。杜充也没想到，金兵南下的汹涌之势比黄河的洪水还要汹涌。

开封城中有四大名湖，即包公湖、杨家湖、潘家湖与铁塔湖，其中龙亭公园的杨家湖与潘家湖一衣带水，紧密相连。潘美是北宋一代名将，还是杨业的顶头上司，他的过错仅仅是一次指挥失误。公元986年，宋太宗赵光义乘辽圣宗12岁即位，便抓住辽军“主幼国疑”的良机，分别派三路大军进攻辽国。东路军曹彬为主帅，领兵出雄州（今河北雄县）北进；中路军田重为主帅，领兵出定州（今河北定县）攻飞狐；西路军则由潘美为主帅，杨业为副将，领兵出雁门，攻朔州（今山西朔县）。正当西路军一路北进攻下朔、寰、云、应四州之时，东路军与中路军却遭到惨败，辽军乘胜调集10万精锐，在寰州合击西路军。潘美与监军王侁强令杨业出兵御敌，他们在朔州陈家谷接应。而当杨业转战到陈家谷时，潘、王二人却因判断失误而撤军。杨业在无救兵接应情况下率残部奋力突围，终因寡不敌众，在朔州西南狼牙村坠马被俘，绝食3天而壮烈就义。其子杨延玉也在战斗中牺牲。

北宋文学家欧阳修曾称赞杨业、杨延昭：“父子皆名将，其智勇号称无敌，至今天下之士里儿野竖，皆能道之。”但是，在民间传说中，杨潘两家却是势不两立的仇家。杨家将抗击辽国和西夏的故事几乎妇孺皆知，而潘仁美却成为家喻户晓的千古罪人。民间故事与正史之间的距离也太大。宋元之际，民间艺人将杨家将的故事编成戏曲，搬上舞台。明代，民间文艺家又将其改编成小说《杨家将演义》，让说书艺人与琴书艺人一代代传唱。于是，杨业被改成了杨继业，潘美被改成了潘仁美，杨业的夫人折太君也被改成了佘太君。为了突出杨家父子的高大形象，故事中还把杨业绝食而死改成撞死于李陵碑，把战死于乱军之中的杨延玉，改编成潘美用乱箭射死的杨七郎。更有意思的是，杨文广本来是杨延昭的儿子，民间故事中却把他改写成杨延昭的孙子，并在他们父子之间加了一代人，即杨家将故事中的名将杨宗保，与一代巾帼英雄穆桂英。

龙亭公园的主角当是坐落在潘家湖北岸的龙亭。开封素有“七朝古都”之称，而在龙亭遗址上，就曾是五代的后梁、后晋、后汉、后周与北宋、金的皇宫所在地。高高的龙亭是封建帝王权力的象征，石头上龙的图案见证着华夏民族曾经朝圣过的龙的图腾。只可惜，龙亭也仅仅是开封旅游业中的一个经济增长点，砖石已不是五代的砖石，那殿宇也不是北宋人手中的艺术品。

我曾在读史日记中这样评价过中国历代的王朝：漫长的夏商，强盛的汉唐，软弱的宋朝，短命的秦隋，战乱的西周南北朝，一代不如一代的朱明王朝，两极分化显著的大清王朝。现在看来，用软弱两个字形容宋朝，似乎也不够公允。大宋王朝也有过其他王朝不可比拟的亮点。比如，中国的四大发明，宋代就有三项，即火药、指南针与活字印刷术；在文学艺术方面，宋代有宋词是我国文学史上的一大里程碑；书法上有北宋的“苏黄米蔡”，山水画有董源、李成、范宽领我国美术之王冠。再看看北宋王朝的经济态势吧，任何一个王朝的兴盛与繁华都离不开经济这个国家政权的擎天柱。据有关数字记载，宋朝的年最高财政收入曾达到人均1.6万贯文，这个数字在当时的世界各国遥遥领先。诚然，宋代经济与文化科学诸事业如此繁荣，作为登高一呼的大都市东京汴梁，功不可没。

走进尘封千年的开封，还你一个真实的东京汴梁，我们都不会忘记它曾经拥有过的辉煌。

2011年6月于河南

载于《绿都》2014年2期

梦中的香格里拉

我曾骑过两次马，一次是在开封清明上河园，一次是在香格里拉纳泊海草原。

有人说，欲到香格里拉，必先读英国人詹姆斯·希尔顿的长篇小说《消失的地平线》，然而，我却是先到香格里拉，而后才将小说浏览一遍。临行前，我便在中国政区图上认真地寻找，寻找祖国大西南那个令人神往的地方。可是，我迫切的目光只在三江并流的中心区，找到了一个叫作“中甸”的地方，却怎么也找不到我所要寻找的地名。在昆明我买了一本《香格里拉史话》，一看才明白，云南迪庆藏族自治州的中甸县，已于2001年12月17日，经国务院批准改为香格里拉县，并于翌年5月5日正式举行了挂牌仪式。这就是说，我所看的地图已经是“老皇历”，只有在2002年6月以后出版的地图上，才能找到香格里拉。

车发丽江开往香格里拉，必经长江第一湾。金沙江奔腾自西北来，到这里打了个弯便掉头北去，留下一个30度左右的锐角，让江水在两岸连山中浩浩荡荡，那气势绝对非同寻常。据说，当年诸葛亮七擒孟获，就是从这里五月渡泸；70年前，贺龙元帅率领的红二方面军，也是从这里的石鼓镇渡江北上的。香格里拉在历史上曾迎接过两支庄严的队伍，一支是唐代藏传佛教的僧侣，一支是现代的中国工农红军。这两支队伍来自不同的民族，却给香格里拉带来了至今仍在支撑信念的精神力量。佛教东来，翻山越岭，历千辛万苦；红军北上，涉水跋山，亦经万苦千辛。两支队伍踏着不同的脚步，却共同给香格里拉带来了福音。

司机特意在长江的拐弯处停了车，我们都下车争相观望这一人间奇景，此时我才真正懂得了自然界的气象万千。面对浩荡千古的金沙江，我忽地来了诗兴：“西望金沙接远天，苍茫日月口中衔。笔锋顿转北流去，一抹林涛一抹山。”

左有金沙大江含金，右有玉龙雪山藏银，旅游车越过金水银山，在海拔3000余米的云贵高原上行进，驶向香格里拉的神山圣湖。

在虎跳峡镇吃中饭时，天上下起了密密的细雨，但雨帘怎么也阻不住我对香格里拉的向往。饭后，车上的人数没有减少，只是纳西族的女导游换成了藏族女导游。导游藏名尼玛拉姆，汉姓杨，少数民族同胞起汉姓的现象今已不为少见。尼玛在藏语中是太阳升起的意思，这种起名以祈吉祥的习惯与汉族基本相同。尼玛拉姆给人的第一印象是微笑与幽默。她告诉我们，藏族的姑娘称卓玛，小伙子称扎西，藏民相互问好时说：“德勒。”香格里拉的意思就是：心中的日月，因为在藏民的心目中，太阳与月亮是他们生存兴旺的保护神与希望之神。尼玛很会说话，三言两语便使我们如有所悟。其实，在游客们看来，她今天就是我们全车人的太阳。

香格里拉的山绿得泛青，香格里拉的云白得惹眼，香格里拉的天蓝得纯净。中午还是细雨霏霏，而途中则雨过天晴。我们的车一会儿从山顶驰过，一会儿眼前又出现一马平川。高原上的山峰雄伟挺拔，高原上的绿色一望无际。道旁长满了青稞与油菜，相比之下，还是青稞居多。青稞的株干短短的，却是密密的，那形状有似东部平原上的低杆麦子或野燕麦。田野中时而会出现一个个高高的青稞架，那是留着晒庄稼用的，既得阳光，又得和风。藏民兄弟可真够聪明的了！藏民的房屋不像平原上的汉民聚村而居，原野中，随处可见三五成居的藏民村落，静立在无边无际的原野之间。最有特色的是，每栋房屋的屋脊上，中间都插着酒旗似的经幡，一个、二个、三个不等，有红、黄、白3种颜色。据说，不同颜色的经幡象征着不同藏民的身份、地位，而插3个经幡的一般都是有权有势的人家。啊，藏族同胞头脑中等级的线条还如此深重！

车到纳泊海草原已是下午5时左右，站在海拔3700米的高原上，感到阳光是从云层中直射下来的，射得人身上火辣辣的发痛。感觉似乎这样告诉我，此时离蓝天白云很近。远方是白皑皑的雪山，山下是成片的牛群马群。当我们下车走到牧民近前时，一个十来岁的小男孩牵着一头牦牛正从我们面前走过，我感到挺新鲜，喊了一声：“牦牛！”小男孩误以为我喊错了，便笑话我的孤陋寡闻，他连续用近于标准的普通话笑着喊：“毛驴，毛驴。”没想到，藏族小朋友的汉语说得这么好。

我与张虎一起，手拿着照相机向牛群走去。走了一段路再看，西面的雪山依然还是那么远。这时，迎面走过一位着红衣的小姑娘，大约有十三四岁，手中牵着两匹马。小姑娘最突出的特点是：两颊像熟透了的苹果一样红。还是在电视屏幕上，我从高原红组合演唱的歌曲中，初次听到这个美丽的名词，当时竟不解其意。后来才知道，高原红是指藏族劳动妇女被严寒冻僵后又经春变红的两颊。一个西部高原特有的名词，其中蕴含着藏族女同胞所饱经的风霜雪雨。高原红，大自然与人类的共同创造体，是高原女性勤苦与辛劳的结晶。

张虎见状，独自走上前去：“小姑娘，借你的马照张相，好吗？”小姑娘转头望了望渐渐西下的斜阳，有点犹豫地说：“行，要快一点。”我和张虎轮流骑上马背，轮流做摄影师，背对青山，俯视草原，摄下了极其珍贵的留影。骑在马背上的感觉真好！我们刚下了马，小姑娘便飞身上马，左手牵着一匹马，急急地向远方驰去。“红衣藏女蓝天下，绿草夕阳牧马还。”我即兴口占了两句诗。

用碧塔海的碧水洗了洗手，我们便随车打道回驻地。途经松赞林寺，导游尼玛用手一指说：“啵，这就是有名的小布达拉宫，只可惜近期维修，大家这次无缘游览了。”同行皆连连啧口，深以为憾，只好目送阳光下金光闪闪的寺院渐渐远去。

吃罢晚饭，尼玛拉姆领着我们同车的四五个游客，去参加藏族民居风情活动。在藏民独克宗林卡的府上，我平生第一次品尝青稞酒，啜饮酥油茶，也第一次领略了藏族同胞的独特风情。那个晚上，我总以为是在梦境之中。早年曾听过藏族的歌，对美丽的藏乡神往之至。从脚下向西，大约再走上百里的路程，那便是与香格里拉山水相依的西藏的土地，那里有被称为“世界屋脊”的被李娜歌声染上神秘色彩的青藏高原。

听罢藏族小伙子粗犷的歌，看罢藏族姑娘轻盈欢快的舞，接下来是主人客人互动，铿锵的藏乐响起，许多观众上台与演员们共舞联欢，张虎也在其中，他一边跳舞，一边对着我乐。后来我真有点后悔，时光荏苒，良机难再，与藏族同胞同欢共乐，人生能有几回？

那晚，尼玛拉姆很忙碌，也很活跃，她一边敬我们青稞酒，一边加入舞蹈的行列。临结束时，她为我们郑重地戴上了洁白的哈达，我与张虎在青稞酒的醇香余韵中，与她愉快地合了影。哈达象征着祝福，也象征着友谊。

香格里拉之行如在梦中。回家之后，我常常取出照片与家人一起欣赏，尼玛拉姆的微笑在照片的四周荡漾，洁白的哈达在我的记忆中飘拂。

载于《楚苑》2010年4期

阅江楼：六百年的承诺

一

一座楼从命名到建成，跨越了600余年历史，这在世界建筑史上不能不算奇迹。黄鹤楼因仙人骑鹤而著，岳阳楼因与范仲淹的记文而名，滕王阁因王勃文惊四座而盛传于世，南京的阅江楼却因其有记而无楼而被世人叹为观止。

那是一次遥远的承诺。公元1373年秋天，也就是明洪武六年，已经做了5年多皇帝的朱元璋，带领徐达、汤和、宋濂等文武名臣，登临应天城西北面的卢龙山。应天即今天的南京，卢龙山即今天的狮子山。时江山初定，社稷相安，滚滚大江流水东去，隐隐钟山紫气西来，果乃万千气象之地。踌躇满志的洪武皇帝面对飒飒西风，突发奇思妙想：假如在卢龙山顶建造一座雄伟壮观的阅江楼，一可威震四方，二可察奸料敌，三可览金陵胜景，岂不更好！就在那一刻，一个雄宏的建楼规划闪现于他的脑际。

作为一个政治家，朱元璋十分明白，要做成一桩大事，必先造成舆论。于是，朱元璋便以“阅江楼”为名，发动群儒撰写记文。建楼地点就选择在长江边的卢龙山上。原因是：1360年，他与劲敌陈友谅曾在山下的龙江边进行过一场血战。当时，陈友谅率40万大军沿江而下，进驻百余里外的采石，并进攻应天府。而朱元璋手中只有守城军8万余人，指挥大营就设在卢龙山顶。那是一场腥风血雨的激战。结果，朱元璋采纳刘基的计谋巧设伏兵，以少胜多，一举打败了陈友谅的庞大之师。在这里建楼，对于那场定鼎华夏的战役，有其特殊的纪念意义。

皇上旨令一下，群臣纷纷命笔。至于朱元璋究竟收到了多少篇“征文”，我们不得而知，只知道他从诸多的文章中，只选中了两篇，一篇是他自己写下的《阅江楼记》，一篇是大学士宋濂写下的《阅江楼记》。也许是朱元璋本人想起点表率作用，也许是他想显一显身手，露一露才华，也许是他请人捉刀代笔，沽名钓誉，朱元璋确实有一篇记文传于后世，而且还写得较有文采。文章不仅写出了阅江楼地址的选择与具体建楼时间，而且凭借想象，描绘出了阅江楼的规模与气势，给人以实有其楼之感。他的记文中写道：“朕本寒微，当天地循环之初气，创基于此。且西南有疆七千余里，东北亦然，西北五千之上，东南亦如之，北际沙漠，与南相符，岂不道里之均？万邦之贡，皆下水而趋朝，公私不乏，利益大矣。故述文以记之。”

二

凡读过《古文观止》的人，一定不会忘记明初著名文学家宋濂的《阅江楼记》，清代吴楚材与吴调侯两位先生在选编《古文观止》这部名著时，把这篇优美的记文选入18篇明代散文之一。这是对宋濂这篇“命题作文”的看重与欣赏。冉万里先生在校注这篇记文时，对阅江楼有记无楼的经历不甚了解。他在“题解”中写道：明太祖朱元璋在金陵狮子山上修建了一座楼，名之阅江楼，命令宋濂为这座楼写一篇记文。可见，冉先生还不知道南京就根本不存在阅江楼，所存在的只是关于阅江楼的文字。

行文至此，我觉得有必要简略介绍一下宋濂其人。宋濂（1310—1381年），浙江浦江人，字景濂，号潜溪。曾奉命主修《元史》，官至翰林学士承旨知制诰。近人李时在《国学问题五百》一文中评其为：“博极群书，数上圣学，为文醇深演施，与古作者并。”宋濂是元末明初的大才子、散文大家，颇受明太祖赏识，生平著作被收入《宋学士文集》，其散文《送东阳马生序》曾被选入中学语文课本。他显露于朱元璋的赏识与器重，而又折身朱元璋一手造下的政治风云之中。明朝洪武十四年，丞相胡惟庸因谋反而被明太祖凌迟处死。已经告老还乡的宋濂亦因其孙宋慎而连坐，赴京师后准备处死。马皇后极力为之求情，并劝朱元璋说：“民间百姓为子弟请老师，尚以礼全其终始，何况我帝王之家，更应为民做出尊师的表率。”见太祖不允，马皇后竟以拒食来求情，“要为宋先生作福事。”为救宋濂，马皇后可以说做到了仁至义尽。这样，才使朱元璋动恻隐之心，改判宋濂发配茂州（今四川北部茂汶羌族自治县）。途经夔州（今四川奉节县）时，宋濂因年老体衰，更兼旅途劳累，竟病逝于跋涉途中。

宋濂在政治上惨遭不幸，但他写起文章来又确实是大手笔。有记无楼，这本来是件挺滑稽的事，但宋濂却在“无米下炊”状况下把文章写得流传千古。如果说朱文是抛砖引玉之作，那么宋文则是笔下生花的范例。请看其文起首之词：“金陵为帝王之州。自六朝迄于南唐，类皆偏据一方，无以应山川之王气，逮我皇帝，定鼎于兹，始足以当之。由是声教所暨，罔间朔南，存神穆清，与天同体；虽一豫一游，亦可为天下后世法。京城之西北有狮子山，自卢龙蜿蜒而来；长江如虹贯，蟠绕其下。上以其地雄胜，诏建楼于巅，与民同游观之乐，遂锡嘉名为‘阅江’云。”

三

朱元璋是历史上第二位农民出身的皇帝，平时指挥千军万马雷厉风行，没有兑现承诺实属罕见。当年他大张旗鼓地为建阅江楼而广造舆论，搞得沸沸扬扬，令人信以为真。结果事与愿违，却是一场空欢喜，给后世留下了有记无楼的悬念与遗憾，让后人只可阅其记，而不可观其楼。

朱元璋临山建楼是个壮举，而他下令停止建楼也是个壮举。阅江楼正待兴建，朱元璋忽然间又改变了初衷，有关资料释其原因为：大明建国之初，天下方定，社会经济尤为困难。加上当时规模较大的应天城城墙正在兴建之中，建楼建城双管齐下，一是朝廷财政负担加重，二是人力上也有困难。对此，赵洪平先生有不同的见解。他认为，停建阅江楼有三个原因：一是“上天垂象，责朕以不急”。朱元璋怕朝野议他出尔反尔，便把不建楼的责任推在上天身上。二是“试令诸职事妄为《阅江楼记》，以试其人”。按此说，朱元璋大造建楼舆论原来是一场游戏，他的目的是想借此选拔人才。三是“非有益而不兴”。这一说立马抬高了朱元璋的身价，他是不忍心加重百姓的负担，是想把有限的财力用在“刀口”上。关于不建阅江楼的原因，朱元璋于 1374 年二月撰写了《又阅江楼记并序》一文，自己也对此做出过解释。体恤国情民情，不大兴土木，这又是一代帝王的难能可贵之处。

朱元璋与秦始皇亦有相似之处，他也是以“暴君”的形象在民间广为流传的。他在执政期间，以自己的多疑而杀戮功臣，这是铁的事实，但其中的确又有些夸大其词。我们又为什么不能把历史的镜头对准他身上的闪光之处呢？比如说这次收回建筑阅江楼的成命，正是他怜惜民力财力的具体表现。从现有的史料上看，朱元璋最起码有三个主要优点，分别为提倡节俭、从严治吏与勤奋好学。

朱元璋自小讨饭、放牛为生，出身异常贫穷，饱尝了人间的酸甜苦辣。他称帝以后，更是处处注意节俭。公元 1366 年，朱元璋攻下应天南京并建筑宫室。他把图纸上雕琢考究的部分全部砍掉，完工后仅叫工匠在壁上画了许多触目惊心的历史故事作为借鉴，以警诫自己要卧薪尝胆，奋发图强。他自己出入乘坐的车舆，按前朝惯例应当用黄金来装饰，而他却下令用青铜代替。当主管的官员劝其改用金饰时，他诚恳地说：吾富有四海，岂吝惜这点黄金？所谓节约，非身先之，何以带动别人？而且奢侈一开始都是由小到大的。朱元璋不仅要求自己节俭，而且要求别人也这样。游览阅江楼，我还在壁上看到了这样一则故事：一次马皇后过生日，朱元璋命厨师仅用“四菜一汤”招待群臣。四菜是：炒萝卜、炒韭菜、炒芹菜与炒青菜，一汤即葱花豆腐汤。在饭桌上，他告诫大臣们说：“列位爱卿，这萝卜是百味药也，可治百病；这韭菜生命力旺盛，象征国家长治久安；这青菜、芹菜寓意是为官要勤政廉洁、体恤民情；葱花豆腐汤是奉劝各位切勿徇私枉法，定要清清白白做人。”朱元璋定下的“四菜一汤”的待客规矩从明代的宫廷一直传到民间。

朱元璋从元朝灭亡的实际中，总结出一个教训，就是官吏腐败。因此，他刚刚做了皇帝便对吏治尤为重视。针对官吏中存在的种种问题，他亲自参与制定了《大明律》，其中包括吏律、户律、礼律、兵律、刑律和工律等多条律法，对贪官污吏严惩不贷。按其法令规定：官吏受贿枉法者，赃 1 贯以下杖刑 70，每 5 贯加一等；官吏贪污至 60 两银子以上者枭首示众，并处以剥皮之刑。当时的府、州、县各级衙门左边的土地庙就是剥皮的刑场，因此被老百姓称为皮场庙。贪官被剥皮后，又在皮囊中装上草放在衙门旁以警戒继任者。朱元璋做了30年皇帝，严肃地处理了几起大贪污案，最大的是户部侍郎郭桓案。郭因贪污税粮而被处以死刑，郭案中共追回赃粮700万石。朱元璋执法如山，连自己的女婿都不放过。驸马欧阳伦目无法纪，指使奴仆贩茶出境。朱元璋不徇私情，公正地怒杀爱婿，为百姓除了一大害。

《明史·太祖本纪》记载了朱元璋遗诏中的一句话："（朕）奈起自寒微，无古人之博知，好善恶恶，不及远矣。"由此可见，朱元璋还是有自知之明的，他深知自己出身寒门，少未读书，在知识上不能与古代知识渊博的帝王相提并论。因此，勤奋学习就成了他后半生的一项大任务。可以这样说：朱元璋年少时还是个文盲，后粗通文墨，也曾发愤读书以补己之不足，此中断然少不了"三更灯火五更鸡"的勤苦。他去世后亦有少量诗文传于世。今人季伏昆主编的《金陵诗文鉴赏》中选入了朱元璋《燕子矶》与《赠刘伯温》两首诗，虽算不了上乘，但其中亦不乏文采与帝王之气。《燕子矶》是一首七言绝句，想象丰富，比喻奇特：

燕子矶兮一秤砣，长虹作杆又如何？
天边弯月是挂钩，称我江山有几多？

历史上不少文人见了律诗绕道走，朱元璋不服这个气。明洪武四年十一月，朱元璋曾四次派人才请出来的刘基先生功成身退，告病还乡。朱元璋念其辅佐之功盖世，临别以一首七言律诗相送：

妙策良才建朕都，亡吴灭汉显英谟。
不居凤阁调金鼎，却入云山炼玉炉。
事业堪同商四皓，功劳早贱管夷吾。
先生此去归何处？朝入青山暮泛湖。

四

从当时的经济条件上说，朱元璋未建阅江楼又是件好事，但他却把悬念留给了后人。如果前人不留下上述记文，也许世间根本就不存在建阅江楼这件事。时光老人焦急地等待了6个世纪，有记无楼，这个空白只好由欣逢盛世的当代人来填补了。江苏是经济大省，更是文化大省，在风光秀丽的扬子江畔建一座楼供五大洲游客观光，这对于江苏来说，乃举手之劳，亦责无旁贷。

1999年9月，南京市下关区政府拨款修建阅江楼，历时3载，遂于2002年在海拔77.8米的狮子山上，建成了一座高52米的名楼。这座楼不仅跨越时间600年，而且其工程建筑就连接了两个世纪。2004年1月26日，《新华日报》刊载了南京人袁瑞良的一篇新《阅江楼记》，记下了阅江楼从无到有的历史变迁，其篇首云："长江之畔，狮子山上。太祖之旧址，新楼耸立。始自洪武，讫于辛巳。年逴逴兮六百余载，时漫漫兮几代之遥。土木之师仅有之作，建筑之史绝唱之笔。圆先人难圆之遗梦，添名楼难觅之新贵。成斯事者，岂不与滕子京朱元璋等先贤雅士共成千秋文史佳话哉？"

阅江楼临江而立，高可摩云，气象万千。它与相邻的静海寺、三宿岩、天妃宫以及狮子山、绣球山的风景区汇成一体，形成了21世纪石城南京的又一个4A风景区。阅江楼，成为人间巨变的象征物，成为古城南京的一个新亮点。

阅江楼共七层，结构明四暗三，形如虎踞，雄伟壮观。我在游览阅江楼时，几为它的楹联所吸引。主楼门联为纽约89岁老人潘力生撰书："六代旧江山，楼阁千寻尊虎踞；九州新岁月，风涛万里壮宏图。"东衬楼门联为76岁老人万余耀所题："东迎紫峰千年瑞气；北望金龙万里雄风。"南衬楼门联为书法家武中奇所书："狮醒梦来顶天立；龙吟远去搏海飞。"山门上联书"江南第一楼"，为书法家尉天池题写，门联为："千古江声流夕照；九天楼影俯朝飞。"

六楼壁上书写着海宁俞明先生撰写的《四大名楼》一文，言简而意赅："金陵狮子山濒临大江，雄视古今。昔明太祖朱元璋建阅江楼，于山首与大学士宋濂各撰《阅江楼记》流传于世。然楼终未建，有记无楼，已逾六百年矣。值此新千年之初，阅江楼终于拔山而起，与黄鹤楼、岳阳楼、滕王阁比肩，誉为江南四大名楼。"

六百年一次承诺的兑现，亦是一次天翻地覆的人间沧桑。昔日倡导建阅江楼之时，朱元璋正雄心勃勃；如今阅江楼落成之日，古人已随烟波远去。站立在七楼的楼顶上，我竟一时有说不出的怆然、怅然与释然。面对巍然耸立的阅江楼，我不禁发问：古人何在？而回答我的只有耳边风声、江上涛声与历史的回声。

载于《绿都》2011年3期

下篇

人杰地灵

梅 缘

少时不识梅，识梅乃在成人以后。

我爱梅的人生第一向导，当是歌剧《江姐》的主题曲《红梅赞》。那歌词至今记忆犹新：“红岩上红梅开，千里冰霜脚下踩。三九严寒何所惧？一片丹心向阳开。”我幼小的心灵如茅塞顿开，哦，梅花还是一种品格的象征，原来这世间还有高尚与卑鄙、廉洁与龌龊的人格分水岭。于是我神往梅花。

1994年初，友人赠我一株白菊花。菊花盛开时那景观固然好，但相比之下我心头仍有丝丝遗憾。记得我还写了一首小诗以表达当时的心境：“贻我西窗菊，凌秋独自开。待到寒凝处，更赠一枝梅。”

去年春节刚过，我造访陈斯高先生居所。陈宅门前横植五株杨柳，院内竖栽三株梅树。这种环境与主人的用意，一目了然。陈先生喜诗爱梅成习，至于门前的那五柳，与一位高洁的古人紧密相连，便意味更深了。记得那日我们互有唱和，我赠句云：“欲借先生一树梅。”自此，爱梅之心日胜一日。

无须踏破铁鞋。今春三月，我借到省城开会之机，竟在24小时之内两度赏梅，而且是走进两种不同的梅的胜境之中。得来的不是梅树梅花，而是一种对梅的形痴神迷的感受。

参观罢古静海寺，依维柯便直奔南京城东梅花山。梅花山缭绕着帝王之气。此山原名孙陵岗，中有孙权墓，又名吴王坟。山不算大，北面紧依明孝陵。山以梅花命名，当在1929年遍山植梅树时。后几经发展，梅树品种增至百余种，20世纪80年代初被辟为全国八大赏梅胜地之一。

正值梅花节，满山梅兴正浓。红梅、白梅、绿梅，一树树，一朵朵，争露头脸。我禁不住对景即句："山上梅峰／山下梅海／走进梅花山／便走进了一个梅的世界。"香气逼人，落英扑面，漫步于梅林中，时时处处都有梅姑娘在陪伴着你。赏梅于太平盛世，我揣摩着古人赏梅时的心境，不知是忧是乐。有首春联写得好："梅开花世界，雪绘玉乾坤。"此时最能解得联中的妙处，遗憾的是少一场皑皑白雪为这一梅花胜境，作天衣无缝的点缀。

告别梅花山，但赏梅并没有结束。第二天上午，一辆黑色锃亮的桑塔纳又把我们带到淮阴大运河畔，来到景仰已久的周恩来童年读书处的那株梅树下。这里又是一番景致，我们的眼前静立着一株梅，一株周恩来同志亲手植下的蜡梅。树龄已近百年，俨然一位"世纪老人"；树高2米有余，树干有茶杯粗细。此树非等闲之辈，枝头绽放的不仅是梅花，而且是岁月沧桑与风云变幻。睹物思人，梅可敬，人更可敬；梅花香，人品更香。不远处植下日本前首相田中角荣赠送周总理的一株樱花，用樱花的美丽来陪衬梅花的高洁，既象征友谊，又象征和平。一品梅，格调高雅，超然不群，正象征着周恩来同志那伟大的人格与壮美的人生。

人生几多赏心悦目之事？爱梅是缘分，赏梅也是缘分。我的记忆里仍澎湃着梅花山那随风翻腾的波浪，荡漾着一品梅那苏世独立的芬芳。

载于《宿迁日报》2001年5月8日

绍兴行

绍兴自古为人文荟萃之壤，星月争辉之域。久慕盛名，谒之如渴。列车还未驶过钱塘江大桥，我的心便早已飞到了会稽山下。

在这王羲之泼过墨、徐文长绘过画、陆游吟过诗、鲁迅作过文的才子之乡旅游，在这既孕育革命家、思想家与历史学家，又孕育科学家与经济学家的土地上漫步，一种自豪感便随境而生。

一

身不在，男儿列，
心却比，男儿烈。
……

我揣着这掷地有声的诗句，来到解放路秋瑾纪念碑前。这里原名轩亭口，是铁骨铮铮的鉴湖女侠英勇就义的地方，烈士的鲜血曾浸红这片生养她的土地。

今天的车水马龙已冲淡了昔日的空旷凄凉，今天的闹市已取代了昔日的屠场。我凝视脚下的热土，如凝视历史的真谛；我寻找英烈的足迹，似在寻找岁月的印章。“秋风秋雨愁煞人”，这是秋瑾在就义前留给世人的最后一句话。徘徊在碑前，头顶似乎仍回荡着女英雄那最后的一声长叹，一声长叹，曾引来多少男子汉的荡气回肠！一介红颜能有如此肝胆，实在令我辈五体投地，也羞折了许许多多男子汉的目光。伟人自有伟人的性格差异，英雄也并非千篇一律的图像。中国古代往往以成仁取义为美，就在这凭吊古轩亭口的瞬间，我忽然发现：

取义成仁仅仅是一种狭隘的伟大，天下为公才是最广义的高尚。

带着满腹思忖，我走进了秋瑾故居——塔山南麓的和畅堂。居室就像绍兴城一样古朴，当年的客厅、饭厅与卧室旧迹犹在，院落层次分明。旷世女英雄秋瑾便是在这里长大的。陈列室里有两件珍贵的文物特别吸引了我的注意力，一件是锈色斑驳的手枪，一件是褪了色的红婴儿衣。两件烈士的遗物分别放在两个橱中，恰好象征着女主人的侠胆与柔肠，一边是爱，一边是恨，爱如火焰，恨亦如火焰，爱与恨组成了秋瑾完美的人生。睹物思人，我深切地感受到，这是一室感人肺腑的物是人非，这是一次撼人魂魄的故迹凭吊。

二

此行的第二站是沈园，这无疑是一所风流千古的园林，她深情地把陆游与唐琬的名字紧紧地联结在一起近千年之久，陆、唐的爱情故事在文化人圈中几乎达到人人尽知。

沈园位于洋河弄西，原为沈氏私家花园，今辟有孤鹤、半壁、闲云、如故等景观。站于半壁前，我们又一次拜读了著名宋词专家夏承涛手书的陆游词作《钗头凤》：

红酥手，黄縢酒，满城春色宫墙柳。东风恶，欢情薄。
一怀愁绪，几年离索。错，错，错！
春如旧，人空瘦，泪痕红浥鲛绡透。桃花落，闲池阁，
山盟虽在，锦书难托。莫，莫，莫！

名人书名词，又为我们这次游览增添了一道风景。陆游在 31 岁时与唐琬邂逅于沈园，他情不可遏地在壁上题下了这首感伤之词。据说唐琬每读此词，泪如雨下，终因伤心过重抑郁而逝。她还于悲痛中和了一首《钗头凤》。不知是夏先生的笔墨吝啬了点，还是沈园盛不下那一对情人的离愁别恨，园林醒目处竟寻找不到唐琬的和词：

世情薄，人情恶，雨送黄昏花易落。晓风干，泪痕残，
欲笺心事，独语斜阑。难！难！难！
人成各，今非昨，病魂常似秋千索。角声寒，夜阑珊，
怕人寻问，咽泪装欢。瞒！瞒！瞒！

当年陆游题诗的亭壁已不复在，留下这一则动人的故事代代相传，并将永久地流传下去。正是这一记沉重的心灵创伤，整整伴随陆游一生而不可愈合。

小步于亭台曲径之间，心境总高扬不起来，为古人悲，为今人思，亦为后人忧。一时间，满眼都是陆、唐二人的背影，满眼都是人间斩不断的柔情。沉思中，一首小诗《沈园抒怀》猛地飞出了我的心扉：

柳墙犹见伤心词，
情到浓时天地知。
借君一杯黄滕酒，
天涯何处不相思？

三

中午咸亨酒店的茴香豆与绍兴老酒，还在我们的体内旅行。我吟诵离开三味书屋时口占的诗句，走进鲁迅故居：从百草园到三味书屋 / 仅隔一条街 / 那条街深不可测 / ……一条街划开了近百年前的两个世界，百草园是童年鲁迅的乐园，而满载着封建礼教的三味书屋，对于追求自由的鲁迅却是樊笼，因为大自然是鲁迅的恋人。

站在宽敞明亮的鲁迅纪念馆中，我们细心而系统地复习了鲁迅先生那伟大而战斗的一生。温故知新，我们不仅对先生的履历有更深层的了解，而且对先生的人格也有了更深层的认识。

大概是在小学课本中吧，我便读过了《少年闰土》一文，他的故事就植根在百草园。至今我的脑海中仍经常浮现出那个手执钢叉、项戴银圈的月

下少年。那时我亦少年，以少年之心去仰慕少年，乃人生值得流连之事。如今已届中年，四季信风磨砺了我，无情岁月摔打了我，我不再热衷于梦幻，而更多的是羡慕春天的花朵与秋日的果实。我是带着一颗童心来到百草园的，愿百草园归还我一颗天真的童心，我再把她贻赠给趣味无穷的大自然。

站在陈旧不堪的井栏边，我们寻找当年的小主人与小主人笔下的风景。时光流走了清朝，流走了民国，流走了周氏一家的离合悲欢，眼前已不见那紫红的桑葚与碧绿的菜畦，所见到的只能是历史或沧桑。墙角下，我们寻找蟋蟀们与蛐蛉们，寻找木莲们与覆盆子们，也寻找美女蛇与《二十四孝图》。长妈妈的故事是一片天然的肥田沃土，培育出中国20世纪的文坛泰斗，培育出一代文豪的正直与善良，也培育出他掷向敌人的匕首与投枪。

在三味书屋，我们拜谒了寿镜吾老先生的遗像与鲁迅先生的书桌，我们把怀念与敬仰放进默默地道别之中。我和友人都曾在乡村中学从教，也曾不止一次地向学生们讲授课文《从百草园到三味书屋》。到绍兴而不到鲁迅故居百草园，这自然是一件憾事；而到百草园不留个影，又当是此行的憾中之憾。我们毫不犹豫地站在圆形的园门前，请摄影师为我们郑重地合影，先把我们的形象留给百草园，然后再把百草园带回家乡，带给我们的同事与学生们。然而，遗憾的事终于出现了——数日后，当我们拆开那封寄自于鲁迅故居的信封时，心情不禁由喜变惊，照片上出现的竟是一对新婚夫妇的笑容与倩影。照片装错了，这显然是摄影师的失误。我们顿足抱憾，又无可奈何。把那张新婚照寄回，又写上几句恳切的言辞，但都泥牛入海，一去不回。

一天的时间太短，但我们的“旅程”却很长。告别绍兴，我又一次凝视脚下这片非同寻常的土地。当大禹为天下治理洪水时，他不会想到数千年后这里还会留下一座禹王台。当王羲之为《兰亭集》作序文时，他不会想到自己的墨迹与文章会这般地为后世垂青。当秋瑾与徐锡麟大义凛然、舍身求法时，他们也不会想到，自己的名字将与日月一起运行。

生在绍兴当是一种骄傲，绍兴也应为自己的热血儿女而自豪。人杰地灵，绍兴确当之无愧。绍兴不仅生长才子，而且生长“民族精魂”，这更是绍兴人世代的骄傲与自豪。

1989年7月10日游绍兴

游孔林

——《齐鲁行》之三

一辆三轮车把我和清平推往孔林。

孔庙、孔府、孔林是享誉全国而又被曲阜人引以为自豪的地方三大名胜。来到东方圣城曲阜，一种庄严肃穆的朝圣感便会油然而生。

带着游览孔庙与孔府后的兴奋，我们一路议论不休，什么“九龟驮石”之妙，什么“五柏抱槐”之奇，连同孔老夫子的传闻故事，全都被我们打进了行囊。当然，最令我们兴奋的还是在夫子曾潜心讲学的杏坛前合了影，那时天地都为之而变小，仿佛我们正侧耳聆听授课，也成了孔老夫子的嫡传门生。

车夫是个二十五六岁的青年，名叫孔令祥，自称是孔子 76 代玄孙，他蹬车技术娴熟，胸前还挂个相机。他不仅一路向导，还在中国文化祖师——孔子的陵前，为我们摄下了珍贵的一瞬。

孔林在曲阜北城门外，为孔子及其家庭的墓地，既是孔氏的陵园，又是一所充满儒家色彩的园林。远远望去，一片郁郁苍苍的林海，看不到边际，占地不知其几千亩，有树不知其几万株。园林给人的总体印象是：松柏参天，古树森森。孔林气势上的壮观，有力地衬托了曲阜古城。

洙水河的“圣水”年复一年地流淌，波光粼粼，西入沂河，三五成群的游人叽叽喳喳地蹲在河边，喧哗声不时打破河面的宁静。

我们脚步轻轻地来到孔子的陵墓前，相语以目，心照不宣。孔墓位于孔林中央，墓门北甬道两侧站立着华表、文豹、角端、翁仲四对巨型石雕，甬道正面为享殿，是祭祀时香坛的置放地。孔墓东是其子孔鲤墓，墓南是其孙孔伋墓。孔子墓为土丘，保持着原始的形状，如乡间阡陌中的万姓土坟，古朴而自然。高大的墓座杂草丛生，萋萋然充满生机。墓前后各立碑一块，前刻“大成至圣文宣王墓”，后刻“宣圣墓”三字，字为篆书，遒劲在高大的墓碑上。墓园外古木浓荫，遮日蔽天；脚下砖石缝间，苔痕蔓延。游人至此，满眼秦砖周土，满眼凝重沧桑。

孔子墓的右面是其弟子子贡墓及历代守陵处。相传，孔子逝后，弟子均守陵三年，唯子贡守陵六年，可见师生感情笃深。后人感其诚，遂葬子贡于此。

孔林东北角有于氏墓与孔尚任墓。于氏原为乾隆皇帝的女儿，因对当时满汉禁婚不满，便在父皇的允许下认汉族大臣于敏中为义父，下嫁给孔子 72 世孙衍圣公，开满汉通婚之先河。孔尚任也是孔子的玄孙，明末清初时，以一部名剧《桃花扇》而扬名天下。他是一位戏剧大师，同时也是秦淮名艳李香君的“伯乐”。这位被后人与莎士比亚共同誉称为东西方两颗戏剧巨星的孔氏后裔，谢世后葬于孔林。

虽然，孔林的一隅安葬着才子的遗骨与才气，安葬着贤女的艳体与香魂，很值得我们亲临凭吊，但是，我们因事急还须乘车赴泰安，只好匆匆道别，更不知再来为何年？人间如斯：与庸碌之辈一生相隔陌路，权作寻常肌肤痒事；和有识之士一次失之交臂，亦为人真正的遗憾。

1986年7月于山东曲阜

母亲花

车行沂蒙山道，仿佛四处都飘荡着我童年的梦想。

还是在县中读初一时，班主任徐继达老师就讲述过关于“红嫂”的故事。从那以后，一个特定时代并带有政治与爱国色彩的名词——红嫂，便烙在了我的记忆之中。后来，拜读冯德英的长篇小说《苦菜花》，那金灿灿的花朵让我满眼都飘荡着苦菜花的芳香。于是，我耳畔又忽地飘过故事片《苦菜花》的插曲：“苦菜花儿开满地黄，乌云当头遮太阳。鬼子汉奸似虎狼，穷苦人何时得解放。……”苦菜花是山东老区人民抗日救国的见证物。

我曾不止一次地想象着红嫂的真实模样，因为舞台上那红嫂的形象太完美，不仅心灵美，而且扮相也美。我也曾不止一次地推测苦菜花究竟是什么野花，甚至把家乡的姑姑丁（蒲公英）花与剪子股花（学名不详）误当成了苦菜花。此次山东之行纯粹是一次寻梦之旅。当多少年的梦想即将成为现实的时候，那一颗迫切之心便可想而知了。

访罢王羲之临沂兰山区的故居，我们便驱车直奔孟良崮。在孟良崮革命烈士墓地，我看到了一簇簇金黄金黄的小花，经讲解员确认，才知那就是苦菜花，花朵比蒲公英的花朵略小，比剪子股的花朵略大；叶是圆形，不像蒲公英与剪子股的叶子是长形的。苦菜花，沂蒙山及周边地区特有的花，生于大自然，却编织着人间情。从纪念馆展示的资料中，我又发现了两个“红色”的名词：一是“沂蒙六姐妹”，一是“支前模范四大娘”。她们在饥饿的时刻，曾吞食过苦菜的叶子以度日；她们在支前的日子里，又深嗅着苦菜花的芬芳。夜宿蒙阴县城，我睡梦中还手拈着苦菜花枝；第二天在蒙山景区大门前，我又被一株株苦菜花所打动，以至，让我们一行毅然放弃登山的良机，而果断地调转车头，到沂南县马牧池乡去寻找红嫂的芳踪。

苦菜花给人的感觉是苦涩涩的，但沂蒙山的山歌却是甜脆脆的。蒙山沂水确实是人间上好的青山绿水，转首车窗外的风景，你就仿佛听到了国产故事片《红日》的插曲：“一座座青山紧相连，一朵朵白云绕山间，一层层梯田一层层绿，一阵阵歌声随风传……”虽然，我此行没有听到山妹子那甜脆脆的山歌，但在桑塔纳的风驰电掣之中，心头总觉得有清脆的歌声隐隐飘来。

同行王昌艳在宿城区宣传部工作，她的老家在蒙阴县界牌镇，是个地地道道的山东妹子。她是被我们的迫不及待所动，便千方百计地为我们询问路径。友人刘增昌耐心地驾着车，车经蒙阴县城南，又沿着京沪高速急转东南方向，直到界牌镇才停车问路。一位刘姓的的哥热心地帮助我们联系，因界牌镇与沂南县的岸堤镇之间的一段公路正在维修，他的朋友在手机中的回话是：此路不通。从先前的兴致勃勃到此时的一脸怅然，希望竟像秋叶一样飘零。然而，就在这“山重水复疑无路”之时，我又一次感受到了山东人的真诚。刘师傅很认真地指路：沿此路南下，到沂南县的双猴镇转道向东，经孙祖镇再转向北，过依汶镇北行，就到达马牧池乡了。按这个行程要绕100多华里的路程。我深知专程来一次的不容易，为了多少年的梦想开出花、结出果来，即使是绕道，也值！

一路上，我的一颗心除了迫切之外，有时也考虑其他一些事情，比如“马牧池”这个乡名，怎么读都不顺口，如果改叫“牧马池”多好。但是，地球上的每一个地名都是有其来历的，而探究乡名的来历根本就不是我们此行的目的。在乡政府门前，有两位乡干部认真地告诉我们，红嫂叫明德英，他的老公叫李开田，老夫妇俩都去世了，他们儿子的家就住漠河村的李家林沟组。中途又一次问路，恰巧碰上了红嫂家的一位邻居，他主动上车为我们带路，直到亲自把我们领到了红嫂重孙媳妇孙双双家的门前，他才放心地回家。一地一个风俗，我们家乡的坟墓是在村外，而这里的坟墓就在门前房后，那坟堆就像家乡门前的灌木丛一样杂乱无章。孙双双像解说员似的介绍说：当年日寇“扫荡”时，她的曾祖母就是把两位八路军伤员藏在村后的一座空坟中的。她把自己喂养的老母鸡杀了，偷偷地送给伤员补身子。日本鬼子的大扫荡结束后，两位伤员归队，庄德新在上海工作，而另一位伤员至今情况不明，也许，他已经在另一场战斗中牺牲了。我心里明白：大约在70年前，一个真实的红嫂故事，就发生在我们身边的这个小山村，或者说就发生在村后的这片乱坟岗中。

李家林沟前排东头第一家便是当年红嫂的家，现在由其长子李长俊居住着。在这所山石砌成院墙的小院子里，我与同行几人郑重地与红嫂的长子及重孙媳合了影。正屋的北墙上挂着红嫂的遗像，墙上还有一张1992年3月由山东省军区政治部、省妇联与省民政厅授予的“山东红嫂英雄”的证书。历经了大半个世纪的人间沧桑，明德英这个名字已经被人遗忘了，而她的另一个名字“红嫂”却一直活在几代人的心中。

出李家小院向东约10余米，便是李家墓地，红嫂的坟墓亦在其中。红嫂于1995年去世。2002年，当其夫李开田辞世之时，当年的那位伤员庄德新，带着一颗感恩之心，千里迢迢地为红嫂夫妇俩立了一块高大的墓碑，他还特地把自己的名字刻在长子的位置上。一个当年的八路军战士，把大他不到10岁的红嫂当作母亲。据孙双双介绍，她的“大爹”庄德新也不在人世了，但是，他的感恩故事，已经把人间最高尚的“母子情”留在了天地之间。

红嫂已静静地躺在坟墓中，默默地接受来自全国各地敬仰者的凭吊。到此才知，她生前还是聋哑人，但她却做出了许多常人做不到的事情。她身上有着人类母亲的大善与大爱，并且把它无私地奉献给了祖国的抗战事业。在电视屏幕上，我曾看到了这样一个镜头，曾经在电视连续剧《闯关东》中饰演文他娘的蒙古族演员萨日娜，她一次在潍坊演出时，竟被全场观众喊“娘”，可以想见，山东人是什么样的激情。这仅仅是屏幕上的故事，而红嫂却是生活中的红嫂，如今她已经成了抗战“母亲”的代名词。

我轻轻地绕墓一周，又在红嫂的墓碑前深深地鞠了三个躬。红嫂的墓边开遍了苦菜花，那金黄的花朵在阳光下显得格外灿烂。此次山东之行，恰恰是苦菜花绽放的时节。此刻，我忽然想起了两位山东母亲，一位是沂蒙山区的红嫂，一位是长篇小说《苦菜花》中的冯大娘，面对侵略者疾恶如仇而又从容不迫，她们苦难而壮丽的人生，就像苦菜花一样灿灿照人。

自山东归来后，有一天下班回家，妻给我出了道考题，她问我中国人的母亲花是什么？我一时答不出。她说是听电视上讲的，叫萱草花，又叫忘忧草花或金针菜花。我突然想：那红嫂墓前的苦菜花不也是中华民族的母亲花吗？

载于《宿豫文艺》2017年3期

母爱沧桑

正是清明前夕，宿迁市历史文化研究会组织到淮安市考察，仅仅一天时间，参观了5个景点，即古楚州总督府署、淮安中国漕运博物馆、河下镇古街、码头镇枚乘故里与漂母墓。上午在森严的官署文化与斑斓的市井文化交织中，河下镇一位村姑的半副楹联，不仅曾经难倒过乾隆皇帝，而且也难倒了我们一行人。联曰："小大姐上河下，坐北朝南吃东西。"从平仄上看，这是下联，而上联竟成了古今绝对。

下午车行码头镇，同车不少人依然沉浸在那半副楹联的意境中。直到站在巍然高大的漂母墓前，才被那千年母爱的春晖彻底地转移了视线。

在漫长的中国古代史上，有三大母亲最令后人敬重：一是孟母，她在教子的过程中，三次选择邻居，而给孩子一个良好的生长环境，以至培养出了中国思想史上的亚圣——孟子；二是岳母，她深明大义，在金兵入侵之时，毅然地在儿子脊背上刺下"精忠报国"4个大字，以至培养出了一个民族英雄——岳飞；第三位就是漂母，她以一颗善良之心，施舍一个素不相识的青年，以至感化出了一代杰出的军事家——韩信。前两位母亲是黄河流域的杰出代表，后一位母亲则是淮河流域的女性楷模。

古人以水之南为阴，就是河的南岸。淮阴，顾名思义就是位于淮水南岸的城市。淮水，古代中国"四渎"之一，它自桐柏山奔腾而下，东流经淮阴而转道东北，自古涟水县（今滨海县）云梯关入海。秦朝末年，民不聊生乃至天下大乱，就在古淮阴城外的淮水岸边，演绎出了一个"漂母救韩信"的故事，这个故事中曾受过胯下之辱的少年流浪汉，却在一部漫长的中国古代史上写下了重重的一笔。三大母亲的不同之处在于：孟母与岳母关爱的是自己的孩子，而漂母关爱的却是别人的孩子。不同的关爱对象，却绽放出了同样伟大的母爱之花。

对于韩信与漂母的故事，司马迁在《史记·淮阴侯列传》中记道："信钓于城下，诸漂母，有一母见信饥，饭信，竟数十日。信善，谓漂母曰：'吾必有以重报母。'母怒曰：'大丈夫不能自食，吾哀王孙而进食，岂望报乎！'"

韩信生于贵族之家，父母双亡家道衰落后惰性十足，不务正业。他空有满腹才华，但在个人生活上却出现了一个极大的盲区。如果不遇漂母，也许他会是个终身的流浪汉。可以说，他人生的根本转折点自遇漂母开始。漂母不姓漂，漂只是她当时的职业。近百年以后，当司马迁为韩信写传的时候，漂母姓氏大概已无法考证了。秦朝，我国的丝棉手工业比较发达，其中有一道工序叫"漂絮法"，即漂洗蚕丝，做这种活的人大都为妇女，所以，漂母就是个浣洗丝絮的女工。

我们可以这样推测，在没遇上漂母之前，韩信看上去是个没刚没志的年轻人，用现在的话说，就是"迷惘一代"——寻找不到人生方向的人。那次在淮水边，漂母赠送韩信两件东西：一件是饭食，是属于物质的；还有一件更重要，源于精神范畴的，叫志气。分食给韩信，这只能体现漂母的善良；而对韩信毫不客气的训斥，却体现漂母的贤惠；施恩不以图报，则又体现了漂母的高尚。施舍是人间的小爱，训斥是人间的中爱，施舍而不图回报乃是人间的大爱。

一则淮水边"漂母救韩信"的故事，不仅令受施舍者铭心刻骨，而且令一代代听故事的人刻骨铭心。

唐代诗人刘长卿有一首咏漂母五律诗："昔贤怀一饭，兹事已千秋。古墓樵人识，前朝楚水流。诸萍行客荐，山木杜鹃愁。春草茫茫绿，王孙此旧游。"看样子，刘长卿也曾亲自凭吊过漂母墓，经樵夫指认才寻找到，并对古人的义举感慨万千。古人前来凭吊或骑马或步行，我们前来凭吊乘坐的是大巴车，虽然代步工具不同，但感慨却是高度一致的。我在春草碧绿、油菜花金黄的季节里，亦因感慨系之，写下了一首七绝："佳话一则传古今，坟高百丈采辰星。春风悄悄坟前过，化绿飞红唤母亲。"

解说员在眉飞色舞地介绍漂母的故事，我却时而走神凝视墓前青青的墓冢发呆，准确地说，是沉思。漂母墓位于泰山村南，前有漂母祠与报恩亭。漂母墓又名“泰山墩”，因坟墓的高大与后人的景仰而得名，泰山村的村名亦源于此。这大概要算是人间最大的平民墓冢了，15.8米高，底部直径52米，从视觉上看，比墓前的三层楼还要高。从与历史文化名人的比较上看，漂母墓比曲阜的孔子墓要高出许多。

韩信在中国军事史上的评价很高，至于他与萧何、吕后等人的恩恩怨怨这里就不再赘述。南宋爱国词人辛弃疾曾赞叹韩信用兵神奇是“古今一人而已”，地位甚至比孙武还要高。明代散文专家茅坤把韩信与屈原、司马迁、李白相提并论，誉之为“兵仙”。除此之外，韩信身上还有一件闪光的东西，那就是感恩之心。世间以怨报德小人有之，而投桃报李者也大有人在，韩信便是典型的一例。在唐人孟郊还没写“谁言寸草心，报得三春晖”这一名句之前，韩信就从行动上做到了这一点，他在功成名就、衣锦还乡之时，回到家乡下邳做了楚王。他专门派人到淮阴千方百计找到了恩人漂母，并赐千金以养老。民间代代相传，漂母的墓之所以这么高大，那是因为韩信在漂母去世后，曾令手下十万大军每人兜一兜土为漂母添坟，遂堆成这巍然的“泰山墩”。

南朝地理学家郦道元在其代表作《水经注·淮水》中载道：“（淮水）又东，经淮阴故城。北临淮水。汉高帝六年，封韩信为侯国。……昔韩信去下乡而钓于此处也。城东有两冢：西者，即漂母冢也；周回数十步，高十余丈。昔漂母食信于淮阴，信王下邳，盖投金增陵以报母矣。东一陵，即信母冢也。”唯有此例，韩信将恩母的坟墓添得比生母的坟墓还高大许多，其感恩之心为世所稀。

一轮艳阳照耀着辽阔的苏北大地，一望无际的麦田沐浴在和煦的春风里。一时间，我也仿佛沐浴在千里母爱的春晖里。眼前的漂母墓在敬仰中愈显得高大巍峨，巍峨得像一座大山。人之初，性本善。施舍是善，关爱是善，感恩也是一种善举，是对人间大爱大善的报答。

沧桑母爱，母爱沧桑。巍然耸立在华夏一代代人心中的漂母墓，便是人类一座大爱的里程碑。

2013年3月31日于淮安

品读阿炳

西域的胡琴不知何时漂泊到了江南，那清脆悠扬的乐音深深植进吴地的肥田沃土，生长出了现代两位民族音乐家。一位是江阴刘天华，虽英年早逝，却以一曲《光明行》勾起国人对光明的憧憬；一位是无锡的华彦均，仅一曲《二泉映月》便羞涩了天下的明月。

游览锡惠公园，我执意想到阿炳墓前看一看。阿炳便是华彦均。刚刚在清澈的二泉边留过影，我们便沿着公园里的山道上山。道旁的紫荆树上，朵朵风车叶轮似的紫荆花微笑在炎炎的夏日中。在风景秀丽的惠山山脚的映山湖畔，我们终于寻找到了阿炳墓。阿炳逝葬无锡璨山明阳观东侧道士墓地，1983 年迁葬于此。墓墙倚山而立，以石作碑，小有气势。虽然陵墓已旧，但周生绿树，上绕白云，也不枉了面前这位民间音乐家的一生。

墓前塑一尊阿炳铜像，头戴旧毡帽，身着粗布衫，背上背一只破琵琶，左手把着胡琴杆，右手执弓，脚踏一路斜阳，神情专注地拉。这就是双目失明的“阿炳”，头微侧，背微躬，“双目”前视，用心在拉出他自己创作的曲子，同时也用心倾听曲中的不平。时光已经将他与他的乐曲流走了近半个世纪，但我们仍可以从他的弓弦上与琴筒中听到那如泣如诉的“琴声”。他坎坷的人生之路就像身旁的山道一样坎坷，他历经的那个时代就像他的目光一样黑暗，他在黑暗中渴望光明。

人们往往记不起阿炳的真实姓名。他幼年家贫，被迫出家为道士，为了生计也做过乡间吹鼓手，32 岁时害了场眼疾，却因无钱求医而双目失明。与饥寒交迫为侣，与艰难辛酸为伴，他仅仅活了 57 岁，却做了一件许多目光明亮的人做不到的事。他人穷志富，不卑不屈，自小勤学苦练，终于从民族音乐的土壤中，生根，发芽，放叶，开花，并结出沉甸甸的果实，从而在艺术的王国里独树一帜。青山为之仰目，江河为之起敬。生活赞叹地说：先生原来是平民！1978 年，日本著名指挥家小泽征尔来华在中央音乐学院第一次听 17 岁的女生姜建华演奏《二泉映月》，听罢泪湿衣衫。

我认真地品读阿炳，品读他的品格，他的气节，他坚不可摧的毅力，他自强不息的精神。他既没有平步青云的外力，也没有飞黄腾达的命运。可是，他成功了，成为一位世界级的平民音乐家，他以自己人生的胜利，来鄙视那些曾经鄙视过他的所有自以为高贵的人。当华彦均——“瞎子阿炳”的名字走上《辞海》、走出国境线时，他已经憾然作古，他一生都没有得到桂冠般的荣誉上的满足。

站在阿炳墓前，我想起在一本书上看到过的两句话：“将相本无种，儿女当自强。”不妨把它改成一副对联，献给生长在新世纪的年轻人：

五千年一瞬，岂让岁月蹉跎，
古来将相本无种；
八万里四极，莫将田园秽芜，
天下儿女当自强。

地球上先有人而后有路，路是人类用双脚走出来的。阿炳凭人格与志气走出了一条从凄凉到辉煌的人生之路。

载于2001年9月1日《中国建设报》

感慨圯桥

湖北长江边有两个赤壁，即文赤壁与武赤壁；江苏睢宁古邳镇有两个故事，即张良圯桥进履与关羽月夜保皇嫂的故事。前者为文故事，圯桥遗迹尚存；后者是武故事，今有关帝庙为凭。

2015 年 7 月 11 日，我和族侄孙海峰、险峰兄弟俩到徐州吊族侄绪光丧，归途就餐于古邳镇南庆安水库附近的吉安饭店。午饭桌上，我提出顺便游览圯桥的建议，三人一拍即合，司机小单也表示欢迎。每个人都会有其盲区和误区，包括古代的圣贤。我一直误认为，今天的邳州就是古下邳的延续，还是一位徐州的朋友告诉我，古下邳在睢宁县的古邳镇。早在少年时代，我就听说过张良圯桥进履的故事，不知是说者的口误，还是听者的耳误，我到现在仍然将“圯”读成 shi 音。有人说，中国字读半边，不得错上天。误者最大误区是把自己的错误当成真理，我这个误区还是海峰给点破了。古人说开卷有益，其实对于坦诚者来说开谈亦有益。

圯桥进履为古下邳的八景之一，圯桥就坐落在巨山脚下的圯桥村。午后的夏阳烈烈地照着，车门里与车门外完全是两个世界。村后的杨柳树上有几只早蝉在懒懒地叫着，这不禁给人一种新鲜感，因为在宿城我所居住的那个小区中，已经有两年没听到知了的叫声了。就在前天晚上，看见一个个你来我往执手电筒的寻找幼蝉的人群，我曾发出无可奈何的感叹说：“少了一只知了，就少了一串歌唱，寻找知了的人比知了还要多啊！”我亲切地仰头向高高的树梢头瞭望，叶深不可见，我只能为那些小生灵们而默默地祝福。

南朝文学家郦道元在《水经注·沂水》中写道：“一水经城（下邳）东，屈从县南，亦注泗，谓之小沂水，水上有桥，徐泗间以为圯，昔张子房遇黄石公于圯上，即此处也。”我们面前的圯桥纵跨在马帮河上，马帮河即古沂水的一条支流，名字改了，但古风依然。桥南是村庄，桥北是景区，旧桥已毁于时间的风雨，新桥为1981年重建，桥栏上那红得逼眼的“圯桥”二字，霎时就把我的思绪带进历史的烟海之中。按照我游览怀古的习惯，我在桥边细细地寻找古贤张良的身影，同时也在寻找文学前辈郦道元的足迹。

古邳是张良的第二故乡。据史载，张良曾结交一个大力士朋友，能使用120斤的大铁锤，他们共同在博浪沙锤击秦始皇，刺杀未成后，张良便逃到下邳的圯桥附近隐藏起来。有一天，张良来到桥边散步，看到一个老人坐在桥上，故意把一只鞋子扔到桥下去，还叫张良帮他拾上来。当张良把鞋子拾上来时，老人又将另一只鞋子扔了下去。张良又耐心地把鞋子拾上来，并且帮老人穿上。老人转身走了，回头告诉张良说：“五日后天亮前，你再到这里来见我。”张良按时来了，而老人早已在等候他，并问他为什么迟到，让他五天后重新再来。又过了五天，老人还是先到了，他仍然叫张良五天后再来。五天后，张良半夜就在桥上等候，老人慢悠悠地走来了，他的脸上还带着欣慰的笑容。老人送了张良一句话：“孺子可教”，还送了一本书《太公兵法》。从此，张良在下邳刻苦攻读兵书，最终帮助刘邦推翻了强秦，打败了项羽，成就了一世功名。

我们此次造访圯桥，恰是午休之时，留侯祠的大门紧锁着，小有距客百里之嫌。正感叹来不逢时，却被祠堂大门上的一副楹联吸引了，联曰：“遇黄石公运筹帷幄成霸业，随赤松子归隐山林尽天年。”上联写事业，有点过了，实际上张良是辅佐汉高祖成就了霸业；下联写归宿，还可以说恰到好处。留侯祠前东有黄石公操碑，西为圯上图赞，为唐人李德裕所撰。黄石公是张良的老师，他所著的《素书》，仅1360字，但字字珠玑，句句箴言，读来如醍醐灌顶。后人对其评价甚高，曰：智慧之禁果，治人之兵法，成功之操典。读此书上可治国安邦，下可处世修身。张良是一代大贤，对他一生产生重大影响的有两个人：一个是黄石公，一个是赤松子。前者主张入世，以“进”为策；后者主张出世，以“退”为略。

据说，李白也曾到过古邳，有他的诗句为证：“我来圯桥上，怀古钦英风。唯见碧流水，曾无黄石公。”我来之时，已不见前贤，只好学着写下一首七律《圯桥怀古》："圯桥进履世称贤，旧事如歌代代传。归隐林泉移欲念，运筹帷幄定江山。近交韩信成三杰，远启云长过五关。古邳停车聆教诲，绿杨深处唱鸣蝉。"历史有时竟是这般的奇妙，在灭秦兴汉的三位杰出人物中，有两位都与桥有关。淮安胯下桥让韩信在胯下之辱中发奋图强，从而事业大成，登台拜帅，方能"连百万之军，攻必克，战必取"；古邳圯桥让张良的人格得到修炼，从而得兵书一部、良师一人，方能"运筹帷幄之中，决胜千里之外"。

我在杂草丛生的留侯祠边徘徊，丛生的杂草在悄悄告诉我：游客罕至。我不禁感叹：当年桥上孺子可教，今日圯桥可教天下子，这是不该被冷落的地方！

载于《繁荣》2016年9月26日

又载于《江苏地方志》2016年第5期

泰州问柳

这是一次深层次的文化追寻。

泰州出了几位大师级的文化名人，清代有郑板桥，现代有梅兰芳，一个领军画坛，一个领军剧坛，可谓首屈一指的佼佼者。而走在泰州大街上，我极想寻找另一位大名人，他就是在民间文艺上领军的一代说书艺人柳敬亭。

我曾到泰州参加党史工作会议，下榻在国泰宾馆。宾馆以国泰命名，恰巧使爱国之情与爱乡之情在这片热土上相得益彰。宾馆又与泰州名人紧密相连，以充分展示这片土地上的人杰地灵。东面不远处为梅兰芳纪念馆，南行约数千米即为敬亭广场。遗憾的是，会议的日程仅仅安排参观梅兰芳纪念馆，而对另一位艺术大师却只字不提。也许是因为会议的时间紧迫，也许是因为现代人对后者了解不多，以至于渐渐淡忘了他的名姓。

对柳敬亭大名的最初记忆是在30年前观看的故事片《桃花扇》中，那个辛勤为李香君与侯朝宗鱼雁传书的老人，让我至今历历在目。其后不久，我便在书店买下陈汝衡先生所著的《说书艺人柳敬亭》一书。那次到泰州，我之所以要迫切地寻找柳敬亭的故居，这种隔世的好感大约有四个来源，一是地域上的亲切。他曾在古泗州盱眙县城落过脚，他的说书艺术之路即是在古淮河南岸的那个古镇开始。而我呢？又是一个正宗的泗州州民的后裔，古泗州城在其未沉没洪泽湖湖底之时，仅仅与盱眙县城隔河相望；而我的家乡城头，也仅仅与盱眙县城连湖相依。二是与其师姓氏上的亲切。柳敬亭在流落到上海松江时，曾在莫后光先生的悉心指导与谆谆教诲下，感悟人生，感悟艺术，因此脱颖而出。从宗族观念上说，我与莫后光还是本家。三是因李白的诗句而亲切。柳敬亭原名曹逢春，为江苏泰州曹家庄打渔湾人，据说是因与当地豪门结下了仇怨，18岁便只身飘零，流浪于江南与淮水之间。那一年，他流落到宣州城北敬亭山。正值桃花盛开、杨柳怒放之时。那一天，他孑立在敬亭山坡上的一株大柳树下，手执柳丝而心思前贤。这山顶上有南朝诗人谢朓建造的敬亭，山因此得名；大诗人李白做客此处时，欣然写下过“相看两不厌，只有敬亭山”的诗句。此时，天资聪颖的柳敬亭突发奇想，为了躲避官府的通缉，他决心将自己更名为“柳敬亭”。从此，人们只知道历史上有个民间艺术大师柳敬亭，而曹逢春的名字却鲜为人知，甚至已被忘却。从古至今，人生天地间，姓名只不过是一个符号而已，而许多名人贤士，就是勇于这般地反叛传统，毫不顾忌。如鲁迅、茅盾、巴金、曹禺等人，人们几乎忘记了他们原来的名姓。

我对艺术大师柳敬亭亲切的第四个原因，说起来话长。20世纪60年代初，我国的乡村文化生活处于寂寞难耐之中。大概是在我9岁时吧，村上请来个叫胡志林的说书艺人，村上人称之为唱大鼓的。当初只知听大鼓，却不知说书艺术还有大书与小书之分，大书即评话，亦称白文，有说无唱，柳敬亭与当代评书艺术家刘兰芳皆属此类。小书有说有唱，如苏北的说书艺人胡志林便在此列。我曾有过这样的感悟：民间唱书（指小书）艺人首先须是诗人，而且须是熟谙诗词韵脚的诗人。

当年胡志林在我们村上所唱的书目是《薛家将》，其中包括《薛仁贵征东》《薛丁山征西》与《薛刚反唐》三部。我们村当时有5个生产队，每个队唱10场，一唱就是50场。那次是冬日，村里农活不多，胡先生一连在村中唱了两月有余。他唱书的场地大都在我们家相邻的小学教室里，每天晚上我都搬个小板凳，坐在唱书人的近前，目不转睛地望着他的嘴巴与面部表情，仿佛只有这样，才能将所唱书目的情节熟记于心。村中人有谣云：听书不看嘴，不如喝凉水。胡先生唱书，说起来口溅白沫，句句铿锵，高低协调；唱起来，声调抑扬，合辙合韵。唱到激奋处，他便自然地立身而起，左手举在头顶上，打动两块叮当的钢板，右手击鼓，节奏相谐，昂扬时大有怒发冲冠之势，哀伤时每每令人和泪于前。胡志林的说书艺术，不仅感动了村中父老，而且也感动了小小的我。我报考初中时，也做到了一颗红心、两手准备，考取了便继续读书，考不取便拜胡氏为师，做一个说唱江湖的民间艺人。不知是有幸还是无幸，那一年，我考取了县中。

当年我频走于书场时，便听成人们相传，苏北早年说书艺人，当数泗洪的蔡文斗与睢宁的张家成最为著名。1991年，我被抽调到县志办公室修志，人物志也是我笔下的任务。于是，我建议将蔡氏首先列入志书入传的人物名单里，并在一个秋高气爽的日子，骑着自行车到魏营乡蔡圩村采访，终于在县志上立下了“蔡文斗传记”，此篇后被选入《淮阴市志·人物志》之中。

在泰州开会的几天里，我总是想抽空到敬亭公园看看。就是在参观梅兰芳纪念馆的那天，早晨起床后，我便约同事韦泽洋君一起去公园。没想到我们却被路边一个卖烧饼的女孩给耽搁了时间。那个女孩在有顾客时做烧饼生意，没生意时便又在路边径自跳起舞来，大概是对前天晚上舞蹈功课的复习吧。同行几人都被她吸引过去围观，我一个人又不好意思离群独行，快到吃早饭时间了，我只好返回宾馆，却在心灵深处留下了深深的遗憾。

我对柳敬亭的敬仰有两个重要原因，一是他的侠肝义胆，一是他精湛的艺术。从史书记载上看，柳敬亭很丑，一脸黑麻子，面部还有疤痕，但他却用丑的面相创造了一个美的人生。

有些史料上称柳敬亭为“说书义侠”，这话一点也不过分。柳敬亭在其说书生涯中，曾做过两个人的幕客，一是镇守武汉的名将左良玉，一是苏松常镇提督马逢知。但他对做官却没有兴趣，每当重权在握的左良玉劝他做官时，他总是一笑了之，说自己闲散惯了。但他却视说书艺术如生命，他的说书艺术已到炉火纯青的境界，但他从不骄傲，从不满足。他说书时只需一块醒木，一把纸扇；拿起纸扇醒木，他站在历史的峰顶上；放下醒木纸扇，他又生活在老百姓的行列中。

柳敬亭是个性情中人，极重义气。顺治七年，他的密友龚鼎孳乘舟北上京都，时运河两岸盗贼纷起，他与儿子一直护送到黄河之滨！在苏松常军府为幕客时，一天与马逢知同餐共饭，马因发现自己的饭碗里有一粒老鼠屎而要重罚厨师。为救人于危难，柳敬亭毫不犹豫地从桌上捡起鼠屎送进嘴里吃掉，并不露声色地说：“这是黑米，好吃。”

柳敬亭先生活了80多岁，晚年饥寒交迫，境况凄凉。如果他在居南京与京都之时，凭其才艺与影响，弄个一官半职，还是大有可能的。可是他没有这么做，留下了一个令后人仰而望之的柳敬亭。从另一方面讲，一个封建社会的民间艺术家，逝后能得到几位诗人与学者为之作传的，这在中国文化史上，为数也并不算多。据有关资料记载，同时代及后来者为其作传的人有：著名诗人吴伟业，清初大学者黄宗羲，《杂忆七传》的作者周容与泰州名士沈龙翔。许多古代典籍中都有关于他生平的记录。在明代的作家群中，归有光与张岱的小品文各树一帜，后者即以明代小品文代表的身份，亲自撰写《柳敬亭说书》一文，文中描述道："其（说书）疾徐轻重，吞吐抑扬，入情入理，入筋入骨，摘世上说书之耳而使之谛听，不怕其齰舌死也。"这便高度地评价了柳敬亭才艺的出类拔萃、不同凡响。

泰州在祖国版图上仅仅为方寸之地，竟在300年间孕育出几个大艺术家。在当代中国人的心目中知道梅兰芳的人很多，而知道柳敬亭的人却太少。其重要原因大概是，梅兰芳距离我们时间近一些，而柳敬亭则远一些；且京剧为国粹，属阳春白雪，而说书艺术大都流行于民间，则常常会被认为是下里巴人。人们往往会忽视这样一个问题：民间文化是草根文化，是一个民族生生不息的根。也正是京剧等国粹与诸多民间文化联手，才织成了中国民族文化的经纬网，从而才能跻身于世界文化之林。

还是用孔尚任《桃花扇·余韵》一折中，柳敬亭自己弹唱的曲文《秣陵秋》中的两句联语来评价归纳他的一生："六代兴亡，几点清弹千古慨；半生湖海，一声高唱万山惊。"

载于《文化新世纪》2010年夏季刊

媚香楼烟雨

难得一登媚香楼，竟未赶上阳光明媚的时候。

媚香楼位于南京秦淮河南岸，左牵文德桥，右携来燕桥，南望乌衣巷，北依夫子庙。眼前的一座三进两层的现代宅院，就是明末清初秦淮著名歌妓李香君的居所。来到秦淮河畔，人们自然会想到8个女性的名字，按她们的出生先后顺序依次排列为：马湘兰、柳如是、顾横波、董小宛、陈圆圆、李香君、寇白门、卞玉京。寇卞二人因生年不详，故排列在后。此8人中，唯马湘兰殊不同时，当她去世之时，其他7人均未出生。不知谁人信口给她们命名为“秦淮八艳”。其实，仅仅用一个“艳”字来给她们下定义，这似乎不够公平。她们人生的闪光点，不仅仅是芳名夺艳、忠贞于爱情，更重要的是，她们都具有崇高的人格气节，且在诗词、绘画方面都有较高的造诣。在中华民族历史上，真可谓高山仰止，令许多大丈夫愧怍。当然，我们这次主要“造访”的对象，还是李香君，因为她是这所楼宅的主人。

烟雨笼罩着十里秦淮，也覆盖着河边的媚香楼。说是造访却早已人去楼空，准确地说，我此行的目的是一次心灵的朝拜。目光刚离开“李香君故居”五个大字，双脚便踏进了楼前的大门。我仿佛走进了一座精神的殿堂，感知立时变得庄重而严肃。越过小天井左侧的圆门，便进入庭院和对厅，前有思远堂，后有话雨轩。庭中张维先生的一副楹联吸引了我的注意：

陈醪斟趣，新茗催诗，三杯忘宠辱；
铁笛销魂，铜琶醒梦，一扇写悲欢。

对联文采飞扬，但仅仅写出了原主人李香君的生活经历，似缺少点金之笔。南京陈衡先生的一联弥补了这一不足，短短 24 字，大体道出了香君姑娘的才华人品：

小字噪秦淮，万种风情柔似水；
丹心昭史册，一痕血泪艳如华。

香君何许人也？据有关资料载，李香君原名李香，艺名“香扇坠”，自幼被卖入妓院，从周如松、苏昆生等人学艺，天资聪慧，才识过人，且国色天姿，身材小巧玲珑。时任军中掌书记而又为秦淮诸艳曲中好友的余怀有诗赞之：“生小倾城是李香，怀中婀娜袖中藏。何缘十二巫峰女，梦中偏来见楚王。”香君喜唱《牡丹亭》《玉茗堂》诸剧，歌喉婉转，令人叫绝。相传，明末许多朝野名士，竞相以一识李香君为荣。沿古木楼梯拾级而上，可登楼俯瞰秦淮。二楼东为卧室，西为琴房，供香君姑娘习艺与休寝；中为客厅，为待客之处，香君与复社人员经常在这里小会。李香君的人生与复社有水乳交融的内在联系，可以这样说，没有复社诸文人的文化熏陶，便没有香君姑娘闪光的人生。复社又称“小东林”，是明末江南士大夫们继东林党之后为反清复明而组织的又一个社会政治团体，领袖人物为江苏太仓的张溥与张采，黄宗羲、吴昌时等著名人士均为复社成员。与秦淮八艳命运密切相连的冒辟疆、侯方域和吴应箕、陈定生，遂被称为“复社四公子”。复社共举行过三次大会，第二次大会于明崇祯三年在金陵召开，那年正是庚午乡试之年，张溥、吴伟业、杨廷枢等人皆入魁选。也正是在那一年，高山流水，初遇知音，经张溥介绍，李香君结识了复社四公子之一的侯方域。

十里秦淮，艳雨笙歌，河面上流淌的并不都是蜜意柔情，秦淮河畔汇集的也有不可多得的女性阳刚。在中国传统意识中，历来以天为阳，地为阴；以山为阳，水为阴；以男为阳，女为阴。实际上，在特定的条件下，女性的阳刚有时比男性的阳刚更刚烈。

在读曲阜才子孔尚任的传世之作《桃花扇》之后，我有幸结识了李香君的芳名，并铭记下她不朽的爱国节操。近代荷兰的印象派画家凡·高说过："凡人的媒介物是儿女，艺术家的媒介物是她所创造的艺术。"我想，文学家的媒介物即是他们笔下塑造的栩栩如生的人物形象。文学殿堂中的李香君就是孔尚任留给后人的"媒介物"。不论伟人还是名人，他们人生价值的高低就是后世敬仰度的高低，后人的敬仰面愈广阔，他个人生命的延伸力就愈大。

古往今来，人们大概都想得到世人的理解，于是，古人常有知音难觅的慨叹。世人大都在对知音一词的把握上太草率了点。其实，人生几十年，多到百年，真正的知音是不会多的，连鲁迅先生在历经岁月的风刀霜剑之后，也意味深长地说："人生得一知己足矣。"我这么认为，人生的真正知己乃在那举目蒿莱的人群之外。李香君便是最好的一例。

就在那一年，誉满秦淮的李香君遇上百年"知音"侯方域，也就在那一年，命运赋予了她另一种伟大的转机。同命鸟在秦淮河的上空飞翔，然后，又将她人生的辉煌悄悄地衔进了历史的圣地。近 400 年来，一幕幕秦淮烟雨不停地向世人讲述关于桃花扇的故事。

有人问，李香君与侯方域的爱情故事是喜剧还是悲剧，我至今难以回答，多少次面对这个问题举棋不定。踏进媚香楼，我的眼前又出现了那把饱蘸香君姑娘鲜血画出一朵艳丽夺目桃花的桃花扇。我的心不禁为之而殷殷泣血。香君最令人敬仰之处是她的侠骨慧眼。她不像柳如是，最后在投缳自缢中结束了自己狂放不羁的一生；她也不像陈圆圆，能在明末清初兵戈以仇的大环境中际会风云。她忠贞不贰地爱慕侯方域，正是一腔爱国之情使然，表现了她对胸有抱负志在反清复明的一代才子的敬重。血溅定情扇，巧然绘桃花，这是她忠于爱情的体现。桃花是红色的，血是红色的，爱也是红色的。而当侯方域着大清朝的官服"衣锦归来"时，李香君又是表现出那般的与众不同，她一怒之下，痛斥自己朝思暮想、倾心相爱的侯公子，并毫不怜金惜玉地撕毁了 12 年两心相系相牵的桃花扇。此时她不爱钱，不爱物，也不爱才，她心底唯一深爱的是山河破碎的故国。

我扶栏循梯缓缓而上，力求在时间的梯级上一步一个脚印。我不敢让双脚踏出"咚咚"，生怕惊醒香君姑娘的长梦。有谁能理解我此时的衷意？连身旁的儿子小白也不解我心。登上媚香楼，我在寻找美，寻找一种悲壮的美，一种女性的阳刚之美。香君姑娘的美不只在于貌，更在于她不同凡响、超越流俗的内心世界。我们不仅需要在生活中学会生存，而且需要学会在生活中发现美，从而创造美。在我看来，楼上每一件香君姑娘的遗物，都是美的存在、美的展现。世间万事万物大都有始有终，唯有美不需要结尾。有位作家说：“世间最让人消受不住的，就是对美的祭奠。”

楼后又是一进宅院，厅临河水，可凭栏观赏秦淮风光。水边有小型码头，可乘舟水上小游。烟笼秦淮，碧波荡漾。夫子庙前行人往来不绝，划然而过的车笛声，扰醒了河边画舫的沉默。细雨无声，撩拨着宁静的水面。举目东望，目光越过文德、文源与平江三桥，便看到了古桃叶渡口。当年侯方域受阮大铖迫害，决定逃离金陵，到扬州去投奔抗清英雄史可法，希望一展宏图。是夜，媚香楼琵琶声声，凄凄切切，香君情系一曲“琵琶词”送郎从军。第二天早上，他们又在桃叶渡口挥泪话别，从此劳燕分飞，音讯全无。侯公子走后，当朝权贵田仰送赠重金欲纳香君为妾，遭到拒绝后又以武力相逼。香君发誓不入朱门，遂狠命以头撞击桌角，鲜血飞溅满地。恰巧一滴血溅在侯公了送给香君的信物——白纸扇上，却被画家杨龙友依血作画，浑然天成，绘成了一朵临风乍开的桃花。不想，这一真实的历史故事，又被文坛有心人孔尚任借将去，创作出了中国戏曲史上屈指可数的名篇《桃花扇》。从此桃花扇的故事一代代传遍中华大地。

12 年后，这一对苦苦厮守的有情人终于相会于金陵。大出香君意料的是，侯方域终于耐不住功利的诱惑，他成了大清王朝的在册官员。这个曾写信劝说大诗人吴伟业不做清朝官，不做“二臣”的人，最终自己竟变成了那段复杂历史中的明清“二臣”。当天夜里，香君姑娘不辞而别，媚香楼从此失去了她轻捷美丽的身影与清脆婉转的歌声。侯方域愧悔莫及，遂写下《李姬传》以寄相思。

相传李香君因气恨侯方域无民族气节，芳心一横随卞玉京出家为尼，隐遁栖霞山保贞庵，不久便忧郁而死，遗体葬于附近的山丘之上。至今，南京栖霞风景区还有桃花扇亭，用以纪念这位不亏大节的名女。栖霞山红叶堪称全国一大美景，那年年经霜愈浓的枫叶，也许就是香君姑娘的热血染成。并不是隐士们生来就喜欢孤独，隐士是生不逢时与愤世嫉俗的表现物，退隐是他们在狂啸与怒吼被肃杀之后的一种无可奈何的心声。

烟雨蒙蒙，暮色将至。我又一次举目秦淮，河水无语西流。在我看来，河面上漂浮的已不再是六朝的胭脂粉黛，而是历史的血花，是岁月的泪痕。

载于《文化月刊》2008年8期
转载于《半月选读》2013年10期

无声燕子楼

在燕子远飞的季节，我凭吊燕子楼。

我之所以久慕燕子楼，不是因为它有燕子一般玲珑而美丽的名字，而是因为它有一段不同寻常的故事。

不少古代的文人都倾慕于色艺双全的青楼歌妓，不是怜香惜玉，便是心心相印。比如，杜牧对于张好好，苏轼对于苏小小，宋徽宗对于李师师，明末清初的才子们对于秦淮八艳。与徐州名妓关盼盼相比，上述诸多人物都可谓姗姗来迟。人以楼居，楼以人名，关盼盼独守燕子楼的故事哀绝千年。

燕子楼为徐州五大名楼之一，原在古城西北隅，为唐贞元年间徐泗濠节度使（《辞海》为“尚书”）张建封府第中的一幢小楼。建封逝后，其子张愔任徐州刺史兼武宁军节度使，纳关盼盼为妾。元和元年（806 年），张愔病故，关盼盼依然寡居，独守燕子楼 10 年（一说 15 年）不嫁，堪为古今爱情忠贞之典范。唐景福三年（893 年），徐州行营兵马都统时溥因御敌兵败，率全家登燕子楼自焚殉职，人死楼焚，仅余下空中悠悠白云与后人的叹惜。宋明以来，燕子楼屡建屡毁，清康熙年间迁址于徐州城西南角，1938 年被日军拆除，1985 年重建于今云龙公园知春岛上，临水而筑，南可眺望云龙诸山。

至于关盼盼其人，1999 年版《辞海》记其生平曰：“唐代徐州著名歌妓。工诗文；善歌舞。礼部上书张愔宠妾。愔死后，独居徐州燕子楼 15 年，不愿改嫁。张仲素、白居易尝作《燕子楼》诗感叹其事。宋张君房《丽情集》又说因白居易作《感故张仆射诸妓》一诗讽其不死，盼盼遂不食而卒。张尚书之名，宋以后多误作张建封，南宋陈振孙《白文公年谱》考定为建封子张愔。元人侯飞卿著《燕子楼》杂剧以敷衍其事。”白居易一生做了好多善事美事，唯此事误人清白，似乎不近人情。

白居易与关盼盼绝无琴心诗魂此类艳遇之事，他们之间大约仅有一次萍水相逢，那是唐贞元二十年（804 年），白居易自洛阳东游徐州之时。白居易虽未在徐州做过官，但与徐州自幼便结下了较深的情缘。他 9 岁随其父白季庚——徐州彭城县令，而居徐州，11 岁方旅居江南。那年，武宁军节度使张愔在徐州设宴款待身任秘书省校书郎的白居易，席间请出爱妓关盼盼献歌舞以助兴。关盼盼舞毕，又亲自斟酒敬来自京都的才子白居易。这位彭城佳丽的舞姿，加上出口不凡的文化素养，令名满京师的诗人白居易怦然心动。当张愔问他感觉如何时，他于微醉中诗句脱口而出：“极好！醉娇胜不得，风袅牡丹花。”

来去匆匆，人生一面，给白居易留下了美好的印象。天有不测风云，生活又是那样的不尽人意。随之，张愔不幸去世，关盼盼独居燕子楼，形影相吊，在孤独与寂寞中打发岁月，并立誓不嫁。十年，3600 多天，见多少云去云飞，盼多少雁去燕回，关盼盼于形容消瘦中写下了《燕子楼》诗三首。

一

楼上残灯待晓霜，独眠人起合欢床。
相思一夜情多少？地角天涯未是长。

二

北邙松柏锁愁烟，燕子楼中思悄然。
自埋剑履歌尘散，红袖香消已十年。

三

适看鸿雁岳阳回，又睹玄禽逼社来。
瑶瑟玉箫无意绪，任从蛛网任从灰。

元和四年，官至东宫善赞大夫的白居易在长安听到了关盼盼的消息，并读到了她的诗稿。往事复苏，感慨中来，他挥笔和下《燕子楼》诗三首并序，其诗为：

一

满窗明月满帘霜，被冷灯残拂卧床。
燕子楼中霜月夜，秋来只为一人长。

二

钿晕罗衫色似烟，几回欲著却潸然。
自从不舞霓裳曲，叠在空箱十一年。

三

今春有客洛阳回，曾到尚书墓上来。
见说白杨堪作柱，争教红粉不成灰。

白居易确实写过《感故张仆射诸妓》一诗，现录于此：“黄金不惜买蛾眉，拣得如花三四枝。歌舞教成心力尽，一朝身去不相随。”细读此诗，立意似不在“讽其死”，而在于对张仆射蓄妓人生的感叹，言下之意是：功名利禄乃身外之物，娇妻艳妾亦然。人死如灯灭，带不走权力，带不走金钱，也带不走美色。《全唐诗》还选了一首关盼盼《和白公诗》：“自守空楼敛恨眉，形同春后牡丹枝。舍人不会人深意，讶道泉台不去随。”看来，关盼盼和白居易的唱和不仅仅是三首《燕子楼》诗。

带着满心的疑问，我在燕子楼前徘徊。南风拂柳，枝叶嗞嗞作响，唯燕子楼静立不动，做沉思状，似羞涩切切，又似心事重重。楼西是长长的画廊，廊上的一副对联吸引了我的脚步：

钟情人去，楼中还是旧时月；
知春燕来，岛上又开新岁花。

对联为甘肃诗人马萧萧所撰。上联写古，写对独守燕子楼十年女主人的称颂；下联写今，写人世沧桑后燕子楼的崭新环境。知春岛上的燕子楼是对古徐州燕子楼的继承，它的存在本身又是对已逝古人的一种尊敬与怀念。

载于《江苏地方志》2009年1期

春宿龙山下

曾听说：人到浙西，看点重在山水；人到浙东，看点重在人文。此次浙东上虞之行，我既看了人文，又看了山水，而且是在春暖花开的时候。

车达上虞已是傍晚，我们下榻在上虞宾馆，宾馆就在龙山脚下。第二天一早，我就有点迫不及待地起身。出宾馆西行百米过一条小河，向左是不可穿越的龙山隧道，向右沿河不远是龙山公园。我忽然被一道多年不曾见的风景吸引住了。河西岸有一个个石阶码头，每个码头上都有三三两两的人群在浣衣，有男的也有女的，有老年的也有中年的，他们手中的棒槌在有节奏地敲击着城市的清晨。多么美妙的声音！这声音只有在记忆中的乡村才能听得到，久违而又遥远。真没想到，在这富庶的水乡江南，在这浙东的历史名城，我又重温了当年家乡的棒槌声。我轻步走上前去，并亲切地向他们问询。我问，这条江叫什么名字？一位男性师傅答：叫新河江，向南流进曹娥江，江东岸的路叫新河路。上午，我在凤山路一家报亭买了一张《上虞市城区图》，图上却明标的是龙山河。久居而不知其名，这看似怪事，其实也算是正常事，他们是在以路定河名，或者说新河江就是这地方的俗称。

在旅游的方阵里，有两个导游非常重要：一是地导，一是地图。前者是动态的老师，效果在于听；后者是静态的老师，效果在于看。用眼看则知，知道看什么；用心看则明，明白为什么看。打开手中的地图，我找到了自己所在的位置，曹娥江穿城而流，龙山河南下入江，曹娥江大桥的东桥头有舜帝墓，有慕古台，有望江亭。上虞宾馆的门前还有舜井，此时，近在咫尺这个成语用在我和舜井身上是那样的恰当。

听市政协文史委的李主任介绍，上虞“五山一水四分田”，全县人口的平均寿命为81岁，百岁以上的人到处都有。曹娥江原名孝江，因舜帝孝感动天而得名，后因曹娥投江寻父的孝举而更名。一方水土养一方人，曹娥江的上游多山，泉水自山中汩汩流出，汇入溪河，再注入大江，县民常年饮山泉之水，人有健康的身体，县有“长寿之乡”美誉。我想，假如苏东坡先生在此为官，他的那个诗句就当是“不辞常作上虞人”了。

这次在宾馆3311房间住了两个晚上，我三次走近树丛环抱的舜井旁。井边有一个木排与一只小铁桶，木排上有介绍文字：“山崖间有泉，清莹如玉，曰‘龙山头井’，上有兰峰顶盘石余丈。葛洪尝坐其山，今清泉依旧，四季不枯。镇上居民担桶提壶取泉水煮茗，土著人称‘圣井’。”那日午后，我独自徘徊井边。面对这神奇的古井，我好奇般地拎过铁桶，打了满满的一桶水，然后把双手虔诚地伸进桶中，好清澈，好凉爽，清可以照影，凉可以静心，我这是在做一次千里的朝圣。

上虞的曹娥庙人称“江南第一庙”，城区的丁界寺又称“浙东第一寺”。在丁界寺街幼儿园西侧的一棵古樟树下，我与司机陈师傅流连再三。千年的古樟树堪为一景，街边的古式居民住房古朴依旧，见到这古朴的民居，我真佩服上虞主政者的目光长远，他们精心地保护好古街道，既留住了乡愁，也留住了民心。我们在古樟树下留了影，为了远方的祝福，也为了这古树的灵性与安宁。

宾馆依山而建，房间外的山坡处多种竹，那抬眼就能见到的竹林，时时地给人以舒适感，特别对爱好写诗填词的人来说，竹林又会给人一种儒雅感和亲切感。我不止一次地观察过，江南的竹与北方的竹别在天壤，江南的竹粗壮茁壮如猛汉，而北方的竹则苗条绵柔似弱女子。正是当春时节，我漫步在竹林边，那一根根粗大而尖尖的竹笋，就像一枚枚行将待发的炮弹，从温情脉脉的土壤里探出头来，顽皮地望着客人。春雨贵如油，如果来一场及时雨，那雨后春笋的意境便会如期而至，那几乎可以听得见的“咝咝”的拔节声，定会像春姑娘的歌声，唱在大地母亲的心田，美丽而又动听。

临行前的那个夜晚，我因饮了一杯咖啡，关闭了电视机后久久不能入睡，是上虞大地的新鲜感带来了我的失眠。大约子夜已过了吧，楼窗外忽然显亮了起来。我披衣而起，走近窗前一看，原来是一轮明月渐渐地升起在龙山顶上，照彻窗外宁静的竹林，也照彻宾馆的远远近近。有青山，有明月，有修竹，还有这美丽的江南之夜，我的诗兴大发，取过床头宾馆预备的信笺纸和铅笔，草草写下了小诗《宿上虞宾馆》：“月色上龙山，竹林筛黛蓝。明朝还故里，只恐梦江南。”

一个失眠的夜，一个早起的晨，我走在龙山的山道上。转过龙山河东行，山壁上印刻着上虞乡贤吴觉农所书的“龙山”二字，字为楷体，犹如吴先生堂堂正正的人生。路上遇到一位早练的唐师傅，我问登上山顶需要多少时间？他说，龙山主峰海拔 223 米，上下一个来回可能要 2 个小时。我说，时间不够了，我们吃过早饭还要赶往德清去，上到哪儿就哪儿吧。我们分道而行，他大步登山，直到弯弯的山道淹没了他的身影。老远还能听得到他的“喊山”声，喊声在山谷中回荡。这不禁使我想到了故事片《应声阿哥》，我想从那儿童的故事里寻找回我的一颗童心。

我的脚步在半山的一个玻璃亭子前停了下来，时间观念在提醒我：该打道回府了！太阳从山顶上升起来了，把远远近近的山峦、树木照得更亮。它好像故意似的，与昨夜的月亮轮流值班，把我这个异乡人的心儿照得明明亮亮。归途，我又在一株山茶树下放慢了脚步。那株山茶树树冠有一丈多高，深绿色的叶片紧贴在枝头上，给树身增添了盎然的生机；枝头上还开出了五六朵花儿，把美美的笑容献给无边无际的春天。说来也巧，当我们早饭后拎包准备上车之时，我又看到了宾馆的绿化带中，有几株人工种植的茶花正在迎风怒放着，那种绽放仿佛有点肆无忌惮，因为它们的背后站立着母亲般的春天。我连忙唤过同事，让他用手机给我与茶花合了影，以弥补在山坡上与那株山茶树的遗憾。

我依依不舍地告别上虞宾馆，宾馆内外的花草树竹也在依依不舍地向我招手，似乎在祝福、勉励我：创造人生的第二个春天。

2017年4月于浙江上虞

诗人的孤独

凡到过白居易墓前凭吊的人，大都会说这里是个风水宝地。

洛阳为我国著名的四大古都之一，确也当之无愧地成为名人故居与墓葬等名胜古迹较多的地区之一。东有杜甫墓、唐恭陵、颜真卿墓与唐僧玄奘故里，南有二程墓与二程故里、范仲淹墓、邵雍墓及关林庙与关公墓，西有张良墓、李贺故里与仓颉造字台，北有王铎墓、王铎故里与汉光武帝陵。风光秀丽的伊河逶迤南来，北流注入洛河，两岸连山的伊阙傍山锁水，唐代大诗人白居易墓就坐落在东岸的一座小山之上，与龙门石窟隔河相望。

正是金秋收获的季节，我随旅行社开始了洛阳之行。按照旅行社安排，此行线路是开封、洛阳、少林寺与南街村，而洛阳游览的景点只有白马寺、大相国寺与龙门石窟。我外出旅游有个习惯，每到一地必先买一张当地城市地图，一图在手，整个城市的大体轮廓便装在心中。

行进到洛河岸边，我不时地为龙门山石壁上那千姿百态的佛像而惊叹不已，也为此行的景点中没有白居易墓园而深感抱憾，因为我已经从洛阳导游图上看到了白墓的方位，还恰恰就在我们停车地点的近旁。机不可失，时不再来，我在计划如何节省自己的时间。当我与两个同行的儿童合影之后，便掉头往回走，我想在团队整体赶回之前，结束对大诗人墓地的凭吊。

急匆匆地跨过伊河大桥，很快就来到公园大门前，我毫不犹豫地掏出拾元钱买了门票，便急匆匆地寻找白墓的墓址。我终于如愿以偿了，我满头热汗地与一代诗国大师“谋面”。白居易墓就在河畔青山之上，远眺龙门石窟，俯瞰伊河流水，诗人怡然自乐地伴山侣水而眠。不知是家人的选择，还是友人的选择，抑或是诗人生前遗嘱所然，墓地有青山有绿水，有松荫有鸟声，有蓝天有白云。诗人独自在这里沉吟千年，南有范仲淹墓为邻，可倾吐忧国忧民情怀；近有龙门石窟为伴，可神游一流的人类艺术之宫。口渴了，就饮一口清甜伊河水，或是饮一杯祖宗酿造的杜康酒；兴来了，就读几卷诗书，或诵几卷佛经，再或写下几行惊天动地的诗文；寂寞了，就欣赏龙门山上的明月，或山间的阵阵林涛，再或放歌一曲，以抒豪情。古云酒能解愁，实际上诗也能解愁，歌更能解愁，因为歌声能倾诉千古的心声。

我怀着一颗仰慕之心绕墓三匝，用双手一次次轻抚着墓前的碑铭。我欲拜师，但诗人不解；我欲问询，但诗人不闻。我在抚摸着那一颗沉睡了千年的诗心。如果说女人的心是水做的，那么诗人的心便是火做的，用他们那炽热的感情之火，去点着生活之柴使之熊熊地燃烧。

“故园望断欲何如？楚水吴山万里余。今日因君访兄弟，数行乡泪一封书。”这是乡情，是诗人绵绵的乡情在流露。公元 786 年，15 岁的白居易携友南游吴楚，诗才早熟的他思乡情切，在千瞭百望中写下了如此真挚的诗句。一个忘记故乡的人，故乡也会忘记他；一个思念故乡的人，故乡也会把他思念。在白居易的诗作中，写故乡的诗不甚出名，而较为出名的却是写江南的诗句，这大概是因为，江南是他的第二故乡。

“绿蚁新醅酒，红泥小火炉。晚来天欲雪，能饮一杯无？”这是友情，是诗人真纯合一的友情。大概是在白居易被贬江州的岁月中吧，诗人结识了一位刘姓且在兄弟中排行十九的朋友。爱读白诗的人都会知道，白居易有两个情人，一个是诗，一个是酒。在一个天寒欲雪的黄昏，诗人备了好酒，升起了火炉，欲邀请朋友前来一酌。门外风声呼啸，在这寒气逼人的冬夜，把酒对饮，畅叙友情，是再好不过的事了。只有推心置腹的友谊，才能享受到如此境界，而这种境界是所有心怀叵测的功利场中人所永远享受不到的。世间至真至美的生活不过如此，至美至真的情谊也不过如此，这是诗人那一片真情通过诗心的折射。难怪有人评价说：“这首诗《问刘十九》本身却是比酒还要醇浓。”

“南浦凄凄别，西风袅袅秋。一看肠一断，好去莫回头。”这是离情，是诗人恋恋不舍的离情。冷眼看世界，暖眼看人间。这也许是贤者们共性的心理特征。对光怪陆离的恶人或小人，须横眉冷对；对情真意挚的亲人或朋友，须待之以真诚。在中国文学史上，白居易算是个有情有义之人，他年少时随父居住安徽符离集，与邻家之女湘灵两心相爱。历经一次生离死别般的搬迁，两地相思又为他们的爱情认真地淬了火。“两心之外无人知”，这诗句既是白居易赠给湘灵的爱情信物，也是对神秘的爱情境界的注释。直到 37 岁时，白居易才订婚娶杨氏女，但他心中依然没有忘记青梅竹马的湘灵姑娘。20 余年，其中他忍受了多少孤独之苦？我只知道，那一次送别场面是那样的感人。其意切切，其情绵绵，一步几回头，即使是崔莺莺与张君瑞的长亭送别也不过于此。别时的缠绵，难耐；别后的孤独，更难耐。诗人是诗痴，亦是情种。

“今我何功德？曾不事农桑”“稳暖皆如我，天下无寒人”。这是民情，是诗人生生不息的民情。同情心是诗人人生的地平线，爱的旭日将从他的心空中冉冉升起。从古至今，爱为大美，善为至美，善与美大于所有貌之美的总和。白居易 35 岁任今陕西周至县令，一幅午收农忙的景象深深地打动了他的心灵。从农家热烈的忙碌中，他看到了劳动者的可爱、可亲与可敬。白居易是个有良心的官，他从劳动的艰辛中看到了劳动者的伟大，同时也看到了自己不善劳作的有愧。这是谦恭者的自责，也是一位关注民生官员的良心发现。独坐书斋是一种孤独，封闭在县衙中也是一种孤独。诗人的可贵之处还在于，他能勇敢地走出孤独，走进劳动者的人群中。

“同是天涯沦落人，相逢何必曾相识？”这是悲情，是诗人人生不幸的大悲情，也是社会共同的大悲情。公元 815 年，白居易由京官被贬为江州司马，地位落差产生精神上的落差，人生寂寞取代了人生的繁华，那一份落寞实在让人难耐。因此，诗人常常“春江花朝秋月夜，往往取酒还独倾”。独饮是一种寄托，是一种发泄，也是一种倾诉，万般苦痛倾诉于酒，这是诗人政治恶境下的无奈。这是琵琶女凄凉的人生经历触动了白居易情感的神经，他在世俗的冷落中产生了心灵的共鸣，不是怜香惜玉，而是同病相怜。当一代代人吟诵“座中泣下谁最多，江州司马青衫湿”的诗句时，时光老人也湿润了它慈祥的眼睛。

白云悠悠，自头顶飘向远方，伊水淙淙，在山脚下流淌，朝朝暮暮，诗人的感情犹如流水的澎湃，诗人的诗心像白云一样向往。一代大诗人静静地独卧在山岗之上，伴日月星辰，伴匆匆赶路的时光。

旅行车一辆接一辆停在山脚下伊河边，旅行的人流一群接一群赶往云龙山焚香拜佛，人们似乎已经将诗人的名字遗忘。也许，只有当他们诵读到他那优美的诗句时，才会在赏心悦目的感受中徜徉。

我慢慢走出白居易墓园的大门，频频回首，就像在复述当年诗人南浦送别时的情节。

2003年10月5日于洛阳

文游台秋风

我这次随朋友到高邮访友，主要目的不是吃上双黄鸭蛋，而是慕名前来拜谒文游台。

恰是秋高气爽、蟹肥鱼美的季节，我与马志春、张用贵以及睢宁刘金山先生结伴同行，到高邮专访朱军华与戎同两位报友。论爱好他们是同行，而我与报刊亦今生有缘，算是集报人的朋友。古人云：四海之内皆兄弟，更何况我们是同乡而又志趣相投呢？

天高云淡，台高临风。高邮地处苏中平原，且为水乡，文游台位于县城城区东北的人民路与泰北路之间，原为泰山庙，公元 1084 年，苏轼第一次也是最后一次到高邮访友，与秦观、王巩及地方贤士孙觉在这里饮酒唱和，108 年后，也就是 1192 年，后人为纪念先贤，在东岳行宫的基础上建筑了此台。登台远望，便有一种身居山巅的感觉。未来之时，我总以为城区的文游台便是著名词人秦观的故居，来后才知，二者完全是两码事，秦观的故居在高邮武宁镇，而文游台则是几位先贤一次结伴交游的地方。

我对秦观作品的崇拜不知起于何时，于是爱屋及乌，对他的故居也产生了莫名的向往。这次游览文游台，我的心头总是缠绕着三个字：师生情。台畔的秋风劲劲地吹着，俗云“秋风送爽”，而我的一颗心却被这阵阵秋风吹得沉甸甸的，就像那遍野沉甸甸的稻谷。

我首先想到的是苏轼与秦观这中国古代词坛上的双璧。在我国文学史上，人们只听说有“苏黄”并称，却没听说过有“苏秦”并称的例子。实际上，我们都有沿袭前人的习惯，如果把苏轼的名字与秦观的名字并称，这也未尝不可。世间许多事情就是这样，后人因袭的东西，就是前人所定下来的。如果苏黄并称是因其诗，那么苏秦并称因其词不就行了？在文学的故事林里，苏黄曾同游过赤壁，而苏秦曾同游过高邮，这也是不争的史实。

在北宋词坛上，有两个排行为七的大词人，一个是柳永，一个就是秦观。当年苏轼门下有“四学士”，即黄庭坚、秦观、张耒和晁补之。苏轼与秦观是师生，也是兄弟，他们之间的感情非同一般。秦对苏是仰而望之，而苏对秦则是视为手足。站在昂首持卷的秦观塑像前，我一次次注目他那饱经风霜的“脸”。秦观和苏轼最大的共同点就是，他们都有一个天涯漂泊的人生。最远的地方则是，一个在海南的儋州，一个在广东的雷州，相隔一道琼州海峡，但却能心心相印，那才真叫“同是天涯沦落人”。

他们的第一次神交而形未见是在宋神宗熙宁七年，即 1074 年。那一年三月，暂居家乡的秦观听说苏轼从杭州通判迁守山东密州，并将路过扬州。他还知道，苏轼是个典型的尊师之人，苏每到扬州必到老师欧阳修所建的平山堂。他专程在扬州等候苏轼，但又苦于没人引见，于是他故意模仿苏的笔迹，在平山堂的墙上题了几首诗，想以此引起注意。苏轼到扬州见到此诗后大吃一惊：才华似我但不是我，这究竟是谁干的事呢？后来，还是苏轼的老朋友孙莘向他推荐了秦观的作品，他才不无感叹地说：向书壁者，必此郎也。惺惺相惜，怜才之情油然而生。

从古至今，人与人之间的交往唯情而已，师生情亦然。秦观与苏轼的第一次谋面是在 1078 年的徐州，而他们的神交已经太久了。联结起他们师生情谊的最好桥梁则是文学，说准确点是诗词。那是一次文采飞扬的聚会，也是一次情感交融的聚会，如鱼在水之无拘无束地游弋，似鸟在天之自由自在地飞翔。1084 年深秋之时，苏轼自江南北行，高邮访友并留下了千古胜迹文游台。

漫步台上，我在极力地想象着苏轼那次高邮之行的情形：四贤各展其才，并高高地举起酒杯，豪情胜似高邮湖中澎湃的流水，其中，有秦观的风流倜傥，也有苏轼的放荡不羁。他们一行四人在游览东岳庙后，又载酒论文，流连月余，直到年底才相互辞别。秦观还依依不舍地把老师送到泗州。淮河岸边惜别，苏轼的船渐行渐远，秦观久久地伫立岸边，诗句脱口而出：“林稍一抹青如画，应是淮流转处山。”苏轼亦是重情之人，他在船头上口占了一首《虞美人》，中有句云：“无情汴水自东流，只载一船离恨向西州。”大体计算一下苏轼与秦观的友谊，是聚少离多。千古师生情尽在悲欢离合中，令人惋惜而又值得珍惜。用秦观的词句来安慰一下就只能是：“两情若是久长时，又岂在朝朝暮暮？”

秦观的词写得很伤感，他的人生也是多愁善感的人生，简直比后于他几百年的林黛玉的忧愁还要多。他曾在处州写过一首《千秋岁》，其中写道：“春去也，飞红万点愁如海。”他还写过一首《满庭芳》，结句为：“伤情处，高城望断，灯火已黄昏。”苏轼很欣赏这首词，一次在开封见到秦观，他便取其首句风趣地说：“久别当作文甚胜，都唱山抹微云词。”从此，秦观绰号“山抹微云君”四海传扬。人的绰号有褒有贬，而苏轼为秦观所取的这一绰号中有爱，也有赞许。

苏轼是古今少见的尊师之人，所以他也受到了秦观、黄庭坚等学生们的尊敬。在古今中外的文学家中，苏轼算是一个刚强的汉子，他的一生几乎充满了笑声，但是，他也真诚地哭过两回。1072 年 8 月，北宋文坛领袖欧阳修病逝于京城，此时身在杭州的苏轼没能回京参加老师的葬礼，他独自在西湖边的小孤山下，认认真真地痛哭了一场，他的每一滴泪珠都是师生情的结晶。他曾受过欧阳修不倦的教诲，他也曾向恩师欧阳修真诚地举荐过秦观，并称其为“当今文人第一流”。38 年后的仲秋八月，秦观自雷州奉召还京，在到达廉州时不幸病逝，此时，亦远贬岭南的苏轼在白州听到噩耗，立时痛心泣血，一连几天饮食难咽。师生情如此，置腹而又推心，感人而又动人。后来，当他读到秦观“郴江幸自绕郴山，为谁流下潇湘去”的词句时，连声慨叹：“少游已矣，虽万人何赎！”

世间多巧合之事。苏轼当年游赤壁写下《前赤壁赋》时在壬戌年，明代王叔远用桃核刻下东坡游赤壁这一艺术品时在壬戌年，而我第一次给学生讲述《核舟记》这篇课文时，也是在 1982 年的壬戌年。还有，苏轼的高邮之行是在秋天，我这次高邮之行也是在秋天，他们自南方北上是同行四人，我们自苏北南下也是四人同行，所不同的是，苏轼来时尚无此台，我来之时已筑台千年。望古人而不见，思古人而怅然。这种不可言状的情丝只能付之于身边劲劲的秋风了。

人类的师生情恰如一粒粒“当春乃发生”的种子，有时可播撒到天涯海角，有时又会植根于故乡之土。当年，苏轼与秦观把绿油油的师生情播种在文游台下，历时千年，已绽出了台畔金灿灿的菊花与那遍野香喷喷的稻花。

高邮是鱼米之乡，也是才子之乡，仅从文学上就出了两个大家，另一个就是现代文学史上著名的“京派传人”汪增祺。文游台的左前方有一个大院，被秦汪两人一分为二，南面是秦观祠社，北面是汪增祺文学馆。祠社古已有之，文学馆乃今人为之。如果说，“风流不见秦淮海，寂寞人间五百年”，这已经成为昨天的慨叹，那么，汪增祺又以他现实主义的京派小说，带来“还原一个令人神往世界”的惊喜。从规模上看，此馆称文学馆有些名不副实了，其实只能相当于几间大展厅，馆内是汪先生的生平与创作成就。我是个楹联迷，注意力首先就被大门内外的两副楹联吸引了去。外联为当代诗人邵燕祥所撰：“柳梢帆影依稀入梦，热土炊烟缭绕为文。”此联写出了汪先生的家乡及其作品的特色。内联为当代小说家林斤澜所撰：“我行我素小葱拌豆腐，若即若离下笔如有神。”此联虽有对仗不工之嫌，却写出了汪先生的生活习惯和创作才气，真可谓联如其人。

我在馆中的四壁上注目，忽地想起了中国文学史上的又一对师生情，这便是沈从文与汪增祺的师生情结。沈从文是现代京派作家的掌门人，他与学生汪增祺交往了近半个世纪，从昆明西南联大到北京，可谓情相牵、心相近啊！苏轼与秦观都有远贬岭南的经历，沈从文有小说停笔、汪增祺有被打成右派下放劳动的经历。苏轼曾给自己的学生下过好多评语，沈从文也曾给自己的学生写过一封封长信，最长的一封信近 6000 字。他曾在信中语重心长地说：“一个人生命的成熟，是要靠不同的风晴雨雪照顾的。”这是什么样的师生情？不妨归纳一下，苏轼对秦观最多的是赏识，而沈从文对汪增祺最多的则是鼓励。

汪增祺不但小说写得好，而且戏剧也写得出色，当年著名的“八大样板戏”之一的《沙家浜》，就是出自他的手笔，其中的唱词至今脍炙人口。我对文学的爱好，尤其是对诗歌的爱好，有很大的成分是童年时受到“样板戏”的熏陶。从某种意义上说，汪先生还是我的老师。

台畔的秋风依然在劲劲地吹，我又想到前贤们曾历经过的“秋风”。秋风不禁撩起了我的诗情，我即兴写了一首怀古小诗：“登台远望叹秋风，不见前贤路万重。却借琼浆敲峻骨，点点滴滴润无声。”前贤为师，伫立在高高的文游台前，我真想做他们一个编外的小学生。

载于《江苏地方志》2014年6期

陶然亭之恋

踏一路人间四月绿色的春风，我匆匆来到北京陶然亭公园。肃立在高君宇与石评梅的汉白玉并葬墓前，我又一次想起了一位作家的名言：世间最让人消受不了的就是对美的祭奠。

我国有四大名亭，陶然亭名列其中。然而，我此行首先凭吊的却是高石墓。我国古代四大民间传说中梁山伯与祝英台的传说可谓家喻户晓，代代年年。如果说，“梁祝”的爱情故事是虚构的人间悲剧，那么“高石”之恋则是一则真真实实的现代爱情悲剧。

陶然亭昔日曾芦苇遍地，乱坟纵横。今我来时，节令当春，不见满眼芦花，亦不见凄凉的鸦啼。高石墓在锦秋墩北麓，北倚岗丘，西与碧水为邻。已是清明节后的第三天，高石墓前已摆放着许多花圈。墓道两旁的短松上，不知是哪位有心人将几朵白色的纸花系在苍翠的枝叶间。这大概是因为，墓的男主人高君宇是烈士，又是中国无产阶级革命先驱者之一。那边的水泥路上，北京康乐里小学的少先队员们身着洁白的上衣，脖子上系着鲜艳的红领巾，他们高举着校旗，排着整齐的队列，正前来为烈士扫墓呢！

鲜花献给烈士，也献给墓中的这对有情人。古云：有情人终成眷属。我面前静静躺着的却是一对未成眷属的有情人。终成眷属，那大都是喜剧，不成眷属，那往往是悲剧。从对人们的心灵撞击上来说，悲剧比喜剧更具有震撼力。

我曾经为高石之恋而深深地震撼过，这便是我这次千里来寻的心灵动因。他们同是来自于山西的才子才女，北京是他们相恋相爱的圣土，又是他们相依相偎的长眠之地。石评梅生于山西平定的娘子关下，正当五四运动蓬勃兴起的那一年，她考入了北京女子高等师范学校，毕业后从教并从事文学创作，成为当时誉满京都的女作家。高君宇，山西静乐峰岭底村人，1916 年考入北京大学。他是五四运动中火烧赵家楼的主将，中国共产党的第一批党员，乃至北京社会主义青年团的第一任书记。除此之外，他还做过中共中央委员，做过“伟大的先行者”孙中山先生的秘书，做过中华人民共和国开国总理周恩来与邓颖超的“红娘”。他为他人当红娘，自己却在旷世的绝恋中成为悲剧的主角，在年轻有为时早逝。在革命事业上，他无愧无悔；在个人爱情上，他却抱恨终身。

当年，高君宇送给石评梅的第一封情书是一片朱红的红叶，而石评梅的回信却是一次次苦涩而又苦涩的拒绝，虽然，她已经深深地爱上了高君宇。爱，但不能恋，违心的爱情比称心的爱情更加折磨人。因为石评梅先前的婚恋挫折，她发誓终身不恋不嫁。她以炽热的真情视高君宇为良师益友，却又以惊人的“冷酷”，将他拒于爱情的大门之外。世界上，还有比这还摧心创腑的爱情吗？

真正的“高石之恋”是在高君宇病逝以后。1925 年 3 月 5 日，高君宇因协助孙中山与李大钊等人筹备国民会议促成会而积劳成疾，不幸在北京协和医院病逝，这在石评梅年轻的心灵上创下了不可治愈的伤痕。她把自己最忠贞的恋人安葬在北京城南的陶然亭畔，并立下了她人生的第二个誓言：“生前未能相依共处，愿死后得并葬荒丘。”从此，她每年的清明节都到高君宇的墓前祭扫，每个星期日，她都雨雪无阻地来到墓前，悼念亡灵，痛悔往昔。直到 1928 年秋天，她也终于泪尽而逝。朋友遵其遗嘱，把她并葬在高君宇的墓旁。在这三年多的时间里，她的心比葬花的林黛玉更加沉痛，她的泪比弱不禁风的黛玉流得更多。

石评梅给高君宇写情书，是在高君宇去世以后，那是一首情真意切的诗。诗的结尾处写道：“狂风刮着一阵阵紧，尘沙迷漫不见人；几次要归去，又为你的孤冢泪零！留下这颗心，永伴你的坟茔。”

怀着一腔崇敬之情，我徘徊在高石墓前。原先高君宇与石评梅的旧墓碑已收藏进陶然亭陈列室，如今墓前高大的汉白玉墓碑为北京市政府于 1987 年重立。墓碑上那三行小诗至今依然励人心志：“我是宝剑，我是火花。我愿生如闪电之耀亮，我愿死如彗星之迅忽。”这是高君宇生前写在照片背面的几句诗，被石评梅刻在他的墓碑上。这几行小诗便是高君宇的人生宣言。不幸言中了，他光辉的人生确如耀亮的闪电，他短暂的人生又确如迅忽的彗星。

别离是爱情的产床，诀别又是爱情的熔炉，为爱情淬火，乃至千锤百炼。爱情是人类一个永恒的主题。如果说只有能永恒的才能称得上是真正的爱情，那么古今中外的真爱情实属凤毛麟角。在今天这“爱情”泛滥的世界上，爱情已很难让人辨认它原始的色彩。究实而言，一见钟情太草率，一生情太纯洁，千古情太伟大。高石之恋属于千古情，因为他们爱得太真太实。然而，正因为一个“真”字，才使他们以自己的爱情悲剧震撼了同时代人乃至后来者的心灵。因此，作家柯兴在《石评梅传》的扉页上写道：“苍天不成就评梅于当时，历史却成就评梅于千古。”应当这样说：是超凡脱俗的爱情，把高君宇与石评梅推上了一座神圣的爱情殿堂。

世无完人，却有完美的人生与完美的爱情，而最最完美的爱情往往是人生之树上结出的最苦最涩的果实。世上还有一株叫作爱情的树，每个枝头都结满了酸甜苦辣。高君宇与石评梅吞食了那最苦最涩的爱情之果，他们是“中国现代的梁山伯与祝英台”，他们的恋情是旷世的人间绝恋，是人类爱情史上一棵结满酸甜苦辣的常青树。

相传，梁山伯与祝英台殉情后化成一对双飞的蝴蝶。高君宇与石评梅没有化蝶，他们的墓前，只有一年一度的春风在做虔诚的祭奠，那是人类绿色的祭奠。

2004年4月于北京国防大学

秋白故居行

第一次到常州，我的目光便急切地在市区旅游图上搜寻——我寻找瞿秋白的故居。刚刚踏上瞿秋白纪念馆门前的水泥街道，我便寻找觅渡河。听觅渡桥小学的门卫老人说，早年秋白家门前确有一条河，叫觅渡河；河上有座桥，叫觅渡桥。20 世纪 70 年代扩修延陵路，原河身全部覆盖在路北的人行道下面了。那时路基下还修了好长好长一段防空洞呢。迄今，河与桥都只剩下文物般的名字。

觅渡河是瞿秋白人生的导游者与启蒙老师，她引导着少年秋白立志安天下，去寻觅一个天下劳苦大众最关切注目的红色渡口。正因为冬夜漫漫，人们才渴望春天；正因为社会黑暗，先驱们才去呐喊。瞿秋白曾是一只红色的燕子，冲刺在暴风雨前的云雾里；曾是一只东方的雄鹰，在黑暗中报道黎明。

眼前这普普通通的旧舍，就是瞿秋白的故居。1899 年 1 月 29 日，中国无产阶级革命家瞿秋白，就诞生在眼前这常州青果巷八桂堂的天香楼上。青果巷，赋予秋白一个酸涩涩的人生，也赋予秋白一个大起大落的人生。从前往后数，36 年；一个旧世界的掘墓人、新世界的开创者，则显得太短暂，太短暂。

天香楼一楼被隔为三个层次，南面是秋白父母亲卧室，中间为弟弟云白、景白、坚白等人的卧室，北面为秋白自己的居室。他少有大志，中学时代经常在这里与同乡同学张太雷等人谈诗论赋，兼谈论天下。古今少有大志的人大都业有所成，我极钦佩他们志不在年高、天下为己任的远大抱负。秋白 18 岁离乡背井，进北京俄文专修馆深造；21 岁壮别天涯，前往世界革命的中心莫斯科。这对于他不仅是大开了眼界，而且是亲自看到“新世纪的曙光”。当他炽热的激情被无产阶级革命的火炬点燃之后，他自己也燃烧成了一支革命的火炬。在以记者的身份访问苏俄期间，秋白饱蘸豪情写下了《俄乡纪程》《赤都心史》《俄罗斯革命论》与《俄国文学史》四本著作。他站在第一批接受苏俄革命思想的中国热血青年之列，深深表达出对世界上第一个社会主义国家的无限向往与崇敬，同时也深情地呼唤国人：走俄国人的路。于是，他激情满怀地翻译《国际歌》，创作《赤潮曲》。他从头到脚都变成了“赤色”。1924 年，秋白在写给第一夫人王剑虹的诗中，一点也不过分地描述了当时的自我：

我是江南第一燕，
为衔春色上云梢。

秋白故居的水井边，放着两簇杜鹃花，那一朵朵盛开的杜鹃花恰好为常州城增添了春意。立于井畔，我立时想起了蜀国望帝泣血而化为杜鹃鸟的故事，同时也想起了文天祥“从今别却江南路，化作啼鹃带血归”的诗句。红艳艳的杜鹃花，不仅成了前贤临危不忘故国的同义语，而且也成了人类立场坚定、忠贞不贰的象征。将杜鹃花敬赠给秋白以及他的人生，当之无愧！孔曰成仁，孟曰取义——文天祥是读孔孟书读出来的古代英雄。“团结起来，到明天，英特纳雄耐尔就一定要实现。”——瞿秋白是读马列书读出来的现代英雄。但从他们身上，我隐隐看出了夺目千古的相似点。

瞿秋白是位极具个性的中国共产党的早期领导人。他是个文弱书生，却具有不屈不挠的猛士精神；他是叱咤风云的革命领袖，又是多才多艺的文学家；他是年轻的职业革命家，却又对人生是那般的大彻大悟，有如一位看破世尘的宗教先哲。

在瞿秋白纪念馆中，我被一幅照片深深地感动着。那是敌人在秋白临刑前为他摄下的一幅验身的照片。1935 年 6 月 16 日，集民国党政军大权于一身的蒋介石突然给驻守福建长汀的国民党 16 师中将师长宋希濂发出密电：“就地枪决，照相呈验。”这是一道为瞿秋白人生勾画句号的最高密令。18 日，在长汀县城中山公园八角亭边，秋白最后一次留了影。他上身着黑色中式对襟衫，下身穿白色抵膝短裤，脚穿黑线袜、黑布鞋。他背手昂头，神情自若而平静地走向亭中，即将饮酒壮行。一幅照片把我的思绪带回茫茫的史海之中，我想起了一个个“中华民族的脊梁”：嵇康、文天祥、夏完淳、谭嗣同……

我之崇拜秋白，不仅崇拜他横溢的才华与领袖的风范，而且崇拜他对人生的感悟。人类有一种最聪颖的物质叫悟性，人生感悟又莫过于明白了做人的道理，明白了生命的意义。

庸人只能看到脚下，唯有智者才能看到未来。瞿秋白是个典型的智者，他智在对人生大是大非的取舍，智在弄懂了人生存在的价值与意义。且听他就义前的独白：“人之公余稍憩，为小快乐；夜间安眠，为大快乐；辞世长逝，为真快乐也。”在他看来，人生之乐，在于壮烈地死，而不在于苟且地生。秋白以多年的病体，在为祖国的红色革命摇旗呐喊与英勇献身的同时，还留下了近600万字的政治理论与文学艺术文稿，这不能不说是罕见的惊人之举。秋白留下的岂止是文稿，还有他光彩照人的人格精神。在那张褪了色的黑白照片上，我凝视了秋白的凛然大气以及超凡脱俗的英姿。

我们为贤者的人生而击节，我们为庸人的人生而悲哀。以天下为私者，为小人；以天下为公者，方为圣贤。小人轻节操而重近利，贤者轻近利而重节操；小人心中只有功利，智者胸中装着历史。同样是寻求人生，小人付出的是轻如鸿毛的人格，贤者付出的却是重于泰山的生命。人生，饱谙世故为小成熟，看淡功利与看淡生死为大成熟，秋白为后者。可惜这世间能看淡功利的人沽镜难寻。清代文学家袁枚在诗中说道：“生时招不来，死时带不去。”金钱，对于大贤大智之士确属身外之物，而对于贪婪庸碌之辈，又成了丰厚而沉重的坟墓。飘然秋白：今人多醉你特醒。

时光老人的脚步太快了，隔70余年的时间烟云，我看到秋白大步朝刑场走去，在罗汉岭满山杜鹃花的簇拥之中，他手夹香烟，四顾群山，在蛇王宫附近的一块草坪上盘腿而坐，面带微笑：“此地很好，开枪吧！”这是一个具有特殊身价的囚徒对荷枪实弹的刽子手下达的最后一道“命令”。

再请听这位行将就戮者的歌声：“眼底云烟过尽时，正我逍遥处。”这是何等的潇洒，何等的从容，何等的浪漫，何等的傲岸！

一个伟大的生命在罪恶的枪声中实现了完美。我从当年那枪声中看到了一种美，一种阳刚之美，一种悲壮之美，一种顶天立地之美，美得令他的敌人也在忌妒中赞叹不已。

秋白活得坦荡，死得也坦荡。人为何而生，为何而死，在他那里已心领神会，明明白白。最值得今人敬仰的是，他视功名如秋草，视富贵如流云。在他身上有藐视一切的大气，又有成仁取义的悲壮，有怜妻惜女的柔情，又有视死如归的坦然。可以这样说，为大众利益而死，远胜于为个人私利而生。

鲁迅先生在秋白牺牲后感叹地说：从此人生缺一知己，文坛少了一面帅旗。这是现代文化大师对瞿秋白人格与才华最精当的评语。

“常州三杰”的另外两位革命烈士是张太雷与恽代英。“三杰”，中国无产阶级早期革命的“三驾马车”，他们都是在茫茫冬夜里为人间苦衔春色的“革命的燕子”。在张太雷故居中，我摘下了宋代文学家苏洵的一句话：“贤者不悲其身之死，而忧其国之衰。”此时，我借花献佛，把这句话转赠给秋白烈士吧。

步出瞿秋白纪念馆，我肃然回首，静立良久。我的心依然沉浸在一种亢奋状态之中。神思恍惚里，我忽然看见一只油黑闪亮的江南燕子，敏捷地直窜入云霄中去。燕子俯瞰大地，正用呢喃的歌声，情真意笃地呼唤今天在纸醉金迷中沉睡的人们。

那燕子就是秋白！

载于《楚苑》2002年2期

细雨桃花坞

在“寒雨连江夜入吴”的意境中，我们所乘坐的轿车于黄昏之后才到达苏州市会议中心。入夜，寒雨还真的悄悄而下，打湿了我千里的遥梦。第二天上午刚刚休会，我便与司机小张驱车造访唐寅故居。

这是我第三次来苏州，未出发前我就做出了构思，此次来苏州第一游览目标便是桃花坞，因为虎丘、寒山寺、沧浪亭及园林等景点我从前曾游览过。虽然苏州桃花坞与天津杨柳青、河南朱镇、潍坊杨家埠同属中国四大年画之乡，但是，我们这次所欣赏的主题却在年画之外。我们在城际通“导游”下，沿着养育巷中街路很快便达桃花坞大街。

不进小巷不算到苏州。苏州的人文景观不仅在山石园林之美，也不仅在小桥流水之秀，而且在于民居小巷之幽。我们的车沿廖家巷狭窄而又泥泞的路面缓行，城际通在一片茫然中只好停止它的导游业务。苏州城美水美人亦美，我这里的人美不是指美女，而是指苏州人的实在，近 30 年的经济改革大潮给苏州带来了锦上添花的富裕，但并没有改变苏州人诚实的本性。途中，我几次下车问道，所问有老师傅，有小伙子，也有大姑娘，他们总是不厌其烦地给我指路，像生怕我走错了路似的。我此次苏州之行，主要是奔两个文人的名字而来的，一是桃花坞的唐伯虎，二是吴县的金圣叹。这两个曾被排入“中国古代十大文学畸人”之列的苏州才子，共同以他们的刚直与不幸的人生经历，向那风雨如磐的封建专制时代，投出了凝血和泪的诉讼书。

昔日的吴县甜桥巷已划入苏州市吴中区，金圣叹故居一时难以找寻，而唐伯虎的故居桃花坞却老早就给我留下了深刻的印象。桃花坞大概是因植桃树而得名，唐寅 36 岁那年，也就是明弘治十八年，他在桃花坞附近建一所桃花庵别业。此后20余年里，他一直在这个小有名气的住宅中，以诗画会友，以美酒交友。桃花庵，充满了浪漫的气息，充满了诗情画意，也是其主人一片舒展才华情性的天地。正如唐寅曾在一首诗中所说的那样："……我也不登天子船，我也不上长安眠。姑苏城外一茅屋，万树桃花月满天。"桃花，在国人的感觉里是美的象征，同时也是一种艳的象征。如把三月春水称为"桃花汛"，把自由平等的地方称为"桃花源"，把美人的脸庞称为"桃花面"，把情场得意称为"交桃花运"。唐寅人生似乎与桃花有着天然的渊源，他不仅住有桃花相伴，饮有桃花相陪，而且，他的名字在数百年间一直与桃花运紧密相连，乃至赠之以风流才子的桂冠。不信？一则"唐伯虎点秋香"的故事，至今仍在神州大地上广为流传，可谓妇孺尽知。

细雨在丝丝地下着，也在点缀着苏州城的冬景。虽然车轮下是水泥路面，但由于路面的年久失修，时有坑洼处出现在眼前。到了唐寅故居门前，却找不到停车的地方。小张把车开到北面几十米处，才找个墙角边把车停下来。我们在泥泞的路面上选择适脚处而行，方辗转迂回到唐寅故居门前。

这就是一代名士的故居？——破旧的门楼，低矮的房舍，屋顶上的一棱棱琉璃小瓦，令人顿生一种陌生千年的沧桑感。门前有池，池水已浑浊不清；池边有柳，柳枝已在寒风中褪色。唯有门左几株不知名的古树，还在泛着不甘落后的青色。若不是门右立着的一块石碑与窗口的一块标志性木牌，我们真不敢相信自己的眼睛。然而，生活的真实又让我不得不相信，当年诗书画无所不通、无所不精的江南才子唐寅就是从眼前这低矮的房舍中走出来的。看样子，我景仰已久的桃花坞，当年那万紫千红的桃林已经不复存在了，我们所能欣赏到的桃花，只能是在想象里或在诗文中。

我手扶着古墙古砖，拐了一个弯才踏进唐寅故居的院子里。院门的走道里正有几个工人师傅在装修地下水道，那情景让人欲退不忍，欲进不能。整个走道仅有两米来宽，我是迈了一大步才跨过去的。就是这样一个拥挤不堪的院落，竟住着十来户人家，虽然院子后面有一个两层小楼，那两层的高度比今天的一层楼房似乎也高不了多少。进门第一家住一位朱姓老人，他坐在门内答我的问话。我问门前的树叫什么名字，他说不知道；我问唐寅的墓在哪儿，他摇了摇头。还是他身后的一个后生告诉我，唐墓在城西南木渎。老人只回答了我一句话，他说唐伯虎故居中的原物早在 1958 年就被毁坏了，20 世纪 80 年代此处被确定为文物保护单位，因而这里才规定不允许拆迁，只能这么原样地保留着。

小院里有男有女、有老有少，好热闹。我询问一位 30 来岁的妇女，这附近现在还有没有桃树。她操一口吴侬软语，听起来像鸟叫，但我一个汉字也没抓着。她说话的时候，目光总是盯住面前的煤炉，仿佛她所有的语言，都是说给煤炉或原主人唐伯虎听的，而不是说给我这个陌生的异乡人听的。

我和院子主人们道了别，又与小张在池塘边背对名人故居郑重地照了几张相，然后带着一脸的憾然上了车。车在冬日的小巷中穿行，我的思绪也在小巷的上空飞。

我最早知道唐伯虎的名字，是在一部叫作《三笑》的影片中，而后才注意阅读一些有关唐伯虎的书籍，从而也才知道他的才气。因了明代有个文人叫冯梦龙，他在小说集《警世通言》中编进了一篇题为《唐解元一笑姻缘》的小说，唐伯虎的名字才得以广传于民间，甚至有许多人不知道历史上有冯梦龙，却知道苏州有个唐伯虎。冯梦龙先生这一闹不要紧，却把唐伯虎的真实面目给弄糊涂了。数百年来，人们大都知道有个风流才子唐伯虎，却不知道有个文艺才气与祝允明、文徵明、徐桢卿并称“吴中四子”且居首位的唐伯虎，更不知道苏州历史上还有个性格率直、为人真诚、追求自由并且放荡不羁的唐伯虎。请看唐寅充满骨气与豪气的诗句：“酒醒只在花前坐，酒醉还在花下眠。半醒半醉日复日，花落花开年复年。但愿老死花酒间，不愿鞠躬车马前。……”唐寅身上所展现的第一亮点当是：他宁愿过上经济拮据的平民生活，也不愿过上苟延残喘的贵族生活。

西方有位诗人说过：我所有的诗作都只包含着两个字——自由。这与唐寅人生的性格是多么的相似！可以说，唐寅率直的性格当使古今所有口是心非的文人赧颜。文学既可以捧人，又可以害人，以至于让“点秋香”的故事，过分地夸大了唐寅风流的一面，而削减了他崇尚自由、才华横溢的另一面。假如唐寅在天有知，不知做何感想。

细雨仍在丝丝地下着，车离唐寅故居愈来愈远。我的思绪此刻也像那纷纷的雨丝，点点滴滴失落在身后的古巷之中。

载于《文化新世纪》2011年秋季刊

走近李叔同

十几年前，我曾醉眼看扬州，如今，我又有幸醉眼看泉州。泉州有明代思想家李贽的故居，有中国四大名桥之一的洛阳桥，有福建三大渔女惠安女湄州女与浔埔女。泉州，又是“海上丝绸之路”的起点站，传承着我国精神与物质两大文明的遗风。然而，泉州又是我国现代史上的一位传奇式人物弘一大师的人生终点站。

上午，我们一行四人到泉州摄影艺术学院参观现代摄影大师吴印咸纪念馆，听校办室上官姑娘说，市北郊清源山上有弘一大师舍利塔，建议去看看。这不禁又增添了我们此行的兴致。下午，在泉州师范学院傅志雄书记的陪同下，我们乘车直奔清源山。

弘一大师是中国现代戏剧家、书画家李叔同的法号。最初知道李叔同的名字，是通过一首电影插曲，那部影片叫《城南旧事》，那首歌曲叫《送别》。以“送别”为题材的歌曲不下十数首，但都没有这首歌深沉，听后直感到心头酸酸的，眼前似飘拂着无边无际的沧桑与惆怅。后来读了李叔同其他作品，方知他是个多才多艺之人，被誉称为“通才”“奇才”。民国初期，他的诗词被谱曲传唱的还有好多，比如《悲秋》，就曾打动过许多人的心：“西风乍起黄叶飘，日夕疏林杪。花事匆匆，梦影迢迢，零落凭谁吊？镜里朱颜，愁边白发，光阴暗催人老。纵有千金，纵有千金。千金难买年少。”读李叔同的作品，总感觉是在读宋人写的词，你的情感在不知不觉中就会被一种东西牵走了。近年有首歌唱道：“愿将家财万贯，买个太阳不下山。”我想，这支歌大概就是受《悲秋》的影响而作的吧。无论是诗人，还是作家，只有读其作品，才能了解其人，并且通过解得其中味，才能惺惺相惜、心心相印。

泉州既被称为“泉南佛国”，又有“世界宗教博物馆”之美誉。李叔同出家之后，最后10年时间大都在闽南云游，直到1942年10月13日他圆寂于泉州温陵养老院之后，其舍利分别存放于杭州虎跑寺与泉州清源山，前者是他进入佛门的起点站，后者是他佛缘既尽的终点站。不知是出发还是到达，也许，对于一个虔诚的佛门弟子而言，到达便意味着另一种概念上的出发。

清源山满山都是文化，满山都是历史。山中有堪称中国之最的宋代石雕老君造像，为中国现存最大的道教石刻，更被誉为“老子天下第一”；山中还有元代藏传佛教石雕“三世佛”造像与唐代伊斯兰教圣墓。我们在老君造像前严肃地留影后，便拾级而上，去凭吊弘一大师舍利塔。

一个人在他离开这个世界以后，能够成为众口成碑的传奇，这不能不说是件绝顶的美事，李叔同就是生于乱世之中的一个传奇色彩相当浓重的人物。前年在天津博物馆，我肃立于梁启超、王国维、吴宓与李叔同四位大师的塑像前，郑重地让同事为我留了影。我心自知，这也是一种典型的偶像崇拜，就像对民族之魂鲁迅先生崇拜一样，因为他们都曾是中华民族的文化之魂。在上述四位大师之中，前三位都是国学大师，唯李叔同是个全频道式的人物，他既是诗人、艺术家、教育家与中国话剧运动创始人，同时又是一位佛学大师，被后世佛门弟子奉为律宗第11代世祖。难怪北大吴宓教授称他是“少年天才”，林语堂曾评价他“是我们时代里最有才华的几位天才之一，也最奇特的一个人，最遗世而独立的一个人”。赵朴初先生也曾为其赋诗云：“深悲早现茶花女，胜愿终成苦行僧。无尽奇珍供世眼，一轮圆月耀天心。”

一个人活在这个尘世间，用双手做事，你只能差强人意，而用一颗心去做事，你才能出类拔萃。李叔同便是一个用心去做事的人。

走近弘一大师舍利塔，便走近了李叔同。青松翠竹之间一座白塔独立，四方体的塔身，六角飞檐塔顶，其寓意不言自明，似乎象征着大师方方正正的人生。塔内设一佛台，弘一大师舍利安放其中，站立台前，凝神注目约半分钟，让我不得不肃然起敬。塔门两旁书红字联两副。外联为：“万古是非浑短梦；一句弥陀作大舟。”内联为：“自净其心，有若光风霁月；他山之石，厥惟益友良师。”塔中还有大师迹墨“悲欣交集”四字，让一代代后来者去感悟，去揣摩，去体会其中的喜怒哀乐与悲欢离合。

我徘徊在肃穆的佛塔前，我沉思在弯弯的山道上，这坎坷的山道，多像大师那坎坷的足迹。面对大师的遗踪，我在寻找些许的心灵感应之处，没有耳提面命的时缘，没有师传身受的良机，只有五体投地的仰望与崇敬。我从大师传奇般的人生中，去极力探求他那一颗扑朔迷离的心。

从风华倜傥到骨瘦身寒，李叔同人生前后期的反差实在大，大得令人吃惊。我至今依然解不开他当年毅然出家的人生之谜。“会心当处即是，泉水在山乃清。”这是大师于 1930 年 4 月书赠福建南安承天寿印月法师的楹联，从此联中，我们能依稀看出他厌倦尘世、削发为僧的一些原因。

纵观李叔同的一生，我从中看到了三个之最。其一，名字最多。从名到字，从俗名到法号，他前前后后使用了 70 多个名字。他比鲁迅先生仅大一岁，而他名字比鲁迅的笔名还要多出许多。其二，他晚年衣着上的补丁最多。据其弟子著文所述，他出家为僧时所穿的一领衲衣，上面竟缝补了 224 个补丁。可见其俭朴之德，为世所稀。我曾为一代伟人毛泽东一件衣服上的 81 个补丁而感叹不已，读到关于大师的这段文字，更让我敬佩有加。毛泽东并不因为身着千针万线的补丁衣而降低其领袖的身份，李叔同（弘一法师）也并不因为一件衲衣穿了 26 年而降低其人格品牌，相反，我们却能从他们极度俭朴的衣着上，看到伟大的人品与高尚的情操。其三，他还是我国最早的话剧演员。1905 年，李叔同在日本东京与欧阳予倩等人创立了中国近代著名的文艺团体“春柳社”，第二年，春柳社就上演西方话剧《黑奴吁天录》与《茶花女遗事》。如果说，《茶花女》是我国第一个翻译过来的西方话剧作品，那么李叔同就是中国扮演外国话剧中女主人公的第一人。他不仅扮演《茶花女》中的玛格丽特，而且主演《黑奴吁天录》中的爱美柳夫人，可谓开中国话剧之先河。

早年的李叔同极喜欢闲云野鹤式的生活情趣，因此，他与苏曼殊被称为“南社两奇人”。更为奇妙的是，正当五四运动即将爆发的前一年，1918 年农历七月十三日，李叔同走出蔚然成风的新文艺圈，心灰意冷地走进杭州虎跑寺，简单的剃度仪式却结束了他喧嚣繁华的人生。

我曾被李叔同的一则故事震撼过，那故事的情节是：1918 年新春正月，杭州西湖上春寒料峭。暮雨初晴的白堤边飘过一叶轻舟。停泊处，船头上站立着一位中年男人，岸上站立一位中年妇女。此时天与地缩小了他们的距离，整个世界仿佛只有两个人存在，四目相对而视。湖的南岸传来了沉重的南屏晚钟。那中年男人就是李叔同，那中年妇女就是他的日本夫人福基。这是他们的最后一别，那一别只有一句对话。女问："爱是什么？"男答："爱就是普度众生。"答罢，小舟又掉头而去，消失在茫茫的暮色之中。

现代著名佛教学者林子青先生著了一本书，书名为《弘一大师年谱与遗墨》。我翻遍了书中的所有页码与字里行间，始终找不到李叔同与他日本夫人的故事。这也许是作者故意录其贤智、隐其风流吧。从有关研究弘一大师的专家们考证，包括李叔同的孙女李莉娟所提供的资料上看：李叔同祖籍为浙江平湖，出生于天津的一个商贾之家。他于 1905 年秋天东渡日本求学，在东京美术学校西洋画科学习期间，房东的女儿福基先给他送饭，后成了他人体写生的女模特。不知是李叔同华夏青年的帅气吸引了福基，还是福基东瀛女子的温柔感动了李叔同，于是，东京不忍池边经常晃动着他们携手小步的身影，他们终于相爱、相恋并结了婚。回国后，福基被安排居住在上海，李叔同则在浙江第一师范任教。十年夫妻一场梦，当李叔同出家为僧以后，福基也回到了日本，后不知所终。那天在杭州西湖上，福基确实是痛哭了一场。其实，那天李叔同的心与她一样的痛，所不同的是，他有大爱被埋在了心中，他有大痛也被埋在了心灵深处。

清源山弘一大师塔下有千手岩与杜鹃坡，千手岩与大师一颗坚韧不拔的心朝朝暮暮相伴，当一年一度的杜鹃花泣血的时候，李叔同的心也该在泣血，只是人们看不到它的色彩。1935 年春天，弘一大师在福建惠安净峰口占了一首小诗："我到为植树，我行花未开。岂无佳色在？留待后人来。"李叔同，这个祖国文化花园中的"植树者"，从容地走了，却为后人留下了一个个凄美的故事。穿一领衲衣，行走在世俗的眼帘外，他是那么淡淡地过；即使后来被评入 20 世纪十大书法家之一，他也还会这么淡淡地过。这便是大师，这便是人生的大成熟。

人类的感觉就是这般的奇妙：当我们远离大师之时，他似乎离我们很近；而当我们走近大师之时，他似乎又离我们很远。

载于《楚苑》2011年3期

寂寞杨公墓

一

和着城市生活的节奏，人们在来去匆匆中也许无暇留心，江苏省宿迁市宿城南郊，竟是一片英雄荟萃的土地。

一条幸福路大街自北而南，延伸向写着两位英雄名字的地方，路西是项王故里，路东是杨泗洪墓地。两地相距两里许，一边标志着一位英雄的出发，一边标志着一位英雄的归宿。南来北往的轿车，大都光临西楚霸王项羽的出生地——梧桐巷，去领略其拔山盖世的千古风采，而近代民族英雄杨泗洪的墓地，却极少留下凭吊者的足迹，几乎成了“被遗忘的角落”。

我凭吊杨公墓是在一个周六的下午，虽风和日丽，却孤身只影。时令已是深秋，树端绿意顿减。下幸福路东行，曲径通幽，过弯弯马陵河上的小石桥，再越过一片芦苇塘，杨公墓便隐约可见。手中一辆自行车，时而骑几步，时而推着走。行进在芦塘边，无半点儿行走在市郊的感觉，总觉得是在偏僻的乡村，或是在遥远的湖边。芦花渐衰，菖蒲茁然，市区工厂废水的汩汩排出，在这里寻找到了承受的所在，浑水河带着城市特有的污泥浊水迤逦向远方。与芦塘毗邻的是连片的蔬菜园，道路狭窄，菜畦纵横，一株株行将上市的大白菜与刚刚发苗不久的蒜类，一直将绿色绵延到大运河的西岸。菜农劳作，往来不息，根本无视于我这个单车独行的陌生人。

第一次来寻杨公墓，眼前一片茫然。无须投石问路，一位老太太耐心地告诉我：杨泗洪墓在那边。顺着她手指的方向，我看到了绿色菜畦间出现一座规模不太大且色彩不协调的建筑。迈步近前，不禁目冷。哦，这就是杨公墓？没有篱笆，更没有围墙，墓地与菜地相连，相依唇齿，难分你我。杨泗洪，这位宿迁籍的民族英雄，生前捐躯报国，何等壮烈！而今朝朝暮暮与菜农为侣，固守田园。

二

一部中国近代史是血与泪凝结的悲壮史，面前这座褐红色的大理石墓基便是最好的旁证。

杨泗洪，字锡九，号茂陵，江苏宿迁人，清道光二十七年（1847 年）出生于宿城镇，光绪十年（1884 年）随巡抚刘铭传督办台湾军务，任营官，曾参加马尾海战，挫败法国侵略军，不久迁任镇标左翼统领，后升任台湾镇总兵官。《宿迁县志》称其“性情倜傥，少有大志，……自幼矫健勇武，以拳触壁而壁震。”这个名字，对于宿迁人如雷贯耳。想起杨泗洪，我们不能不提及甲午战争，以及刘永福与他指挥的黑旗军。让我们回忆一下那一段惨痛而悲壮的历史……

1894 年 9 月 16 日，邓世昌抱着他的“太阳犬”与致远号全舰将士在黄海上壮烈殉国。1895 年 1 月 30 日，日军攻破威海卫，丁汝昌服毒自杀以报国。2 月 12 日，浩威伪托丁汝昌名义起草投降书，北洋舰队全军覆没。4 月 17 日，李鸿章在割让台湾的条约上签字画押。日本马关趾高气扬，春帆楼上寒气袭人。同年 5 月底，日本侵略军在基隆东北登陆，台北相继沦陷。告急之时，台湾军民推举台南守将刘永福任军统，联合吴汤兴、徐骧等人组织的义民军，布置防务，共同抗日。时杨泗洪任分统随刘永福驻守台南。6 月下旬，杨紫云守新竹牺牲。8 月底，徐骧率义民军在台中彰化境内与敌激战，杨泗洪率 2 万黑旗军将士日夜兼程，北上援助，在安溪大败敌寇，擒斩日酋戈藤文录等，一时军心大振。泗洪统军身先士卒，部属为其所感，冲锋陷阵，以一当十。杨泗洪在复刘永福的信中说：“我如驱饥羊搏抱虎，利在速战，机在勇决，我苟不先，士气少沮，无能为也。”在一次突围战中，他腿部中弹，但依然带伤督战，反击敌军。农历七月二十日，杨泗洪追击日军至落虹桥，腹部又中日酋枪弹，当夜退守彰化，终因流血过多而牺牲。噩耗传出，台湾军民痛哭失声。

出人意料的是，就在杨泗洪血洒异乡一月以后，日军南北夹攻台南，曾名震一时的骁将、黑旗军统帅刘永福，竟通过英国驻台领事欧思纳向日军求降，此计划在部属的抵制下而未能实现。10月19日，刘干脆抛弃抗日军队，悄悄地乘英轮逃往厦门，开始了他长达20年的偷安生活。

数年后，杨泗洪遗骨归葬故里，海峡两岸同祭英灵。其灵柩先停放在宿迁马陵山顶真武殿内，祭吊三日后，安葬于城南东关口西堤下，忠魂长眠于运河之滨。

还须说明的是：清政府割让台湾之时，曾下旨台湾大小官员“一律内渡”。杨泗洪因抗旨御倭，为清政府视为“叛臣逆将”“不属于朝，不及于恤”，逝后与寻常百姓一样，仅存土墓一丘，俗葬而已。为纪念民族英雄，1933年，宿迁马陵山顶望河楼改名为“杨公亭”（今不存）。1986年，宿迁市人民政府拨款重修“杨公墓”，扩其旧地，增其墓基，辟其神道，并立碑于墓前，其建筑被设为省级文物保护单位。

三

血洒台湾，誓保中华疆土；
骨归故里，共钦民族英雄。

这是杨泗洪墓道的门联。墓地有门无墙，南、西两面与碧绿的菜畦紧连。墓道长约30余米，中间立神道碑一尊。墓基不足20米长，约12米宽，东面为杨泗洪及夫人孙氏合墓，西面为杨父母合墓。墓石为红褐色，顶为半球形状。墓北有小松林，株株肃然起敬，依偎着烈士忠骨；东植白杨一片，林间杂树横生，芜然而无章。墓边的空地尽被农家种上瓜菜，瓜藤绕墓，荒凉惹眼，更兼叶落藤枯，蓑草满地。

踏进景仰已久的杨公墓，我的心境顿然凄凉。墓前徘徊，我不禁发出心底的询问：当年光鉴日月的慷慨烈士，而今为何如此孤寂？

我一次次呼唤英雄的名字，眼前立时出现一位横枪立马、抗日杀敌、威震台湾的勇士形象。我的心一如海涛般澎湃。

清明时节，红领巾来祭扫你的墓穴吗，英雄？

年年月月，有远方的游子来拜谒你的墓碑吗，勇士？

宿迁为你骄傲过，
神州为你自豪过，
太阳为你赞美过，
大海为你讴歌过。

夕阳如血，西挂树梢。该是向英雄道别的时候了。我缓步踏上归路，回首杨公墓，傲然而孤独地静默在秋风中。

本文作于1998年秋
载于2004年3期《江苏地方志》

毛泽东的菜园

天下菜园何其多？一般的菜园只生长瓜果菜蔬，而毛泽东的菜园却能生长民意民心。

如果说，延安是“得民心者得天下”这句话最好的语言大典，那么杨家岭就是这个大典中最经典的页码。走进杨家岭革命旧址，我才感到自己的两只眼睛太不够用，记忆的神经仿佛也不听使唤，我多么想认认真真地摄下这里的一切一切，然后珍藏进自己记忆的宝库中。走进杨家岭，所有的游览者瞻仰的都是一种精神，一种艰苦奋斗、勤俭创业的精神。

在设备相当简陋的当年“中共七大”会堂里，我与儿子小白背倚着今天一个农民家庭都不屑使用的长条木椅留了影。出门向北过一道窄窄的天桥，我们又随着参观的人流来到后面山坡上的窑洞前。光阴荏苒，物是人非，一桌一凳，历历在目。这里曾居住过一群胸怀天下、忧国忧民、大音希声的伟人，他们凭着这十分简朴的窑洞与身上的层层补丁衣，竟打败了住高楼大厦、着楚楚衣冠的敌手，从而也打出了一个现代化的新中国。

这次延安杨家岭之行，我逗留时间最久的却是一个不甚被人留意的景点，这就是多年前毛泽东主席亲自栽种过的一片菜园，这不禁又使我想起20世纪40年代在陕北大地上掀起的那一场军民大生产运动，杨家岭就是那场运动的指挥部。当时的杨家岭山坡上仅仅居住着十几户人家，中共领袖们的住地集中在一起，自西而东依次为：周恩来旧居、朱德旧居、毛泽东旧居与刘少奇旧居。毛泽东的菜园就在刘少奇旧居的左下方。

刘少奇旧居前面是一方石桌，石桌四周有4个石凳，这是当年毛泽东主席接见美国记者安娜路易丝·斯特朗的地方，当时做翻译的有陆定一与美国医生马海德。我在石桌东面的山坡前伫立良久，神情专注地凝视着山坡下不远处的那片菜园旧址，与书写着“毛泽东菜园”红字的标记牌。说是菜园，实际上已成了绿树掩映中的一片空地。我站立在那儿，连续谛听了三位导游小姐关于对那个菜园的解说。1938 年 11 月至 1943 年 10 月，毛泽东在杨家岭整整居住了 5 年，这片菜地也与他朝夕相伴了 5 年。作为一位叱咤风云扭转乾坤的领袖人物，他亲手种菜解决自己的生活问题，乐在其中。他曾将自己种出的辣椒，托人送一包给远在莫斯科的斯大林，斯大林也知其所好，派人送给他一包苏联土地上长出的烟丝。伟人之交，也不过就是如此平淡，但其中的伟大友谊，却并非黄金白银所能买得到。

1940 年 5 月，著名华侨领袖陈嘉庚访问延安，毛泽东就地取材，用菜园中种出的蔬菜招待了他，加上买作料，一顿饭仅仅花了 2 角钱。两位现代中国的智者一边品尝着西红柿、大椒，一边头顶窑洞谈天下，结下了在中国现代史上被传为美谈的“君子之交”。在此之前，陈嘉庚曾访问重庆，蒋介石隆重地招待了他，一顿饭竟花了 800 块大洋。2 角钱与 800 块大洋，这是多大的比值？因此，陈嘉庚在延安曾当众不无感慨地说：“中国的希望在延安！得天下者，共产党也。”后来中国的历史也证实了他的话。这不是他信口的言中，而是体现出了智者与庸人目光的差异。

中共中央办公厅旧址会堂。就是 1942 年延安文艺座谈会的会场，我们在凭吊时听到一位导游正在用陕北方言演唱《东方红》。他唱得很认真，也很动情，把许多游人的情感都带进了历史的烟海中。就在我游览延安的这天早晨，我站在壶口不远处的高柏乡的一道山梁上观赏陕北风光。此时，正值一轮朝阳从东方升起，金色的阳光把远近的窑洞、山梁映照得一片光亮。于是，我立马想到了当年陕北的农民歌手李有源，是他走在陕北的山梁上即兴抒情，也是在太阳升起的时候，创作出一首划时代的赞歌《东方红》。那是他发自肺腑的歌唱，也代表了整个陕甘宁边区人民的心声。“中国出了个毛泽东”，老百姓之所以如此歌唱，那是因为毛泽东已将自己的血融进了中国老百姓的血脉之中。

昔日，延安是中国红色革命的“诺亚方舟”；今天，延安又是守业修身的人生课堂。当旅游车载着我们离开延安之时，我情不自禁地伏在车窗口深情地回望，我回望枣园，回望宝塔山，也回望杨家岭下那一片洒过领袖汗水的菜园。

载于《写作文苑》2009年4期

拜读“林徽因”

这纯属一次邂逅相逢，一个洪泽湖畔的后生与一位出生于杭州西湖畔的前贤才女。

公元 2010 年 8 月 18 日，对于我也是个吉祥的日子。那天，我不仅看到了阔别 21 年的杭州西湖，而且拜谒了被胡适先生誉为“中国一代才女”的林徽因。说来危言耸听，其实，我所拜谒的仅仅是一尊林徽因女士的纪念碑，再说准确点，就是一尊镂空光影塑像，在晴明夏日的晨光中，在浓荫匝地的香樟树下。

时值宿迁籍摄影大师吴印咸百年诞辰，我受市文广新局之邀，协同南下沿海诸城市搜集有关资料，以筹建摄影艺术馆。17 日夜，我们一行 4 人自上海乘火车赴杭，下榻西湖南岸懿成大酒店。次日清晨，我与同仁马志春相约游西湖。我们行在苏堤苏晓的晨风中，尽情地享受那一份自天而降的怡乐；我们闲坐在花港观鱼公园水边的长凳上，平心静气地欣赏那自去自来的鱼群。从机关文山会海的俗务繁忙中走出，那种闲适的心境还真一时找不到准确的词语去形容。

在距离马一浮纪念馆不远处，我们被一件艺术品给吸引住了，那是与生俱来第一次见到的艺术品。这是一座纪念碑，由青铜与青石板相结合制成，碑上的人物像及文字均为镂刻，凭借光影条件才能看得分明。没有画家画像，没有书法家泼墨题名。只要熟悉中国现代历史并见过建筑学家、作家、诗人林徽因照片的人，便能透过背面的湖光山色，分辨出她那美丽的倩影：那玲珑的身材，那齐耳的短发，那洁白的长裙。虽然我们看不见她那端正的五官与秀丽的面容。这是一项奇迹，人类在发展，人类的艺术也在发展，发展得如此精深、新颖而又传神。

纪念碑上还有数行镂空文字，也须借光影去辨认，远看去恰似林徽因女士照片的背影。内容选取的是林徽因散文《平郊建筑杂录》中的两处文字，具体为："在光影可人中，和谐的轮廓，披着风露所赐予的层层生动的色彩。无论哪个巍峨的古城墙或一角倾颓的殿基的灵魂里，无形中都在诉说乃至于歌唱时间上漫不可信的变迁。"字为行书，从视角上看白色，一笔一画，点点捺捺都如临纸挥毫一般流利而又潇洒。更为恰到好处的是，这两句文字是林徽因女士用来描写大建筑艺术的，却被后人用来衬托她美丽的倩影，且用的是光影艺术，可谓别具匠心。

背后是青山隐隐，碧水粼粼，长天茫茫，草木青青。一切都是那么的协调，那么的匀称，那么的宁静。在游览者看来，青山像她的生命一样翠绿，湖水像她的心境一样蔚蓝。

在中国现代史上，林徽因的名字如云霞耀眼。她传奇式的人生为后人留下的东西太多太多，以致令人敬重，令人倾倒，令人仰而望之。

林徽因有一颗热忱的赤子之心。她 1927 年毕业于美国宾文法及亚洲大学艺术学院建筑学专业，回国敬业于自己所从事的建筑事业，视古建筑如生命，报效祖国是她的赤诚。叶落归根是她的夙愿。她协助梁思成著成的《中国建筑史》在世界艺术史上享誉较高；她参与设计的中华人民共和国国徽，上应炎黄，下呼后世；她精心设计的天安门广场人民英雄纪念碑图案，无声地敲响了民族的警世之钟。

林徽因有一身横溢的文艺才华。梁启超曾被誉为"旷世才子"，而林徽因也曾被称为"旷世才女"，在中国历史上，公公与儿媳妇同享此盛誉的例子委实不多。林徽因不仅写诗歌，写散文，写小说，还写戏剧，她诗歌中跃动的情感与灵气就像她本人一样聪颖玲珑；她是作家诗人，但同时又是个学者，但她的学术文章使人读来并不感到语言枯燥，而处处闪烁着文学的灵性。有人排列了民国时期的四大才女，即张爱玲、庐隐、石评梅与萧红，这总给人一种"遍插茱萸少一人"的感觉，同时也会给人带来一种隐隐的不平。如果说民国时期才女中没有林徽因的名字，那么就好像春天缺少了绿色，云雀失去了它美妙的歌声。天籁般的林徽因有她的有幸，也有她的不幸：有幸的是，她在豆蔻之年，曾得到过"东方诗圣"泰戈尔的青睐，泰翁曾情深意长地赠她一首诗：天空的蔚蓝，爱上了大地的碧绿，他们之间的微风叹了声“哎”。不幸的是，这位因诗作《你是人间的四月天》而蜚声诗坛的才女，竟在1955年的春花四月中香消玉殒。

林徽因是个敢爱敢恨的人，而她的爱又是那般的刻骨铭心。曾听一位朋友深有感触地说过，人的一生中最爱的只能是一个人。实际上，这项纪录早在70年前就被林徽因打破了。毋庸置疑，也毋庸避讳，这正能显示出林徽因真爱一生的性格特点。她的感情世界里只有也始终装着三个人：一个是她终身相寄的丈夫，中国现代著名建筑学家梁思成；一个是至今还闻名诗坛的浪漫诗人徐志摩；一个是因她而终身不娶的哲学大师金岳霖。令许多人不解的是，她在文学上与徐志摩旗鼓相当，甚至徐志摩曾请泰戈尔为之说情，然而她还是断然分手了。有谁见过这样诚挚之至的三角恋爱？1932年6月的一天，林徽因坦诚地告诉梁思成，她同时爱上了两个人。经过痛苦思忖之后的梁思成回答林徽因：你是自由的，如果你选择金岳霖，我祝你们永远幸福。当林徽因面对金岳霖时，他的回答更令人吃惊：看来思成是真正爱你的。我不能去伤害一个真正爱你的人。于是，他勇敢地退出，又勇敢地为林徽因独守终身。有人说，爱情是自私的，我们要说，只有高尚的爱情才能感人至深。

林徽因最终选择了梁思成，这已经成为活生生的历史，但他们的爱情故事给人带来的只能是自豪而不是伤痛。梁思成不仅是林徽因青梅竹马的阿哥，而且是事业上志同道合的情侣。也许，没有他们的同心协力，中国的建筑学便会缺少应有的辉煌。因此，有人评价说：林徽因是幸运的，因为她选择了梁思成；梁思成是幸福的，因为他娶到了林徽因。

反复地拜读林徽因纪念碑，我似乎才隐隐读出，为什么杭州市政府要在西湖边为她立碑。林徽因出生在杭州，她理所当然地是杭州人，她为家乡争了光，家乡也会永远铭记她的姓名与业绩。

站立在风光秀丽的西湖边，我发现了美，西湖是一种美，林徽因是一种美，纪念碑上的光影艺术也是一种美。美是没有家乡线和国界线的。

在晨风中眺望湖北岸，我忽然想到了对岸的秋瑾烈士墓，同时也悟出了纪念碑设计者的良苦用心。果真是巾帼不让须眉！美丽的西湖，南岸有美，是阴柔与儒雅之美；北岸亦有美，是阳刚与壮烈之美。

2010年8月18日于杭州西湖

访陆秀夫故居

那次到盐城拜谒陆公祠，一晃10年有余；这次省民间文艺家协会在建湖召开采风会议，我又有机会凭吊陆秀夫纪念馆。其实，对于陆秀夫来说，故居已经不存在了，我们只能说，建湖县建阳镇是他的故乡。从名词上解释，“故居”当以一个人居住的房屋为凭，“故乡”则是一个人出生或成长的地方。

陆秀夫纪念馆坐落在建湖县建阳镇秀夫街景忠巷，面积比盐城的陆公祠要大得多。纪念馆大体上由忠烈堂与景忠书院两部分组成，前者在路东，后者在路西。一辆大巴载着与会30余人，停靠在纪念馆的前面。过君实坊，越景忠桥，忠烈堂就近在眼前。看到牌坊上书“君实坊”三字，我一时误将其和家乡双沟酒“君宝坊”弄混淆了，其后才知，君实乃是陆秀夫的表字。至于景忠，顾名思义，就是景仰忠烈的意思。说来也奇怪，来时春寒料峭，其他地方刚刚柳枝微绿，唯独景忠桥边的三株垂柳树已放出小手指宽的绿叶，柳枝在春风中摇曳着，多像现代美女的披肩长发。也许，这是大自然故意为之吧，用垂柳的外形美来烘托一代忠烈陆秀夫的内在美。

踏上10来级石阶，我们在解说员的引领下走进了忠烈堂。我素有楹联之好，目光早被大门内陆秀夫铜像两旁的两副楹联吸引去了。外联为：“海上孤臣丹心不泯；人间忠烈正气长存。”内联为：“碧血丹心，铸就崖山铁骨；高风亮节，凝成忠烈英魂。”也许是因为此联出自二人之手，两副上联中出现了两处“丹心”；也许又是因为堂名的原因吧，两副下联中又出现了两处“忠烈”。转念一想也是，非丹心难以衬托陆公的铁骨，无忠烈又难以描绘陆公的英魂。堂上的横批最难能可贵，“光前裕后”四字原来是出自陆秀夫的墨宝。以其字而歌其魂，这是其他名胜中所没有的事情。

全馆给我留下印象最深的，还是当代诗人流沙河的一副楹联和南墙上的“宋末三忠”画像。我曾拜读过流沙河的诗《就是那一只蟋蟀》，印象较深，他不知何时来此一游，还虔诚地写下一联：“宋灭无强帝，陆沉有秀夫。”联中有他对陆公的肃然起敬，也有对南宋王朝的信手讥讽。看来，陆秀夫慷慨负幼主蹈海的壮举，大都是那个衰败而飘零的海上王朝给逼出来的，随之而投海报国的还有数万名铁甲士卒与武将文臣。一帝无能家国衰，这和“一将功成万骨枯”，完全不是一码子事，后者给人历史沧桑的感慨，前者给人安邦济世的不平。

我毕恭毕敬地站立在“宋末三忠”的画像前，欲表达无辞，欲哭泣无泪，我只是全神贯注地和他们的六目对视。中为陆秀夫，左为张世杰，右为文天祥，那个时代的“三驾马车”，傲然而立，杰然不群。我也曾将文天祥、陆秀夫和张世杰誉为“抗元三杰”，南宋大厦将倾，三杰知无力回天而刻意为之，这是什么样的耿耿忠心？三杰也罢，三忠也罢，都是读“四书”“五经”读出来的民族英雄。对文天祥，我已有专文评述，对张世杰，我则另有一番感慨。他在南宋崖山兵败后依然想独力回天，但天不遂人愿，他在一场暴风中船翻落海而以身殉国。最让人难以解读的是，一场决定宋元生死存亡的崖山之战，一方主将是张世杰，一方主将是张弘范，二人原是来自河北范阳张氏宗族的堂兄弟。

纪念馆左前方为南林寺，此时不见香客往来，解说员也没说此寺与陆秀夫有什么关系。陆公报国之心胜于信佛之诚，拜儒家祖师孔子胜于拜佛教诸尊，这也许就是他人生的一大特点。在盐城陆公祠里，我曾瞻仰过陆秀夫青年时庙内读书的坐像，今天又在陆秀夫读书处凭吊他少年时的汉白玉雕像，手持经卷，低首做沉思状，不知是在临时思考人生之路，还是预先谋划他年的治国之策？有志不在年高啊！

陆秀夫少年读书处原名读书精舍，今名景忠书院，是其父陆芳春于宋理宗淳祐十年（1250）所建，教子之心流水可鉴。书院不大，但可昭日月；书院简陋，但可育忠良。精舍面东而建，西墙上刻有孔子像，这是中国旧学最典型的象征。子曰“成仁”，孟曰“取义”，集精忠成仁取义于一身，舍陆公其谁也？在这诗书礼义为核心的旧学精舍，就让我即兴一首旧体诗七律借以述怀吧：“三杰抗元担大梁，崖山负主帝臣亡。诗书有礼能琢玉，道义无花也吐芳。海月难圆家国梦，丹心可耀日星光。当年壮别塘河水，气节承传可导航。”

我一直以为这里就是陆公的故居所在地，还是在门外的一位陆姓的先生给指点了迷津，他说：陆秀夫的出生地在建阳镇的长建里，如今叫坚强村，在西面拒这儿二三里路远的地方。我想，这也许是因为陆公的凛然不屈的性格而更改的村名吧。

2016年3月于盐城建湖

福州二林故居

福州是块风水宝地，尤其擅长生长三件东西：一是才气，二是志气，三是骨气。

走近福州，一般都会以为福州的标志是两塔，即乌塔与白塔。只有读懂福州的人才会说，不到三坊七巷，就等于没到福州，这是因为，三坊七巷传承着福州的历史文化基因。穿过南后街走进三坊七巷，可以说，每走几步便是一个名人故居或旧居，有生于斯长于斯的福州籍名流，也有漂泊于斯辗转于斯的他乡鸿儒。名不虚传，连三坊七巷上空的白云都散发着文艺的芬芳。

还是在 20 多年前，我从书店买回一本《中国近代爱国者的故事》，全书共收录了 50 个传主，其中林姓的传主便有 3 人，并且都是福州人，即林则徐、林旭与林觉民。更不能不令人刮目相看的是，原来老林家人并不都像林黛玉那样弱不禁风，还有一个个像大山一样站着活的人。

我有幸参观过虎门林则徐纪念馆，并凭吊了销烟池，而今又随王学良先生游览了福州林则徐出生地与林则徐纪念馆。我心自知，此行的目的不是一饱眼福，而是朝拜民族之魂。岂止是仰而望之？即使你是个达官贵人，来到这里也应当长跪不起，然后再与之对话。这位被鲁迅先生誉为“近代中国第一个睁眼看世界”的人，其在中国历史上的地位，可以说很少有几人与之匹配。他称得上中华民族历史上庞大的爱国者行列中的领军人物。

众所周知，林则徐是以“虎门销烟”这一惊天动地的大事件而闻名于世闻名于史的，人们往往贯注于他的志气与骨气，而往往忽视了他神童般的才气。林则徐 20 岁中举，在地方上是个学业优秀的后生，他中年力主禁烟报效祖国与其每走一地为民造福的壮举，不能说不是来自于他少年时代的才智与抱负。他是一只雄鹰，不仅在家乡的上空盘旋，他的志气大、目光远，他要飞越万里关山。

在中华路19号林则徐出生地陈列馆，我听到了两则楹联的故事。对联是古代私塾中的学子必修之课，一个文化人若无此功底，便难以写辞赋文章，更难以写唐代兴起的格律诗。在林则徐八九岁时的那年元宵节，塾师为了考一考小则徐，便精心出了一副上联：点几盏灯为乾坤作福；此联针对成人也许不难，但对于一个孩子就有难度了。就在同桌共餐的家人担心之时，林则徐敏捷地对出了下联："打一声鼓代天地行威。"一联既对，才惊众人。此联不仅对得工整，而且对出了气魄和胆略。

另一则对联的故事发生在林则徐十几岁时。一次，先生组织一批学子到海边游览，面对滔滔的大海与海边的群山，先生临时出题，要大家共同来答对，上联为："海到尽头天作岸。"在场的学子们冥思苦想，最后还是林则徐的下联对得最让先生满意："山临绝顶我为峰。"文化是为社会服务的，学以致用，这副对联比林则徐早年的那副对联气魄更大。从联中还可以隐隐地看到他的雄才大略与英雄之气。

林则徐宦海一生，忧国忧民，其诗词文章也写得好，他给后人留下的几副楹联特好。如果说"苟利国家生死以，岂因祸福避趋之"，这诗中的颔联是他爱国的出师表，那么他题写在广州两广总督大堂上的那副楹联则是他人格的宣言。1839年3月，林则徐的两只大脚稳健地踏上了广东的土地。清廷腐败，内忧外患，他已下定了禁烟的决心。在总督府的公堂上，他亲手书写的那副楹联尤为醒目："海纳百川，有容乃大；壁立千仞，无欲则刚。"为了拯救祖国的苦难，他丝毫不怕掉乌纱甚至掉脑袋。一代忠贞之士，不愧为民族危难时的砥柱中流。

福州之行，我们的脚步又回到了三坊七巷。杨桥巷现在称为杨桥路，86号宅院便是林觉民的故居。福州二林，各有千秋，林则徐大起大落的人生可以从他的楹联中读出，林觉民慷慨悲歌的人生可以从他用血泪写成的《与妻书》中去感悟。

面前青瓦红门的院落便是林家旧宅，三进院中间有长廊相隔，墙边植翠竹，竹间立一块1米多高的景石，上书"一座宅院，两位名人"。文字中的另一位名人指的是现代著名作家冰心。也就是说，冰心女士十来岁时曾在这里居住过，这简易的民居中至今还留有她的芳踪。黄花岗起义失败后，林觉民英勇就义，其父林孝颖为避清政府追捕，携全家逃离此处，恰巧冰心的祖父谢銮恩在福州为官，便托人买下了林宅居住。实际上，这个宅院曾居住过三位名人，还有一位就是林觉民的堂侄女，中国现代建筑学家、诗人林徽因。准确地说，那方景石上的“两”字应当改为“三”字，即一位烈士，两位才女。

至于林觉民的《与妻书》，还有一个辗转周折的过程。林觉民在就义前，曾在一方手帕上写下了绝笔文字，其中有几句话尤为感人：“吾品作此书时，尚是世中一人；汝看此书时，吾已成阴间一鬼。……吾充吾爱汝之心，助天下人爱其所爱。”这封信，林觉民是蘸着血泪写的，他的妻子陈意映也是和着血泪读的。林觉民就义以后，留下了5岁的儿子依新与遗腹子仲新。谁知，两年后，陈意映在郁郁寡欢中离世，依新也于1915年不幸夭折，仅余幼子仲新后不知所终。所幸的是，那一封烈士遗书没有丢失，后不知为何传到了另一位福州人，国民政府主席林森手上。林森亦为信中的文字所动，便把信交到报社去刊登，遂使之流传了下来。

游罢二林故居，忽生如是想：林则徐生不逢时，正当他放逐被起用之时，却病逝在受任前去镇压太平天国的途中，否则，后人也会给他戴上一顶“刽子手”的帽子。福州二林，同是一家，同是爱国者，但走的却不是同一条路。假如历史把林则徐拉到1911年，他正做着两广总督的时候，对林觉民又会如何处置呢？因为黄花岗起义的目标，就是进攻两广总督府，你死我活，不可两立。当年，林则徐雄心勃勃地发起禁烟运动，当他弃舟登岸，第一次踏上天字号码头的时候，他根本不会知道，这正是60年后他的同乡本家林觉民英勇就义的地方。

2010年8月21日于福州

两吊徐孺子墓

我第一次下榻南昌，正是农历中所谓的阳春三月。我们考察团所住的金山城大酒店，南距孺子亭公园仅不足千米。诚然，我决不会失去这次拜师求教的良机。

南昌是中国人民军队军旗升起的地方，“八一”是南昌叫响全国的一块品牌。南昌城又素有“内四湖、外八湖”之称，内四湖分东西南北，孺子亭公园便是绕美丽的西湖而建，东连八一广场，西望八一纪念馆。

4 月 18 日晚饭后，我与乔震、培良结伴而行，不逛街、不购物，我们便直奔八一纪念馆与孺子亭公园。纪念馆因今年建军八十周年大庆而装修，我们便调头寻访第二个目标。自西侧小门进入，绕湖漫步。灯光稀疏，夜色微深，垂柳披散，绿色不明。越孺子亭，穿小石桥，便至北门，看室内公园游览方位图，才知园内有徐孺子墓。三人方折身而回，在湖东北角徐孺子墓前流连了一番，又向八一广场赶去。

翌日凌晨，我六点前就随着晨练的人流走进了公园的大门。我总认为昨天夜黑看得不够真切，今晨该补上这一课，归途便不会留下遗憾。古往今来，英雄给人留下的是心灵的震撼，贤士给人留下的是心灵的启蒙。我深知，我所要凭吊的是人格魅力比达官显贵都要大得多的一介平民。

徐孺子，名徐稚，豫章人，东汉著名高人贤士，一生博学多识，淡泊名利。桓帝时不满宦官专权，以“不畏强御”著称的太傅陈蕃多次举荐其为官，他坚辞不受，喜以耕种为业，享田园之乐，为古今人杰地灵之典范。陈蕃任豫章太守时，闻其贤名，又极为敬重其人品，特为其专设一榻，去则悬之，别人不能享用。一代贤官敬重贤士的故事，被传为千古佳话，并被王勃写进他的美文之中。后人为凭吊古贤，遂在徐稚下榻之处建孺子台，台上有亭为孺子亭。“徐亭烟柳”千百年中一直为“豫章十景”之一。

站立孺子亭下，我心头涌动万千感慨。我是慕人慕文而来的，此去西北不远处的赣江岸边，就耸立着千年名阁滕王阁。我心下存疑，是否因古代山水之隔，诗人来一次不易，以至在《滕王阁诗》中，把赣江误当成了长江？当然，今人把“阁中帝子今何在？槛外长江空自流”句中的“长江”牵强地解释为“长长的江”，这也未尝不可。

我所面对的亭已不是古亭，古亭已因不堪雨打风吹与人间沧桑的袭击而坍塌。亭壁书古诗绘古画，有两幅大概是徐孺子敬孝与喂鹅图。亭顶绘“徐孺下陈蕃之榻”图，二人相敬如宾，正促膝长谈，显然人间知己。

当我第二次绕墓三匝的时候，太阳已爬上了东面不太高的楼群顶端。满湖碧水在阳光下熠熠生辉，湖边丝丝垂柳卖弄着它贵妇般的拖地长发，在春光中展示出青春的柔美。徐孺子枕湖而眠，让纯净的湖水映照着他纯净的人生。他光辉闪烁的人生渗透着南昌城的风光与灵气。徐孺子墓自汉至唐一直被誉为“东南第一墓”，代有所毁，代有所修。1996 年为纪念徐稚 1900 周年诞辰，西湖区政府拨款修墓建亭，并勒碑于此，上书“东汉高士徐孺子之墓”，墓前有两只卧伏的石羊日夜守候。

世界上许多事物都因文人而扬名，不可否认，文人的名诗名文确实具有跨越千年的广告效应，而且这种效应还不带有半点功利的成分。位居“初唐四杰”之首的王勃，以他的一篇《滕王阁序》震砾古今，不仅使南昌的滕王阁跻身江南三大名楼之列，而且以“人杰地灵，徐孺下陈蕃之榻”的名句，让徐陈二人在历史上认真地露了颜面。

从另一个角度上说，世间的高人贤士又要靠开明的贤官去发现。这又正如千里马要靠伯乐去赏识一样。昔日，贤士徐孺子遇上了贤官陈蕃，怀才得遇是他人生的大幸，而拒绝功利又是他人生的大德。

载于《楚苑》2008年1期

摘一朵蒲公英

暮春时节，我特地祭扫北京万安公墓。这是一次行色匆匆的祭扫，没有鲜花，没有纸钱，只带来一颗不远千里的敬仰之心。

万安公墓西望香山，东临玉泉山，因位于万安山之阳而得名。从公墓中的李大钊陵园中缓步走出，只见道边立一块指示牌，上绘墓区方位简图。细看才知，朱自清、曹禺、王力与戴望舒等现代文化名人亦安葬于此。这无意中又增加了我凭吊的内容。

在曹禺先生墓前，我似隐隐听到暴风雨中的雷鸣；在朱自清先生墓旁，我依稀看到荷塘边的月色，似听到秦淮河上的桨声。当我迈步走向戴望舒先生的墓地时，耳边忽然飘过春风弹奏下的诗朗诵：“撑着油纸伞，独自/彷徨在悠长，悠长/又寂寞的雨巷，/我希望逢着/一个丁香一样的/结着愁怨的姑娘。”这魂牵梦绕的诗句，曾经令几代人为之梦绕魂牵。

公墓按照“金、木、水、火、土”的顺序划区管理，仅土区就有“仁、勇、秋、收、冬、藏、天、地、元、黄、宇、宙、洪、旺”等组。朱自清的墓在土区宇组，戴望舒的墓在土区秋组，李大钊与赵纫兰夫妇的旧墓址在土区仁组，与戴望舒墓仅隔数米。李大钊夫妇的遗骨已于20世纪80年代初迁葬于公墓中新建的李大钊烈士陵园内。

四顾无人，出现在我面前的是一个长方体的官椁形水泥墓冢，墓碑上写着“戴望舒之墓”。上有郁郁青松覆盖如云，下有茵茵芳草点缀成簇。我忽然发现，戴先生墓地与其他墓地不同，四周开满了当春乃发的蒲公英，且开得特别密、特别美。

墓中安葬着一位诗人、爱国者的遗体。1920年，戴望舒先生15岁就加入了中国共产主义青年团，23岁时便以一首《雨巷》而蜚声文坛，从而戴上了“雨巷诗人”的桂冠。至今，许多情感葱茏的青年人依然在寻找诗中那美不胜收而又令人流连忘返的精神雨巷。这也许就是诗人的魅力、诱惑力与影响力，生生不息，绵远而流长。一个人一生能有一首诗传世，似乎已经足够了。真正享受的不仅是诗人自己，还有千千万万双诵读诗行的眼睛与千千万万颗感受诗魂的心灵。

如果说戴望舒先生年轻时的上海生活是他人生的辉煌期，那么他中年的香港生活则是他人生颠沛流离的苦难期。他在上海时期留给人们的是锦绣诗行，他在香港时期为人间留下的却是铮铮作响的民族气节。气节，是戴先生赠给人类的比诗还要昂贵的礼品啊！他把这个礼品毫不吝惜地赠给了祖国，赠给了一代代人。戴先生曾坐过两次牢，一个是大革命失败后国民党反动派的监狱，一个是日军侵占香港时期法西斯的监狱。那是一段什么样的人生经历呀！他的心在为国难而泣血，在为自由而歌唱。诗人留下的不仅是气节，还有气节凝成的诗句：“当你们回来，从泥土掘起他伤损的肢体，用你们胜利的欢呼，把他的灵魂高高扬起。”（《狱中题壁》）。昨日柔情万般的彷徨诗人，今天已被生活磨砺成铿锵的勇士。他的诗也长出了骨头！

1942 年初，现代著名女作家萧红在香港病逝，戴望舒先生与几位朋友用平板车将她的遗体运往浅水湾安葬。两年后的深秋，戴先生又来到萧红墓前凭吊，他于感时伤世之中写下了《萧红墓畔口占》一诗：“走六小时寂寞的长途，到你头边放一束红山茶。我等待着，长夜漫漫，你却卧听着海涛闲话。”从戴先生的住所到萧红的墓地仅仅 6 个小时的路程，而诗人却不知道那漫漫长夜的边际在哪里？

半个世纪后的一个春天。我，一个洪泽湖畔游子，独立在戴望舒先生的墓前。我轻轻地摘下一朵蒲公英，又轻轻地放在戴先生的墓上。先生在萧红墓前献上的是红艳艳的茶花，我此时只能借大自然一束金灿灿的蒲公英聊表敬意。我又摘下一朵球状的白色蒲公英花絮，轻轻一吹，那花絮儿立即散成一枚枚伞状的花体随风飘移。也许是受诗人当年的感染吧，我的脑际忽地闪过一线诗思。就把这首脱口而出的小诗——《谒戴望舒墓》敬献给前贤，敬献给春天吧：“独自徘徊在你的墓前 / 轻轻摘下一朵蒲公英 / 这金灿灿的花瓣 / 多像你金灿灿的诗句 / 金灿灿的人生 / 吹一口这白色的花絮／多像你与你的同龄人，当年／打一把把油纸伞天涯飘零”。

临走前，我又摘下一朵蒲公英，在诗人的墓前轻吹一口，那一枚枚伞状的种子立时随风飘散，渐渐化成了一枚枚诗的种子，在春风中播撒进一片心灵的土地。

载于《宿迁广播电视报》2009年4月10日

东坡公园记游

东坡公园坐落在常州城东古运河畔，公园不大，但秀美且名显，让人流连忘返。

东坡公园秀，秀在绿水环绕。

不是天造亦是地设，千里京杭大运河逶迤南下，在龙城古邑打了个弯，弯弯的河道拥抱这一片玲珑的土地，东西南三面环水，唯北面向陆而开。五月的常州城内不少河道受工业污染，漾荡着“机油”，唯大运河水独清，这也许是“流水不腐”的缘故吧。问月亭中，我问中天的太阳：古人何在？沿亭边小路缓步而行，登上一个高台，从乱树的罅隙中可眺望全城，但更好的景观却在脚下。运河水滚滚东流，昼夜不息，不因游人的位尊钱富而踟蹰停步。往来的机轮轰隆不止，赋予大运河以新时代的足音。站在运河岸边，令人欣喜而又令人忧伤的是，河边上已不见往来的白帆，白帆已被收藏进历史，收藏进骚人墨客们昨天的诗文之中。于是我想到了历史，历史从何而来？历史不就是时间之水流淌出来的吗？而时间就像这脚下的水流，年复一年、日复一日地流淌不息。黄河、长江自西向东奔流，流出了夏商周秦汉；千里运河由北向南流淌，流出了唐宋元明清。

我掏出一张字纸，信手抛向河面，静静地看它随风飘入水中，不知这张载有我名姓的纸张，今夜将漂泊何处，明天又将漂向何方。人生无定期，人不正像这张字纸一样，在生活的河道中随风漂泊？芸芸众生，不论地位尊卑，都有一个共同的特征，那就是在打发时光中被淹没进历史，只不过打发的方式不同罢了。人生随时光而缩短，时光又像流水一样消逝向远方。我想，东坡老人也曾站在岸边，采撷浪花，沉吟流水，不知他所采撷的那朵流花，最终凋谢在何处。而今我亦采撷一朵流花，但愿它汇入钱塘江夜半惊潮，汇入大海连天的巨浪。我深深地知道，我面前的流水，已不是宋代的流水，亦不是昨天的流水，我第二眼所捕捉的流水，与我第一眼所捕捉的流水相比，已经面目全非。流水年年，水不可再；人生代代，面目全非。明天，不知又有谁独立河边，深情地采撷河面上的一束束流花，也不知他采撷浪花时的心境与我何异。对于古人，我们是今人；而对于后人，我们又会成为古人。值得沉思的是：我们怎样才能不被历史的浪花淹没呢？

东坡公园美，美在园外有园。

公园分为两个部分，西部为公园主体，东部为绿色三角洲，四不着陆，实足一个湖心小岛。自西门进入园内，左转右折来到苏轼塑像前，上有高大的玉兰树为依托，下有玫瑰、月季、虞美人等名花相簇拥。一般人认为苏老喜欢“大江东去”的豪放，不喜欢春花秋月的娴艳，实际上，他笔下也曾有过，“天涯芳草”般的柔情。西园为盆地形，四面高而中间低，最低凹处的假山脚下有洗砚池，以突出古今第一大才子苏轼在文墨上的非凡贡献。有人赞东坡先生说：诗词歌赋琴棋书画，无所不通，无所不精。此语似有夸张，但也是对一代天才文人全面的评价。树因地形而植，高低相间，各得其所，绿得古朴，绿得高雅，绿出了层次。

正是山重水复，忽然柳暗花明。至“东波渡口”，正当我面前出现一条河时，忽视发现了狭长的广济桥。广济桥原为西仓桥，运河改道迁桥时更此名，桥身东高西低，小步桥上，如登天梯，真有一种渐入仙境的感觉。过桥便上了湖心岛，岛上辟有仰苏阁、东坡书院与东坡画廊等仿古建筑，虽是做假，但假戏真做，也能栩栩如生，把你带入历经天地洪荒的千年古境。我不得不惊叹国人的模仿能力，做戏能做到真假难分的境地，那便是高手了。譬如魔术，表演者本身就该是一位变幻莫测的大师。其实，任何怀古建筑都不过是后人对前人的崇拜物，这种崇拜既是一种精神寄托，又是后人对古人价值连城的评价与赞誉。世界上人口不下数十亿，但并不是每个人都能够受到后人崇拜与敬仰的。应该这样说，能受到后人的崇拜与敬仰当是一种人生的骄傲，而这种人生又与一切碌碌无为、为人不齿的人生确有天壤之别。

我站在一株高大的梧桐树下，出神地东望朝阳桥，桥上车水马龙，往来的行人视我而不见，他们都在市场经济大潮中奔忙。朝阳桥恰恰建在太阳升起的地方，这不禁给人以莫大的希望。每个人都在希望之中生活，人生无时无处不沐浴着希望。当一轮朝阳从朝阳桥上升起的时候，常州城连同她美丽的倒影都会走进一片辉煌之中。同时，朝阳桥也送给往来行人以祝福：远行人啊，愿你们的人生也在脚踏实地中辉煌。

东坡公园名，名在人文拔萃。

东坡公园原名舣舟公园，因苏轼曾多次在此系舟而得名。苏轼似乎对常州这座历史名城情有独钟，他生前曾11次来此，并于元丰七年（1084年）上书《乞常州居住表》，欲在宜兴县买田造宅，于厌倦漂泊中寻一处安身之所。苏轼自海南流放回常州时，也曾在顾塘桥北岸借得孙氏住宅数间暂居，后此宅被称为藤花旧馆，相传馆内原有东坡手植香海棠与朱藤各一株，清康熙年间，香海棠枯萎，朱藤也于700年后绝迹。宋徽宗靖国元年（1101年）七月，苏轼因病逝于此旧居内，常州成了他的百年归宿。苏轼去世至今已隔千年，旧居数易其主，但藤花旧馆尚存。

若说东坡公园的人文，清乾隆皇帝也曾为这里的风景添光增色。这位以游幸江南的故事脍炙人口的风流皇帝，六次下江南，四次莅常州，在此设行宫“召试”地方文人，也曾即兴为舣舟亭题下“玉局风流”的匾额，并挥毫作诗6首，记述自己南巡居此时的盛况以及对大文豪苏轼的颂扬。今公园内御碑亭中还留存乾隆帝当年的诗作。

我在游览问月亭之后，便沿着古运河登上了舣舟亭。亭身面南背北，古色古香，前临运河水流，后可眺天宁古寺。亭畔杂树森森，上有鸟鸣乱耳。亭门外有联：“舣舟亭畔喜迎东坡居士；洗砚池边笑驻西蜀故人。”我一次次徘徊于亭前，目送天上白云飘移，叹惜脚下河水东流。手抚亭柱，我寻找当年苏轼的系舟旧地，寻找古人匆匆的足迹。此刻，我深为此生的碌碌无为而暗暗痛悔，我为前贤的有所作为而肃然起敬。即使梅花能重开二度，人生却只能拥有一回。我猛地想起该留个影作纪念了，便连忙从脖子上取下相机。开好机，选好点，这才发现只有孑身一人。我好不着急，怨自己没带个伴来。我目光不由自主地顺着亭边的幽径搜寻，想看到一个陌生的游人，请他来帮个忙。时已正午，人迹罕稀。我索性在亭边石凳上坐下来，心情焦急地等待，不等到来人，誓不罢休。就这般等啊等，忽然等出了一着小诗《舣舟亭口占》：

江南五月鸟连声，
新竹古松伴客吟。
手把相机无摄处，
亭前独坐待来人。

果然，时间不负有心人。这时有一位中年男同胞向这边走来。我喜出望外，忙迎上前去。那位好心的师傅为我摄下了舣舟亭边这珍贵的一瞬。我诚挚地握手道谢。

我怀着恋恋不舍的心情，向舣舟亭道别，也向流连忘返的东坡公园道别。

2000年5月31日于常州

三棵树乡访古树

第一次知道三棵树这个地名，是在童年时，因为我的三表姐夫栾增林老家就在这里。一次次乘车穿境而过，我曾问过朋友：三棵树乡有哪三棵树？朋友无言以对，其实我自己也难以答对。恰好，今年市政协牵头开展“荐乡贤、忆乡愁”活动，我作为其中的一员，有幸在调研中拜谒了三棵树乡的名木古树。

这是我第一次见到柘树。也许是我的见识少，唐人王驾在诗中说：“桑柘影斜春社散，家家扶得醉人归。”家乡桑树我见得太多，而对柘树我真的算是零相识。这又是我见过的第二棵大树，第一棵是广东新会的“小鸟天堂”，一棵大榕树独木成林，可以栖歇上千只鸟儿。今天我所面对的这棵古柘树，由几代再生树组成了一个小树林，可以说是子孙满堂。古柘树在大华社区的一条路边，我来时是天气炎热的下午，同行者有市经开区的朱宏亚与耿欢姑娘，还有本乡农家文化大院的主人周崇礼先生。

我之所以说此行是拜谒，这是因为我们来时都带着满腹的虔诚。这是一棵神奇之树，伴随这棵树绵延千年的还有一则罗成“插鞭成树”的民间故事。相传瓦岗义军名将罗成进入长白山区，折断三根柘树条拧成马鞭，一路扬鞭策马入关而来，经华北，跨黄河，再踏上淮北平原。到了宿迁龚家庄时，他拴好马，随手将马鞭插在地上。后来罗成领着兵马离去，而马鞭一直插在那儿，日久年深便长成了今天的大树。这个故事很有趣，而翻遍了《响马传》全书，也找不到有关罗成到长白山的事例。树是千年古树，故事也却山长水远。我不禁要问：难道罗成只有在长白山，才能折得到柘树枝做马鞭？

我曾看到三棵树街上有一家楼上挂个大牌子，上书“三槐堂”三字。

三槐堂是王姓的堂号，于是我便以为三棵树指的是槐树。还有另一种传说，此乡以三棵树为名，那是因为古时有三姓人家以扦插柘树条作为三家的地界。如今这棵古柘树已被宿迁市政府定为一级古树名木。又有传说此树有逢凶化吉、遇难成祥的功能，被当地人称为“神树”“老寿星”，并且长年受到周边居民供奉祈福。

我是怀着一颗敬畏之心站立在古柘树面前的，千年古树历尽沧桑风雨，相比之下，我们只能算是稚嫩的孩子。据周先生介绍，原古柘树高约 9 米，覆盖面积达 300 平方米。许多年前，不知是什么原因，古柘树遭遇了一场火灾，树皮被烧成了今天这深褐颜色，但依然能生发出一年年的老干新枝。树下摆一方供桌，桌面上放着白酒、酒杯与香炉，炉中还刚刚插着几炷香火，但见缕缕轻烟向枝叶间缭绕。古柘树关切地望着我，我也深情地望着它，似萍水相逢，又像似曾相识。我们在树下合了影，脸上露出的是不无严肃的笑容。我想伸手去抚摸那苍老的树干，说句内心话，我又真的怕触动古柘树的灵性。

这次游览的程序不是由近及远，而是论资排辈，先看远在乡村的古柘树，再看乡政府附近的白蜡树。白蜡树就在三棵树小学校园里。当我们走近校门之时，正赶上下午放学，一队队戴着红领巾的小朋友，一面背诵着古诗，一面在老师的引导下有秩序地走出校门。一边是进，一边是出，他们还自觉地给我们让路。

在没看到白蜡树之前，我就看到过一张移植此树的照片。那是一个春寒料峭的季节，楼边是先挖好的树坑，坑边斜立着已发新芽的白蜡树，几个壮汉手牵着绳子，小心翼翼地把树根往坑中拉。这大概是将白蜡树从小学旧校园往新校园移植的场景。从植树者面部那认真的表情，我已看到了这棵树的珍贵。

三棵树的古树都有故事。早在明朝万历年间，有一个姓沙的大户人家从徐州市睢宁县乔迁至三棵树乡落户。主人在选择好一块风水宝地后，就将从家乡带来的白蜡树栽在自家的地里。此后，这里的地名便被称为沙庄。

周崇礼先生是当地人，从他的口中，我们才了解到白蜡树不同寻常的经历。这棵白蜡树已有 420 多年树龄，当地老百姓过去都称之为“神树”，附近村民都对它敬重万分。因为年代久远，这棵古树的主干出现了空洞。

曾有人看见过，树洞里长期有条蛇盘踞，并看到过那条蛇曾经顺着树干爬上树梢，到鸟窝里偷吃鸟蛋。当地有“龙抬头撂刷把”的习俗，1922年农历二月初二这一天，村民们将火把放进树根部的空洞里，目的是为了烧死那条蛇。结果不仅那条蛇被烧死了，整棵白蜡树也被烧成了枯桩。原本茂盛的白蜡树遭遇一场大火，并没有被夺走生命。在之后多年的岁月里，它的枯桩上面渐渐长出了枝条和树叶，老树就这样年复一年坚强地存活着。1974年，一场巨大的龙卷风又把整棵树刮倒了，被刮倒的白蜡树竟失去了踪影。

1992年，全市进行古树名木普查，为了那棵村民口口相传的白蜡树，宿迁古树名木专家张用宪先生花3年多时间，终于找到了这棵历经沧桑的古白蜡树，又把它移栽至三棵树中心小学老校区园内，并被列为古树名木加以保护。失踪多年的白蜡树重新回到人们的视线里。果然枯木逢春，经过精心管养和护理，白蜡树枝条密集，绿叶婆娑，仿佛又焕发出青春的活力。

奇迹发生了。几年后，这棵古老的白蜡树根部，长出另一棵树种——“小孩拳”（乌柏树）。这种树枝叶酷似大叶黄杨，长出来的果实由青变红，形象极像小孩的拳头，因此俗称“小孩拳”。我曾在山东曲阜孔府见到过“五柏抱淮”的奇景，如今又在三棵树乡见到了白蜡抱乌柏的奇观。真是天下之大，无奇不有！

归途，我突发奇想：三棵树乡的第三棵奇树在哪里呢？

载于2017年8月18日《宿迁日报》

采石矶头访诗魂

长江中下游有著名的“三大矶”，我曾经游览了两矶，即燕子矶与采石矶，唯城陵矶不知何日造访。仅就采石矶而言，我也曾两次观光，并且集同一个主题。不到采不矶，不算到马鞍山，游人大都这么说。

采石矶在安徽马鞍山西郊。那是1991年的冬至日，我与李志明先生到马鞍山出差，下午顺便游览采石矶，同行还有南京航空航天大学学生石岩峰。我们是踩着同一个人的脚印而来的，虽然这个人已在两千年前作古，但我们的目光无时不在捕捉他的身影。他就是人生极富有传奇色彩的大诗人李白。

第一次游览给我记忆最深的是观光竹园。早年游历太少，家乡人亦无种竹的习惯，最早对竹的概念，我还是从书本上读到，或从屏幕上看到的。在赏竹的经历中，最壮观的要数采石矶、井冈山、扬州竹园和溧阳南山的竹海了，而我看采石矶的竹又远远早于其他几处。在现代大商场中，那琳琅满目的商品定会让你眼花缭乱，那天，我却因采石矶的竹而大饱眼福。

井冈山的竹耸立成海拔逾千米的竹山，溧阳南山的竹汇集成面积逾3万亩的竹海，而采石矶的竹却组合成色彩斑斓的竹园。我国素有“世界园林之母”之称，竹松梅历来被国人奉为“岁寒三友”。宋代大文学家苏轼甚至以诗赞之，曰：“宁可食无肉，不可居无竹。无肉使人瘦，无竹使人俗。”

采石矶竹园里林立着一杆杆竹类的活标本。从形状上看，有车筒竹、牛耳竹、龙拐竹、巨龙竹、凤尾竹等；从色彩上看，有紫竹、花竹、黄竹、斑竹、刺黑竹与粉绿竹等。如果说扬州个园的竹是郑板桥人生的写照，那么采石矶的竹便是李白个性的象征。整个竹园中最引人注目的是斑竹，就像红衣少女亭亭玉立于万绿丛中或集会的人群里，映入游人眼帘的，必定是她那夺目可爱的青春红。我曾在现代一位伟人的诗中读到过斑竹：“斑竹一枝千滴泪，红霞万朵百重衣。”你看那株株竹竿上的点点斑纹，多像蓝空中的万朵红霞，多像世间情人们的相思泪滴。斑竹又名湘妃竹，传说因舜的两个妃子娥皇与女英的思夫泪凝聚而得名。怪不得李白也在他的诗中叹息说：“恸哭兮远望，见苍梧之深山。苍梧山崩湘水绝，竹上之泪乃可灭。”那天，当我手抚点点竹斑思绪万千之时，我第一个想到的不是湘妃，而是李白凄凉的晚景。似乎可以断言，当李白健在之时，采石矶的竹园不复存在，我们身边这万杆翠竹，都是大诗人个性与人格的祭奠物。

来到采石矶江边，一个最醒目的标志就是李白人头鹏身的塑像，这无疑是一个仙化了的建筑物，不知其他游人到此的心态如何，我当时确实是仰而望之。我所面对的是一个穿越时空而又超凡脱俗的旷世大诗人，因为他的名字，我才会随之而想到国境线以外的但丁、歌德、雪莱、拜伦……

从李白的这尊雕像上，我首先看到的是他的一脸无奈。研究李白的专家们，大都把李白的一生概括为两次从政，三次漫游，实际上，李白的两次从政相加起来也仅仅有二年时间，他没做过官，更没有权力，只能算是一个寄于官场篱下的大文人，所谓御封的翰林供奉只不过是一个徒有虚名的官场陈列品。可以说，李白是官场的失败者，他有棱有角的人生却被有棱有角的官场碰得头破血流。然而，正是他在政治上的伟大失败，才促成了他在文学上的伟大成功。从另一个角度上说，官场的不幸，却是李白文场有幸的伯乐与月下老人。“荣华东流水，万事皆波澜”，李白已看透了他身边的那个世界。是官场的尔虞我诈，是官场的口是心非，是官场的溜须拍马，在他的天然之性上淬了一炉旺火。既有功利之心，又不想当奴才，这大概是李白仕途失败最重要的原因。

从雕像的一双翅膀上，我又看到了大诗人渴望飞翔的梦。“大鹏飞兮振八裔，中天摧兮力不济。”我不知道这是诗人人生高亢的战歌，还是他人生绝望的呻吟。李白是一个终生在政治上渴望飞翔而又始终没飞得起来的人，他是一只在官场上失意垂翅而在诗坛上一飞冲天的鲲鹏。从古至今，文人最大的悲哀，莫过于被上司当成工具或宠物。李白当过御用工具，也当过御用“宠物”，那是一段李白极不心甘情愿的屈辱史，本想以曲求伸，而最后却弄了个“赐金放还”的结局。他能勇敢地走出那个是非不分的地方，这也算是他洗雪耻辱的一种最佳方式。

我们不妨把目光往前追溯几百年，他与“竹林七贤”之一的阮籍以及东晋大诗人陶潜前车后辙，李白的人生轨迹只能是随车而辗的一道辙痕。所不同的是：阮籍隐居于官场，成功在于难得糊涂；陶潜隐居于村野，成功在于难得清醒。李白大概要算间于二者之间了，他既不“糊涂”，也不“清醒”，他既是儒家“入世”思想的进门弟子，又是道家“出世”思想的忠实门徒。他是一个既耐不得寂寞，而又一生归于淡泊的人。

李白一生与祖国的山山水水结下了不解之缘，也许是一种人生的巧合，他最终死于水而葬于山，大山是他人格的相似物，也是他人生的归宿之所。

距李白雕像不远处，有一方棱角分明的石头，名“捉月石”，相传，此处便是李白当年酒醉捉月的地方。我在捉月石边徘徊注目，我在推测大诗人酒醉捉月时一连串与众不同的动作。可以这样说，捉月石下面的江水中，沉溺的是一个中国历史上“最有个性同时也最有魅力的男人”。纵观李白的一生，除了诗之外，他还有两个最钟爱的情人，一个是月亮，一个是酒。他一生钟情于月而死于“捉月”，他一生与酒相恋，却在酒精的麻醉中了却一生。

“一生好上名山游”的李白，晚年如一叶随风漂泊的浮萍，辗转于金陵与皖南一带。关于李白的死因，我从资料上看到了三种说法：一是“病死于当涂”说，二是“吃牛肉饮酒中毒”说，三是“采石矶酒醉捉月”说。后一种说法比较广泛，除了黄玉峰先生《说李白》一书持此观点外，民间也大都流传此说，不信，那江边的捉月石，那翠螺山上的李白衣冠冢正满口陈词地作证。

我信心十足地游览采石矶，其中一个重要目的是凭吊李白墓，谁知到近前谒陵才知，我们面对的却是一丘无尸之骨的衣冠冢，而正宗的李白墓却在距此百里外的青山。那天，我与岩峰同行登山，李老则因年高在山下守候。翠螺山耸峙在江边，山高约600余米，虽然是在冬季，我们却登得一路热汗涔涔。站立于衣冠冢前，我与凭吊李白墓同样虔诚，我当时想到的不是李白的诗，而是他坷坎而传奇的人生，还有他那“天子呼来不上船”的天然性情。金銮殿上，他作为一介文人，一个朝廷里的“临时工”，竟然敢在太岁头上动土，让权倾朝野的杨国忠为之磨墨，让独挡宫廷的高力士为之脱靴，这需要多么大的人格勇气！

我面前所安葬的仅仅是一代大诗人的衣冠，而李白的名字早已飞出国界线，飞出大气层，相伴天上的日月星辰运行。我此生一直对之五体投地的大诗人，他的一生活得很潇洒，但也活得很无奈。他人生的最大错误是不该误入那黑洞洞的功利的笼子之中。那世俗所言的奸诈刁钻加上拍马逢迎，他到底精通哪一门？那隔岸观火式的官场生活，对于他无疑是严重的折磨。那一只精致的“鸟笼子”，不仅囚禁了他的傲骨，也阻隔住了他诗的光华。最大的禁锢是精神的禁锢，最大的自由是人格的自由。如今，那些达官显贵们早已“尔曹身与名俱灭”，而你依然头枕青山，继续你的千古一醉，连衣冠冢都受到后世络绎不绝的凭吊与敬仰。

我们在李白衣冠冢前流连，时间长了一些，乃至下山后已到下班时间，工作人员已关闭进出太白楼的大门，西天那一轮又红又圆的落日，让我们严肃地领略到了一次人生的遗憾。这个遗憾直到2006年省作协中年读书班的采风活动中，才得到弥补。那天，当我与诗人刘家魁、作家周伟站在金顶翘檐的太白楼下合影之时，摄影师那轻松地一按快门，使我近15年的心愿顿然成真。

不到采石矶，不知何为山长水阔，采石矶是一幅山水交融的写意画。乘轮船游览采石矶，这是省作协读书班满足我们的又一大心愿。初秋的江水清流拍岸，两岸有青山送迎，江天一色，正此时之谓。还有那远山的佛塔，那码头的亭阁，那水底的流云。据说，李白酒醉捉月是在一个冰封寒凝的月夜，而我们此游却是在艳阳当头的晴空。近人有“文采石”与“武采石”之分，我们的心境则全然不同。也许是以文相亲吧，那虞允文横舟抗金的故事，那常遇春巧出奇兵的传说，仿佛已被我们列于其次，我们正全神贯注地在茫茫的江面上，寻找那寂寞千古的诗魂。

“李杜文章在，光焰万丈长。”这是大文豪韩愈对李白与杜甫推心置腹的赞誉。“笔落惊风雨，诗成泣鬼神。”这又是大诗人杜甫对李白心诚悦服的评价。

载于《楚苑》2008年5期

趵突泉边的词魂

是一粒龙山文化的种子播种在章丘的土地上，那便是一代词魂李清照满腹才华的根基。

山东人把美丽的趵突泉和美丽的李清照故居相牵在一起，这仿佛又是一个美丽的错误，因为李清照的故居在章丘，距历史上的济南市区还有一段距离。据史家考证，李清照只是儿时在泉城中的某个泉边生活过、玩耍过，至于究竟是哪一个泉边，后人已经说不清楚了。

济南是个风水宝地，城中有大小72泉，每一个泉中都荡漾着千年的智慧和灵性。唯宋一代，济南便出现了两位大词人，史称“二安”：一是李清照，字易安；二是辛弃疾，字幼安。从辈分上说，二人还有师承关系，这是因为，前者虽然被称为“婉约宗主”，后者虽然被称为“豪放派主帅”，但是，李的词风曾经对辛产生过较大的影响。

我曾两赴济南两游趵突泉，同时也两次瞻仰李清照纪念堂，我也曾被郭沫若先生在济南留下的两副楹联而颔首折服。大明湖畔有辛弃疾祠堂，郭老联曰：“铜板铁琶，继东坡高唱大江东去；美芹悲黍，冀故国莫随鸿雁南飞。”此联构思精巧，对仗工整，并充满大气。我曾斗胆想过，如果把下联中的“悲黍”二字改为“飞虎”，也许能更加贴近一些，因为辛弃疾文武双全，堪称儒将，他曾经向皇帝上过《美芹十论》，同时也在戎马生涯中创建过飞虎军，这样，下联无须用典，写实则更能反映出祠堂主人的文韬武略。郭老为李清照纪念堂写的楹联是：“大明湖畔，趵突泉边，故居在垂杨深处；漱玉集中，金石录里，文采有后主遗风。”此联从空间上着笔，又于时间上收笔，立意甚妙。在古今词坛上，后主李煜与李清照的词作，不仅词风相近，而且都堪称一流。由此，我想起了一件事。前年是清代大词人纳兰性德诞辰355周年，有关单位发来了征文启事，在全国征集研究纳兰词作的征文。我起初准备欣然投稿，于是遍翻纳兰词集细细拜读，最后还是放弃了投稿的念头，原因是，这位被王国维誉为“北宋以来一人而已”的词坛高手，18岁中举，22岁赐进士，一生写下了数百首词作，且为“千古伤心”一词人，其词风与李后主、李清照尤为相近。我翻遍了他的全集，虽然情如泉涌，但集中能令人震撼的绝妙好句似没有二李多。李清照一生仅存50首词作，却几乎篇篇都有佳句。一个女词人，她能用自己巧夺天工的词句去震撼一代代男子汉（当然也包括女性）的心灵，这确是一件了不起的事情。

趵突泉每天都在奔涌着，似以此表示对往来游客的欢迎，也似清照女士的才思滚滚。济南泉水之清，清如她纯真的梦想。李清照的早年生活充满了浪漫的色彩，从天真无邪的少女到小鸟依人的少妇，那情景可谓美不胜收。请看：“争渡，争渡，惊起一滩鸥鹭”。她一次兴尽晚回，划船归来，与“藕花深处”的芙蓉做伴，听绿洲滩头的宿鸟惊飞，生活赋予她的是自由与幸福。站在趵突泉边，水面上涌现的层层浪花与道道涟漪，却给了我另一种思绪，——不是平静，而是坎坷。我联想到了一代才女词人那辗转漂泊、凄凉无依的中晚年。从古至今，生活大都让具有大才大智之人难以享受到长久的安乐与平静。

李清照走了70多年的人生路，而留下的作品却为数不多，我们能够读到的词作仅有50来首，诗16首，文7篇，这个数字对于一个才华横溢的大家来说，实属太少。用今人的心理去推测一下，这个损失极有可能是那个离乱的时代造成的。应当这样说，她流传下来的是精品，散失掉的也不乏精品，也许，她还有更完美的作品我们没有读到，那只能是历史的遗憾了。对于文学而言，这又是多么大的惋惜呀！

纵观古今，历史老人也有无奈的时候。一场“靖康之乱”，打破了赵氏王朝繁华的帝王梦，也摧毁了李清照夫妇的事业之舟。一个爱好文学，一个爱好金石学，才女配才子，简直是天作之合。当父辈官场失意之时，他们避居于青州，专心致志于各自的事业。不料，金兵南下，家已不家，国已不国，他们只好用车辆载着沉重的文物，随帝室南迁。那一路好辛苦，岂止是风尘仆仆？连痛定思痛的时间都难以挤得出。那时节，岳飞韩世忠们保卫的是大宋江山，李清照与赵明诚夫妇保卫的是金石文物。为了皇帝的宝座，宋高宗连大好河山都舍得丢弃，而他们夫妇俩连一件文物都舍不得丢掉。人心啊，有时是那么的龌龊，有时又是那么的执着。

在南宋历史上，南渡是耻辱的代名词，近千年来，一直压得人心头沉甸甸的。李清照没有梁红玉击鼓战金山的慷慨和潇洒，她漫长的南渡生涯写满了辗转漂泊与悲欢离合。那又是怎样的一种生存状况呀！居无定所最是难堪事，而中年丧夫更是雪上加霜。尤为艰难的是，载着十五六车文物书画，辗转在建康（南京）、池阳（今安徽池州）与浙江杭州、金华、绍兴等地，其险其难可想而知。那是一次饱经忧患的人生长征。

一路山水，一路风尘，一路芳踪，一路才情。请听："旧时天气旧时衣，只有情怀不似旧家时。"此中充满了对人事沧桑的感慨。"伤心枕上三更雨，点滴霖霪，点滴霖霪，愁损北人不惯起来听。"借凄凉夜雨，表达出流亡者彻夜不眠的悲苦之情。"故乡何处是？忘了除非醉。沉水卧时烧，香消酒未消。"借酒浇愁，字里行间溢满了亡国之痛与故乡之思。"吹箫人去玉楼空，肠断与谁同倚？一枝折得，人间天上，没个人堪寄。"哀而不伤，欲哭无泪，不愧是婉约词派的领军人物。"寻寻觅觅，冷冷清清，凄凄惨惨戚戚。"只身漂泊，历尽艰辛，生活的折磨，民族的灾难，所有的凄凉、孤独与苦痛全都放在那14个重叠的汉字上了。

才气、豪气与骨气是李清照人生的三大亮点。遍读她流传下来的数十首词作，仅写酒的句子就有20多个。她在身为少妇时曾因饮酒而"误入藕花深处"，进入中老年以后，每每"年年雪里，常插梅花醉"。李白一生离不开诗与酒，而李清照一生离不开词与酒，一男一女，中国文坛二李，同具阳刚之气。况且，一介弱女子能有如此性格，确实在历史上罕见。读其词如见其人，是词与酒赋予了李清照一身豪气。1128年夏天，李清照乘舟经乌江镇，她特地弃舟登岸去凭吊项羽庙，于是写出了惊天动地的诗篇《夏日绝句》："生当为人杰，死亦为鬼雄。至今思项羽，不肯过江东。"气势如临绝顶而俯瞰世界，震撼着一代代男子汉的心灵。

也许是因为如火的骄阳容易点燃人的激情吧，李清照的两首名诗都与夏天有缘。公元1134年夏天，李清照几经奔波居住在浙江金华。金华有个名胜叫八咏楼，原名玄畅楼，因沈约曾题诗而更此名。大约在640年前，南朝大文人沈约以吏部郎拜宁朔将军，调来金华兼任东阳郡太守，任间他不仅修建了玄畅楼，而且还一口气吟咏了八首诗。到了唐代，当地州民为纪念一代文豪，干脆把玄畅楼改名为八咏楼。烈日炎炎下，后来者李清照登楼抒怀，写下了大气磅礴的七绝《题八咏楼》：“千古风流八咏楼，江山留与后人愁。水通南国三千里，气压江城十四州。”这首诗气势豪迈，意境辽阔，大有咄咄逼人之势。问古今中外女子，非清照谁能为之？

李清照身上还有一种更宝贵的东西——骨气，这就不像她的诗词那样广为人知了。让人难以置信的是，李清照还与当时臭名昭著的大汉奸秦桧有亲戚关系。原来，秦桧的老婆王氏与清照是亲表姐妹，进一步说，王氏便是李清照舅父的女儿。秦桧当道时，清照也居住在临安（杭州），但她从未与这个心毒手辣的表妹来往过，因为他们夫妇设阴谋陷害忠臣岳飞，令举国痛恨，万民发指。当李清照遭遇与卑劣小人张汝舟离婚案时，她宁愿找父亲的一位老朋友帮忙，也没有拜倒在权势显赫的秦桧夫妇门下。如此傲骨，与她的诗词同样可与日月争辉。

南渡是李清照走上的一条不归之路，她晚景凄凉，不堪回顾，最终一代词魂竟老死于临安西子湖畔，她美好的形象定格在故乡的趵突泉边。也许，南宋君臣们早已把李清照的名字忘记了，但是，历史老人却把她的芳名推到了艺术的峰顶上，她凭着天赋般的清词妙句，高高地飞翔在文学的星空。

2004年11月于济南

又是人间四月天

我来之时，正是北京丁香花飘香的四月，一株“母亲树”在我的面前临风而立。

中国近现代文化名人大都保存着完好的故居与墓地，其中有三人的故居与墓地我都拜谒与凭吊过了，一是鲁迅，二是朱自清，三是梁启超。去年8月11日，我冒着酷暑游览了广东新会茶坑村的梁启超故居；今年4月22日，我又有幸凭吊了北京卧佛寺东侧的梁启超墓地。梁启超先生一生与山结缘，他的故居背倚凤山、气象不凡，而他的墓地则北枕寿安山，亦是一块风景胜地。我所面对的是一座三人合葬墓，梁启超先生偕第一夫人李惠仙及第二夫人王桂荃便安葬在这座棺椁形的混凝土坟墓之中。墓前植两株一米多高扁球状的冬青，墓东侧植一株白皮松，又名母亲树，是梁先生的子女们为母亲王桂荃所植，以纪念其含辛茹苦的养育之恩。从梁墓向南下九级石阶，西南近20米处有两个略小一些的墓椁，一为其三子梁思忠墓，一为其次女梁思庄墓。兄妹二人日夜为父母守陵。梁思忠毕业于美国弗吉尼亚陆军学院和西点军校，回国后在抗日名将蔡廷锴的19路军中任炮兵上校，1932年8月在上海大场战役中与日寇激战时为国捐躯。

春风摇曳着母亲树的树叶，切切如母亲的叮咛之声。恰是清明过后十数日，不知是谁在墓前敬放了一个花圈，略显褪色的纸花开放在已经陈旧的墓椁前。我想，这棺墓地大概是梁先生生前选定的吧，西有卧佛护佑，南与曹雪芹故居为邻。1924年中秋节，他的第一夫人李惠仙去世时，梁家便在这里首先选择了墓地。两个夫人养育着九个子女，不言愁苦，和睦相待，并且都能得到子女们的尊敬和怀念。用古代封建士大夫的做人标准来衡量梁启超先生，他是绝对够格的，无论是从立功、立德还是从立言上，他都是当之无愧的领衔者。后人为梁先生所戴的桂冠也太多了，什么天才神童、旷世奇才、启蒙大师、学界泰斗、反帝反封建号手等等，每一个光荣的桂冠都是他人生的骄傲与殊荣。美国著名记者埃德加·斯诺在《西行漫记》中称梁启超为辛亥革命的“精神之父”，日本前首相伊藤博文则评价梁启超是根本改造近代中国的大丈夫，是近代中国“珍贵的灵魂”。

暂且放下前人诸多的溢美之词，我想试写几句对这位大文人的感觉。这位曾被年轻的毛泽东认真崇拜过的近代伟人，身上确实有许多不同凡响之处。对于民族，他是激情如火忠贞不贰的热血赤子；对于文化事业，他是古今罕见著作等身的勤奋学者；从人格上说，他是坦诚以待率直有加的狷介之士；从教子上说，他又是情感丰富教子有方的慈祥父亲。

1929 年 1 月 19 日，一颗伟大的心脏在北京协和医院的病床上停止了跳动。梁启超先生死于庸医误诊，在不该离去的年龄不幸离开了人世，不然的话，我国的文化史上还可以留下他更多的清词丽句、激情文章。前不久，我在报上看到了一篇文章，作者说梁启超的过早去世是因为被庸医错误地切除了一个肾脏所致。实际上，梁先生做肾切除手术当在 1926 年，他因便血做肾切除手术，而手术后仍便血不止，未找到病因，那也是一次庸医误诊。令人痛心的是，庸医害人的不幸竟降临到这位旷世大才子身上。就在梁先生被误做手术后两年多时间里，他依然孜孜不倦地读书、演讲、做文章。如此勤奋的治学者实在可钦可敬。

古人说：盖棺论定。虽然这句话曾经被历史不止一次地否定过，但我还是用古人创造出的个定理来公正地评价梁启超先生。先生大仁大义，也曾有过大智大勇，用封建时代的“尺子”来衡量他，说他是忠臣孝子、良夫慈父亦不过分。即使是用现代人的观念来看前人，我们仍然应当对先生的人格精神仰而望之。

梁启超先生是个对社会对民族大有益的人。从最根本的人格基调上来说，他始终作为一个大写的人而存在着。他终身为维新、共和而奔走呼号，为祖国的富强而殚精竭虑地奋斗。晚年，他不遗余力地教书育人，著书立说，以致被列为 20 世纪初北大校园四大导师之一。一个人在有限的 30 余年时间里，写下了 1400 万字的作品，这不能不说是一个惊人的奇迹。梁启超先生生在一个国力衰弱、国人精神饥荒的时代，这当是他人生的大不幸，但他把自己所有的血液都融进了祖国的脉搏之中。人怎么能没有祖国呢？一个没有祖国的人是多么的可悲而又可恶呀！每个有良知的中国人都有责任在祖国精神饥荒的年代里，用自己的智慧与热血开出一剂医治国人灵魂失血的良方。梁启超先生是有良知的国人代表，但他寻找、奋斗了一生，却始终没有开出一剂拯救民族的有效良方。这虽然也是他人生的不幸，但他毕生心中都装着祖国，这又是他人生最值得歌颂的大美德。

有一件事很能体现梁启超先生的坦荡性格。1926 年 10 月，著名诗人徐志摩与陆小曼在北海快雪堂举行婚礼。事前徐即遵父母之言，请胡适做介绍人，请梁启超做证婚人。这是何等高雅的婚礼啊！有两位首屈一指的大文人介绍与证婚，档次也够高的了。出人意料的是，正当亲友们举行婚宴时，证婚人梁启超先生手拄拐杖，口中发出的不是恭维的贺词，而是直言不讳的训词。他手指着新郎说：“徐志摩，你这个人性情浮躁，所以在学问方面没有成就；你这个人用情不专，以致离婚再娶。”几句话，弄得场面尴尬，众人吃惊。

正是梁启超率直坦荡的性格，形成了他高尚的人品官品，造就了他非凡的文风学风。他虽然不曾像章太炎先生那样敢于当众痛快淋漓地大骂袁世凯是小人，但他却面对腐败的清廷与丧权辱国的北洋军阀政府，也曾敢于直陈事实，并予以抨击；他的文章虽然不像鲁迅先生匕首投枪式的杂文那般犀利无比，但他却以一支饱蘸情感之笔，一次次针砭时弊，激励国人奋起。

墓中安息着的三位老人生前还有一项突出的贡献，那就是他们为社会培养出了人才。他们生了九个子女，人人成才，乃至成大才。从长女思顺到五子思礼，有建筑学家，有考古学家，有参与设计地对地导弹与发射远程火箭的科学家，还有献身战场的民族英雄。九个子女中竟出了 3 个院士，叫人如何去估量这个家庭的社会价值？在梁启超及第一夫人李惠仙去世以后，养育子女的家庭重担全部落在王桂荃一个人身上。所以，当她病逝的时候，子女们便在她的墓前集体植下了这株“母亲树”。

从梁启超先生子女们的经历上看，我又似乎发现了梁氏家庭的一个秘密。他们姐弟九人都是搞科研与做学问的，也就是说，没有一个人走父亲从政的路。梁启超先生又是一个大政治家，他去世时没留下半句遗言，这使我们无法找到他嘱子弃政的理由。但是，有一点可以肯定，梁先生晚年著述从教，对政治心灰意冷。据说，他的长子思成当年报考美国宾夕法尼亚大学建筑系，就是参考了父亲专业选择的建议。

我所面对的三位已故的老人，他们不仅留下了对祖国的一片爱心，而且也留下了对子女的一片爱心。父爱无言，母爱无声，就像这山林中的傍晚一样安静。

我来凭吊先贤，恰好也是人间四月，梁启超先生的大儿媳妇、中华人民共和国国徽的设计者林徽因女士，当年曾写下一首题为《人间四月天》的新诗，此时，我不妨借来，献给墓中的慈父慈母吧：

你是一树一树的花开，是燕
在梁间呢喃，——你是爱，你是暖，
是希望，你是人间的四月天！

2004年4月于北京

载于《宿迁日报》2006年5月12日

鲁迅公园思鲁迅

站在鲁迅公园大门前，我想起的第一个人只能是鲁迅先生。

我每一次到上海，都要到鲁迅公园去，这仿佛成了一种任务与义务。究实而言，我对鲁迅先生的尊重是发自心底的尊重。换句话说，先生把伟大的人格长在骨头里，我把对先生的尊重也放进了骨头里。我第一次瞻仰先生墓园时，这公园还叫虹口公园。绝不是因为先生成为世界级大名人了，我们才想起他，而是因为在先生身上有许多珍贵闪光的东西值得我们去永远铭记他的名字。先生一生活得很累，然而，他又正是在“累”字中塑造了自己高尚的灵魂与不朽的人生。

近读《让思想远行》一书，书中选录了“百姓大学堂”演讲稿12篇，其中有鲁迅先生长孙周令飞的一篇演讲稿《我的爷爷鲁迅》。周令飞主要从家庭的角度讲了三个方面的内容：鲁迅的形象、性格和精神。他在讲鲁迅的性格时引用了其叔祖周作人的一句话：鲁迅对人有两种神气，即是分出敌与友来，表示得很明显，他对“正人君子”很是威猛，但遇到友人，特别是青年朋友的时候，他是特别的和善。这用一个词语归纳，就是“爱憎分明”。如果用先生自己的诗句来评价他的性格，那就是“横眉冷对千夫指，俯首甘为孺子牛”。

想起鲁迅，我们会自然想起他那伟大的人格精神。早在70年前，一代伟人毛泽东就在《新民主主义论》一文中，对鲁迅先生下过这样的定义：“鲁迅是中国文化革命的主将。他不但是伟大的文学家，而且是伟大的思想家和伟大的革命家。鲁迅的骨头是最硬的，他没有丝毫的奴颜和媚骨，这是殖民地半殖民地人民最可宝贵的性格。鲁迅是在文化战线上，代表全民族的大多数，向着敌人冲锋陷阵的最正确、最勇敢、最坚决、最忠实、最热忱的空前的民族英雄。鲁迅的方向，就是中华民族新文化的方向。”这段话在国人的意识中已经形成了共识。从身材高度上说，鲁迅先生身高不过1.60米，而从人格上说，他当是中国现代史上不可多见的巨人。再从人生的价值上看，鲁迅先生人生的第一贡献便是给后人留下了最宝贵的遗产——人格精神，此足以令地球上所有的人仰而望之。周令飞在演讲稿中把鲁迅精神的灵魂归纳成两个字：立人。鲁迅先生曾说过：立国首先就要立人。他还告诉我们：人要活得明白，活得聪明，活得有个性，有尊严，有自己独立的价值。

国人对鲁迅先生的个性也有共识。无论是从思想文化上，还是从个人的主观性格上，先生都显得是那样的与众不同。曾被先生视为“文坛知己”的瞿秋白，当年就打过一个生动的比方。他把鲁迅比喻为希腊神话中狼的乳汁喂养大的英雄——莱谟斯，这个比喻确令人吃惊而又称奇。更令人吃惊称奇的是，先生也对此微笑首肯。鲁迅先生的后半生基本上是在笔伐墨战中度过的，他把人格原则贯穿于人生的始终，没有妥协，没有姑息，甚至没有宽容，这用他自己的话说，就是“一个都不宽恕”。陈濑渝先生在《狼的呻吟》一文中不无感慨地评价鲁迅说：“他涤除了几千年封建专制给中国传统知识分子铸就的奴才式的家畜性，而具备了反叛一切邪恶势力的野兽性，最终成了没有丝毫奴颜媚骨，从头到脚都是纯钢打成的民族英雄。”众口成碑，鲁迅先生曾与诺贝尔文学奖失之交臂，但在他逝世后的数十年岁月里，对他的人生评价已经远远超过了世界上最高的文学奖项。

每个民族、任何时代都需要精神领袖，唯有精神领袖能召唤一代或几代人奋发向前。鲁迅先生的文友郁达夫在痛悼先生时说：“没有伟大人物出现的民族，是世界上最可怜的生物群；有了伟大人物而不知道拥护、爱戴、崇仰的国家，是没有希望的奴隶之邦。”古今文人素以人格精神为本，鲁迅先生是其中最杰出的代表。

可以这样说，鲁迅先生是以其独立的人格精神活在当世，也是以其独立的人格精神活在人们的记忆中的。卑劣者为功利而活着，贤智者为情义而活着。

2010年6月于上海鲁迅公园

洪泽湖畔将军情

——纪念中国人民抗日战争胜利70周年

一

那是1941年9月23日的夜晚，新月初上柳梢。洪泽湖西岸半城镇一反往日的宁静，欸乃的木桨声渐行渐止，人们争相赶来参加新四军第四师师长彭雪枫将军与林颖的婚礼。洞房设在镇东一所旧庙内。断垣残壁，稍经修整，神龛拂去，摆设便宴。室内，一桌一椅一床，床上放一条军被与一件军大衣。

庙外的打谷场上人山人海。四师拂晓剧团的演员们正合唱一首雄壮的《新四军军歌》。歌声中，34岁的抗日骁将彭雪枫身穿银灰色军装神采奕奕地偕夫人林颖微笑着进场。林颖身不着红，左手执一束葛藤花，右手挽住将军，共同向演员与观众们行三鞠躬礼。歌声刚落，掌声骤起。这便是一代名将的婚礼：无花烛，禁奢侈；改旧俗，立新风。演出结束，将士们送他们夫妻进入洞房。

闹喜人散，湖边的夜静悄悄。林颖吹灭了桌上的油灯，娴静地坐在床沿上。此时，彭雪枫站立在窗前，深沉地仰望着夜空。窗外，秋风习习，星光闪烁。远方，似隐隐传来沉闷的枪炮声。

二

彭雪枫将军与林颖婚后的第三天，因革命工作的需要，林颖即将返回湖东淮宝县，那里的抗战事业如火如荼，许多要事非她莫属。为了抗日大业，为了明天千千万万有情人幸福的蜜月，他们无私地舍弃了自己的蜜月。

秋天的洪泽湖清新怡目。旭日东升，水天一色，芦花怒放，菱藕飘香。湖面上，对对鱼鸥结伴而飞。湖边，轻舟待发。将军紧紧地握住林颖的双手，真挚地道一声：珍重！林颖深情地望着将军饱经风霜的脸颊，也轻轻地道一声：再见！将军浓眉轻展："再过几天就是中秋节了，还记得苏东坡的词句吗？"林颖双眸盈泪，默默地点点头。将军把右手搭在林颖的肩上，一串河南男子的乡音在异乡的湖边荡漾："人有悲欢离合，月有阴晴圆缺，此事古难全。但愿人长久，千里共婵娟。"林颖，这位来自湖北襄樊的妙龄才女，也动情地背诵起这千古名句："但愿人长久，千里共婵娟。"将军从身边取出一本书——《裴多菲诗选》，递到林颖的手中："这本书你带上吧，好伴你朝朝暮暮。"

船工起锚扬帆。林颖缓步登船，一步一回头。将军扬起手，久立在岸边，目送白帆远去，并默默地屈指数着她的行程。林颖站立船头，直到湖光遮住了将军的身影。她心头一热，含泪打开书，扉页上现出将军刚劲的笔迹："我们忠诚坦白之对于爱，一如我们忠诚坦白之对于党。"

三

夜已经很深了，洪泽湖畔大王庄新四军四师师部，油灯如豆，彭雪枫将军伏案挥毫，给林颖写信。明天，他即将率师西征，遗憾的是林颖不能前来送行。写毕，将军打了个呵欠，从抽屉里拿出林颖的照片，双手捧在眼前。照片上，一位娟秀静美的姑娘正望着他微笑。将军凝视良久，将照片用纸包好，放进贴身衣袋中。窗外，虫声唧唧，时而打乱他美好的回忆。

婚后三年，将军与林颖一在湖东，一在湖西，盈盈水间，相聚甚难。偶尔有见面之机，也是来去匆匆，相赠几多离愁别意。日寇犯境，大敌当前，他们之间表情达意的最佳方法，便是凭借鸿雁传书了。邓子恢政委曾几次建议把林颖调回彭雪枫身边工作，均被将军婉言谢绝，理由是：己不正，何以正人？

将军踱出门外，静静地举目东南方，遥寄绵绵相思。借问繁星：这茫茫大湖的彼岸，伊人的梦是否香甜？你叱咤风云的将军啊，你身经百战的勇士啊，今夜为何也如此缠绵？

四

天有不测风云。1944 年 9 月 11 日，彭雪枫将军在河南夏邑县八里庄战斗中，不幸中敌冷弹壮烈殉国。牺牲时他贴身的衣袋里还装着给林颖的最后一封信。

在彭雪枫的追悼会现场，林颖怀抱襁褓中的儿子彭小枫，面如泪洗，痛不欲生。她千遍万遍地凝视着彭雪枫的遗像，往事历历，涌上心头……新四军第四师师长兼淮北军区司令员彭雪枫将军，英勇地牺牲在抗日疆场上，生前没留下什么遗产，仅留下半壁河山装载的战绩，与珍藏在林颖心底的 80 多封“爱情信”。

宿迁市区的彭雪枫公园里有个九月湖，这个湖的名字蕴含着对彭雪枫将军深深的怀念之情。彭雪枫出生在九月，牺牲在九月，入党在九月，结婚也在九月。秋风有意，湖水含情，在这中国人民抗日战争胜利 60 周年到来之际，那湖面上的轻波微浪似在深情地呼唤着将军的名字，又似在深沉地回忆着那段抗战岁月中的历历往事……

载于《淮阴日报》1995年7月24日

孝乡行，贤乡行

人到浙西，看点重在山水；人到浙东，看点重在人文。此次上虞之行，我既看了人文，又看了山水，而且是在春暖花开的时候。

这些年我虽然到过许多地方，但我深知世界太大，更有自己看不完的风景。在上虞，我的体会是，人只有远行才会知道自己的孤陋寡闻。绍兴是全国著名的人文宝地，上虞隶属之。刚刚下车，朋友就向我介绍，上虞是舜帝孝感动天的故乡，是曹娥投江寻父的故乡，是梁祝双双化蝶的故乡，还是谢安东山再起的故乡。我顿生醍醐灌顶之感，好家伙，原来上虞是这么值得一看！

人到上虞，你会在不经意中被上了一堂敬孝之课，也会让来此的不孝之人无地自容。老师有两个：一个是上继炎黄、下为世代称道的舜帝；一个是仅活了 14 岁，便成为千古楷模的曹娥。走进被誉为“江南第一庙”的曹娥庙，连百岁老人都会肃然起敬。正殿、后殿、暖阁、碑廊，塑像、墓冢、楹联、诗文，无一处不在见证后人的虔诚，当然，后人的虔诚固然是来自曹娥的可敬。

我是个楹联爱好者，首先就被庙中的楹联所吸引，细数一下，仅正殿就有楹联 18 副之多，走进正殿，就仿佛走进了一个楹联的世界。我在万花迷眼般的境界中寻读，却被民国肃宁人刘春霖的一联吸引住了，遂掏出纸笔抄下：“百行（善）孝为先，至性感人余热泪；大江流不尽，夕阳终古咽寒涛。”人类的热泪与自然界的寒涛相对，不仅工整，更在意深，其意为：面对一代孝女，人在流泪，天也在哭泣啊！曹娥墓前的石柱上刻袁绪均先生一联，足能让往来的游客扪心自问，联曰：“对神明莫不表诚，群知求福；事父母能否竭力，先要问心。”

庙中的诗文多出于名家，方孝孺一首《过曹娥江》言简意赅：“娥以孝为本，江以娥得名。至今潮涨落，犹带哭爷声。”看到门前的江涛，让人如临其境，也似乎能听得到当年曹娥寻父的一路哭声。

早年读《三国演义》，曾对杨修释碑这一情节颇感兴趣。让我惊讶的是，在庙中的曹娥碑上，我又读到了东汉名士蔡邕题碑的故事。汉元嘉元年，上虞县令度尚将曹娥事迹上报朝廷，并为之立碑，碑文由邯郸淳书写。东晋时王羲之也曾书过曹娥碑，由新安县吴茂先镌刻，其后上面还有韩愈、宋高宗等人的题款。蔡邕看了邯郸淳的碑文后，随手在碑背面题了“黄娟幼父，外孙斋臼”8个字。曹操路过蔡邕村庄，看过曹娥碑图轴，不解其意。杨修告诉他：黄娟者，色之丝也，色旁加丝拼字为“绝”；幼妇者，少女也，女旁加少拼字为“妙”；外孙者，女之子也，女旁加子拼字为“好”；斋臼乃受五辛之器，受旁加辛拼字为“辞（辤）”。蔡邕留下的隐语是“绝妙好辞”。《三国演义》上说，曹操忌妒心起，由此产生杀杨修之念。没想到，这次游览曹娥庙，又给了我一次温故知新的机会。

在中国古代《二十四孝图》中，我看到排在首位的就是舜帝；在上虞孝德园，我又一一欣赏了有关舜帝的18块石刻。孝德园西倚凤凰山，东望曹娥庙，大门内有孝德楼，气象万千。刚进大门，我们就被清池边的一尊雕塑深深感动了一回。那是一尊铜像，“母羊”静静地站立在地上，目光像母亲一样安详；一只“羊羔”孩子似的跪在母腹下，口含着母乳，两只小眼睛调皮地望着行人。铜雕“母子”在为设计者动情，我们在为铜雕母子动情。

孝德园外，龙山与凤山像一对孪生兄弟，站立在曹娥江的两旁，像儿子守护着母亲，又像大江展开的两只翅膀。水池边分隔着一道道石堤，堤壁上书刻着形状各异的“孝”字，有正着的，有侧着的，正草隶篆具备，像主人特意安排的以孝为主题的书法展。东山下还站立着曹娥的塑像，高约20余米，与孝德园中的雕塑相得益彰。

大舜庙器宇轩昂，坐落在凤凰山的北坡上，山因庙而显，庙因山而隆。正殿大门上书“明德始祖”四字，为中国书法家协会前主席张海所书。此话源于《史记》：“明德皆自虞舜始。”虞舜是德的化身，他从唐尧那里接过“德”这个传家宝，并使之发扬光大。因此，刘光和先生撰联曰：“舜日犹悬天以上；德门独启史之初。”古人说“读书名理”，那只是人生的第一步；而立世明德则是人生的高境界。

庙后有重华亭，用完整巨石而凿的8根立柱作支撑，大有顶天立地之势。亭有联曰：“地近姚丘八柱雄奇开朗抱；山悬舜日，一亭高古仰重瞳。”舜帝乳名“重华”，后世称之亲切感倍增。

如果说，景区分散的18块雕塑是舜帝人生的一部创业史，那么，整体的舜耕群雕就是教化后世官员的启示录。我不得不钦佩韩美林先生的设计艺术，群雕不仅有宏观上的创意，而且有微观上的暗示。舜帝站立于大象背上，前有八只象拉犁，舜左手扶犁，右手高高地托举着日月星辰。同时，前面有2只小象伴耕，后面还有2只小象尾随，头顶上的天空覆盖四野，脚下的土地生长万物。说大气磅礴也罢，说生生不息也罢，一切都由你想象去吧，一切都任你评说去吧。

上虞给我此行的第二感受是“贤”。古人说见贤思齐，我要说贤者为师。走进上虞市档案局乡贤馆，与其说是参观，倒不如说是拜师。江浙多才子，名不虚传，讲解员口中的一连串有关当地人的数字，就令我们敬佩不已。一个仅有78万人口的县级市，古代竟出了7名状元、297名进士，如今又出了14名院士。是舜井水的滋润，还是曹娥江水的浇灌？人才就像庄稼拔节似的层出不穷，上虞大地对社会的贡献也太大了！

早年读过夏丏尊先生的散文名作《白马湖之冬》，就从他笔下呼呼的风声里，我读到了文学的情愫。白马湖在上虞城东约20里处，一般都认为是湖因文而知名，实际上，是湖畔的一所学校把白马湖推向了世界，这所学校就叫春晖中学。无须去介绍这所学校的教学成果如何，仅仅数一下在这所学校任教老师的名字，也足以让你大开眼界或大吃一惊。教语文的有蔡元培、黄炎培、柳亚子、何香凝、叶圣陶、朱自清、朱光潜、刘大白、丰子恺，教艺术的有黄宾虹、潘天寿、张大千等人。夏丏尊先生是文学研究会成员，他的《白马湖之冬》就取材于他在这里从教时的生活。教员中有的是本籍人，有的是外籍人，他们有的是校贤，有的是乡贤，有的后来成了国贤。我们这次不能到白马湖边的春晖名人园去看一看，这不能不说是件憾事。

在下午的参观中，我们还听到了一位乡贤馆之外的上虞乡贤的名字，他就是浙江中鑫艺术博物馆的主人王水鑫，而接待我们的则是他的儿子王桦。这是一所个体博物馆，馆中所有的收藏全属个人所有。王总在陪同中只介绍了馆内的收藏。也许，年轻的王总不违父训，不事张扬，出语谦逊，和颜悦色。不是进其门，你根本就看不出他出生于富翁之家。

我们无法估量这所博物馆的经济价值，而展馆的藏品只能用琳琅满目来形容，我们参观的感觉也只能用眼花缭乱来形容。在七大展厅、四千多件精品收藏中，有红木家具、黄花梨紫檀家具，有文房清玩、象牙玉器，有越窑青瓷、名人字画，不一而足。别人家有的，他有；别人家没有的，他家也有。自费收藏，免费展示，我们看到了世间的珍稀，也看到了主人的豁达。王总把自己的财富晒给社会看，让社会人都去分享其中的品位与含量。在中鑫博物馆，我看到了一个民营企业家的文化理念与社会价值。

展馆主人深知古人四大职业“渔、樵、耕、读”的艰辛，也深知社会财富的来之不易，所以才具有一颗同情之心。馆内有三槐堂，堂中挂一副楹联，曰：“人间幸有公输足广厦；天下才无百姓未风寒。”临行，王总送我们每人厚厚一本《天星阁收藏》，并风趣地说：“博物馆是一本凝固的书籍，我再送你们一座流动的博物馆。”我们相视而笑。

晚餐就安排在院内的职工食堂，举杯敬客时，王总才说，他和宿迁塘湖的唐某是子舅关系。从他的一脸诚恳上，我们相信，他的话不是玩笑，也不是套近乎。一句推心置腹的话语驱逐了主客之间的陌生感，顷刻间，我们的心里都感到暖暖的、满满的。

2017年4月于浙江上虞

捧读你美丽的忧伤

那是一个美丽的春江月夜，唐代一位饱有名气的诗人独自徜徉在长江边的孤舟之上。

万里长江无语东流，三月的桃花水泊岸连天。皓月初升，皎洁的月光把一江春水映照得熠熠生辉。夜静人闲，月明水清，一颗灼热的诗心随着大江的波涛起伏而怦怦地跳动。江岸曲折迂回，流水绕芳洲而过，在诗人想象的空间里，花朵在月光辉映下如雪珠般滚动，一对对在沙洲上露宿的江鸥，洁白的羽毛与月光混为一体，让人依稀难辨。

好一幅春江夜月的画图！它曾因一位诗人的缱绻多情而被永远珍藏在中国古典文学的艺术宝库之中。这个诗人就是与张旭、贺知章、包融同被称为“吴中四士”的扬州才子张若虚。

我的心灵不止一次地被震撼过：“人生代代无穷已，江月年年只相似。不知江月待何人，但见长江送流水。”如此诗句，令人一思默然，再思怅然，三思潸然。此中有诗的艺术魅力，同时也有诗人的心心相印。这是诗人对年华似水的慨叹，也是对诗人怀才不遇的心声。诗人最成功的招数，就是能让读者与其产生心灵的共鸣。想当年，张若虚以“文辞俊秀”而名扬于上京，其抱负是何等之大？而如今官场碰壁，苟延残喘，成为一个空有文章盛名的失意文人。时光是无情的，它能流走人间的悲欢离合；生活亦是无情的，它能让人间的一个个好梦幻化为泡影。江月有常，但人生无常，这又是诗人的言下之意。大千世界，芸芸众生，无论位尊位卑，都只不过是天地间的匆匆过客。作为一个肉体凡胎的人，张若虚不可能知道身后之事，也不可能知道明年此时，有谁又会在这春江边赏月流连，但长江的流水却日日如斯，年年如斯，不舍昼夜。

捧读《春江花月夜》，我似在捧读诗人那一缕缕美丽的忧伤。由此，我又想到友人刘家魁《晚景》中的诗句：“两把椅子 / 总有一把空着 / 你只有闭上眼睛 / 不看。”这是一幅令人伤情的晚景画，人到晚年，老夫老妻，总不可能同年同月同日死，总有一个要早先离去，世间还有什么比这种景观还牵割人心呢？然而这又是人类的自然规律。一个人无论地位多高贵，钱财多富有，都免不了要在时间的隧道中变成古人。

张若虚借江月抒怀，写出了亘古不变的人生之思、人间之思与宇宙之思。他绝不是一个官场上善于投机钻营的高手，而是文学星空中一颗光芒夺目的诗星。

又一幅流光溢彩的图画高挂在东方诗园的画廊上。画面上是一幅临江夜泊的孤舟，舟上站立着一个对月思乡的游子。一轮明月联结着两颗不眠的心，一端系在天涯漂泊的船头，一端系在独倚思妇的明月楼头。一片白云自头顶上悠悠飘过，仿佛一只千里传书的青鸟，殷勤地传递着游子与佳人的两地相思。此情此景，又会使人想起曹植《七哀》诗中的诗句：“明月照高楼，流光正徘徊。上有愁思妇，悲叹有余哀。”夜已经很深了，思妇还久久地站立在梳妆台前，隔窗遥看明月，把无边的思念遥寄给远方的行人。相思之苦如丝缠绵，相思之愁如海潋滟。欲卷起月光下的窗帘，可怎么也卷不走心头的牵挂。那长空中的鸿雁呀，请你捎个信儿给远方的亲人；那水中的游鱼呀，请你带去我衷心的祝福与思念。鱼雁传书，这是华夏民族一代代人美好而无奈的寄托。春将尽，月西斜，在这明月朗照的不眠之夜，那远方的人儿是否能乘月归来？

人非草木，岂能无情？张若虚不仅是个才华横溢的诗人，而且是个有情有义的男子汉；他不仅把满腹的诗艺才俊展示给了读者，而且把真挚的人间情义传承给了后人。就诗文而言，悲壮能震撼人的心灵，忧伤亦能打动人的心灵；悲壮是一种美，一种顶天立地的美；忧伤也是一种美，一种水远山长的美。

又是一个春江明月之夜，一个苏北汉子痴痴地孑立在长江岸边，这个苏北汉子就是我。相隔千余年的路途，我以不能与前贤为友而叹惜，以不能拜前贤为师而抱憾。我深情地掬起一捧江水，似捧起千年的明月；我情不自禁地诵起那凄美的诗句，似恍恍惚惚地走进了千古不朽的诗篇之中。

不少的人都有朝拜官阶的习惯，我却五体投地地朝拜缪斯女神及其呕心沥血的同路人。

因了诗的美丽，张若虚的名字才经久不衰；因了诗人的忧伤，《春江花月夜》才能打动一代代读者的心灵。有人誉之“孤篇盖全唐”，闻一多则赞之曰：“诗中的诗，顶峰上的顶峰。”假如，张若虚一生不写诗，而仅仅凭兖州兵曹这样的小官入世，那么，他的名字早就被掩埋进历史的烟尘中寻找不见了；再假如，张若虚的诗作《春江花月夜》没能保存和流传下来，那又将是一部中国文学史上的大遗憾。在文学史上，著作等身固然是件光彩之事，但评价一个作家决不能以作品多少而论，张若虚一生仅留存下两首诗，但他却成为一代代人仰而望之的诗坛大家。捧读优美的诗文是一种高雅而愉快的欣赏活动，每次捧读《春江花月夜》，都会牵起我心灵的感动。

诗人是人类情感的种子，诗人的一颗诗心播种在哪里，哪里就能生长出绿油油的诗行。张若虚把一颗诗心播种在月光朗照的春江之上，于是，那一个春江花月夜就以诗的形式永驻在一代代人的心灵之中。

我徘徊在长江边，用心去寻找诗人的足迹，那一只月光下的孤舟还静静地停泊在人类的诗海之中，我左寻右觅，我千呼万唤，仅仅寻找到一首五言小诗：

伶仃江上月，寂寞水中天。
花月春江夜，斯人独怆然。

明月还是当年的那一轮明月，江水已不是当年的那一江春水，白云也不是当年的那一片白云。江边的野花开了一回又一回，江畔人的面孔换了一茬又一茬，唯时光如水，永远也流不尽。

载于2008年4月10日《宿迁晚报》

从梧桐巷到乌江亭

一

翻开东西方历史，有两个名字令人振聋发聩，一个是生于2000年前的西楚霸王项羽，一个是出生于200年前的法国大政治家拿破仑。项羽与拿破仑，两个失败了的英雄，两颗轮回在东半球与西半球上空的雄性的太阳：一颗升起于古下相（今江苏省宿迁市）的梧桐巷，一颗升起于法兰西的科西嘉岛；一颗从四面楚歌中冲出垓下重围，不幸降落在乌江岸边，一颗功败垂成于滑铁卢，最终降落在圣赫勒拿岛上。

在一次集会上，有位诗人说：“集莎士比亚所有悲剧的总和，也赶不上中国的一部《霸王别姬》。”我曾为这句话热烈鼓掌过。俗云：胜者为王，败者为寇。传统戏剧《霸王别姬》的主人公项羽则不在其列，他以其特殊的人生履历与人格魅力而受到历史的青睐，从而与胜利了的英雄们平起平坐。因而，他受到了大史家司马迁的“破格提拔”，被用“本纪”的帝王档次而写进了《史记》。

项羽属于宿迁这片土地，他跻身于中国历史上为数不多的叱咤风云的大英雄之列，他的名字更是世代宿迁人的骄傲。他出生于今江苏省宿迁市宿城区的梧桐巷，兵败自刎于今安徽省和县的乌江亭，两个地名紧紧联结着一个相同的名字——项羽，前者是他人生的起点，后者是他人生的终点。从起点到终点，项羽呼风唤雨大起大落地走了31年，31年，是他人生之路的总长度。

二

至今，梧桐巷的上空还飘荡着楚汉逐鹿的风云。

让人不敢相信，这就是“力拔山兮气盖世”的大英雄项羽的故里——心远地偏，门庭冷落。梧桐巷因遍植梧桐而得名，公元前 232 年，叱咤风云的大英雄项羽便出生在这里。据说，他的第一声清啼就漾荡着英雄之气。人间沧桑，时间已毁损了当年的见证物，两千二百多年的递隔，我们已不可能看见当年那张托起太阳的产床。今天，唯一能做见证的便是梧桐巷中的一株项羽亲手植下的槐树。此树为三代再生树，古老的树干已被深埋在地下，数百年一次轮回，枯枝发新芽，这株古树竟奇迹般地存活了下来。

项王故里面积不过 5000 平方米，但结构紧凑合理，主要纪念设施有英风阁、项王故居纪念室、虞姬纪念室、乌骓马亭及霸王鼎等。英风阁前有 4 块草坪，中植两株槐树与两株橡树，取其谐音，有怀念项羽之意。东面碑廊上满刻着戚庆隆手书近万字的《项羽本纪》，西面碑廊上刻着古今凭吊项羽的诗文。一代武将，引来百代文人墨客的捧场，气派！

英风阁内的项羽花岗石塑像按剑而坐，英气逼人。面对他的金刚怒目，我们仿佛看到了西楚霸王当年的雄风。诗人柳亚子写了首诗凭吊太平天国领袖洪秀全，其诗曰：“楚歌声里声霸图空，血染胡天烂漫红。煮豆燃萁谁管得？莫将成败论英雄。”其中“莫将成败论英雄”句，被高鸣柯先生取了去，遂改写成一副楹联，书刻在英风阁的大门上：

威震江东，历一代兴亡，自有光辉标史册；
歌传垓下，定千秋功罪，莫将成败论英雄。

这副对联公正地评价了项羽的一生，令人信服、佩服。

秋风摇动着瓦屋顶上的劲草，英风阁沉默无声。梧桐巷送走了汉魏隋唐，送走了宋元明清。秦时明月仍在，汉家宫阙已无存，我脚下的土地，不知明天将发出欢乐还是呻吟。在重 8 吨、高 2.6 米的铜鼎前踱步，我的心似乎比铜鼎还要沉重，令我沉重的是历史，是历史中的一个个春夏秋冬。我深情地抚着乌骓石马长长的“鬃毛”，我仿佛听到了当年垓下重围中，那一匹战地乌骓的仰天嘶鸣，那嘶鸣声仿佛来自天外，又好像来自眼前，我似乎听到了岁月的慨叹与历史的阵痛。

三

伴随项羽的大名在史海中遨游的，还有一个女人的名字，她就是堪称第一贤内助的虞姬。至今民间还流传着一个高档次、高质量的英雄美人的故事，可谓流芳百世，余韵不歇。

凡热爱戏剧的人大概不会不知道古剧目《霸王别姬》，一曲悲歌从古代唱到今天，经久不衰，且继续在唱下去。故事悲壮卓绝，震古烁今，悲得令人泣下，壮得令人击节。让我们沿着时间的隧道，去寻找公元前202年那个苍凉的秋夜：一弯冷月如钩，残照着凄清的垓下古战场，四面楚歌声起，大英雄与大美人在做千古诀别。于是，中国古老的文学殿堂里又多了一首荡气回肠的《垓下歌》及其一首美人的和诗。我曾经怀疑过：值此万分危急关头，古人哪还有心思以歌诗唱和呢？但翻开《史记》，司马迁确有如此记载："于是项王乃悲歌慷慨，自为诗曰：'力拔山兮气盖世！时不利兮骓不逝！骓不逝兮可奈何，虞兮虞兮奈若何？'歌数阙，美人和之。项王泣数行下，左右皆泣，莫能仰见。"至于那首和歌就不是司马迁所记了，《楚汉春秋》中载有其辞："汉兵已掠地，四方楚歌声。大王意气尽，贱妾何聊生？"虞姬歌罢拔剑自刎，这是毋庸置疑的，她逝后葬于今安徽省灵璧县东虞姬乡，伴灵璧山上美丽的馨云石而长眠至今。

历史没有将这一对天作之合的英雄美人忘记，后人传其事，歌其诗。然而，年深日久，众口相传，难免莫衷一是。项羽生于下相，随叔父项梁起兵于吴地，今苏州一带亦有关于项羽与虞姬的如下传说：吴地有一美人名虞姬，才色出众，万里挑一，故登门求亲者不绝于道，但没有一个能被她看中的。虞姬家附近有一座庙，庙前有一尊大铁鼎，重千斤。虞姬便对家中人许下一诺：谁能举起庙中的铁鼎，她便嫁给谁。那天，项羽途经庙前，便上前一试身手，举起了铁鼎。于是，项羽便成了虞家理所当然的女婿，霸王举鼎的故事也因此而被世代传为美谈。项羽举鼎之事在遐迩闻名，吴中子弟多有敬慕，争相以一识为荣。到项梁举兵之时，便毫不费力地招募了八千子弟。项羽举鼎，一得美人，二得精兵，故民间誉为“一举两得”。

传说毕竟是传说，至于虞姬是什么地方人，《辞海》也对此在空间上回避，只含糊地从时间上说是“秦末人”。近读《沭阳县志》与《宿迁名人》两本书，才见到了对虞姬的籍贯有较为确切记载的文字。两本书均提到虞姬为今江苏省沭阳县颜集乡人，充分的证据之一便是该乡境内有一条虞姬沟，蜿蜒十数里，世代沿袭其名，沟畔并有胭脂井、霸王桥、九龙口、点将台等遗址。清代文学家袁枚做过沭阳县令，晚年重回沭阳凭吊颜集虞姬庙，曾作过“为欠虞姬一首诗，白头重到古灵祠”的诗句。他在自注中写道：“相传，虞故沭人也。”

今沭阳、宿豫县境内对项羽与虞姬的传说就更是有声有色——项羽少年时曾路过沭阳虞家沟，在池塘边遇一群姑娘采菱角，其中一女孩不慎跌入水中，情急之下，被项羽救上岸来。不久，虞姬随哥哥赶庙会，看到一个力大无比的少年双手举起了庙前的千斤铜鼎，在众人的喝彩之中，虞姬悄悄地涌起爱慕之情。事后一打听，才知那个举鼎少年名叫项羽，家住在近百里外的下相县梧桐巷。虞姬的哥哥也是一位习武之人，他登门拜访过项羽后，又邀其到家中做客。这时虞姬才知道项羽就是自己的救命恩人。郎勇女貌，相见倾心，经人说合，日后便成了恩爱夫妻。所以，沭阳与今宿豫县人世代互称“老表”，这一传统习俗便是来自当年项家与虞家的联姻。还有一说虽无案可稽，但也很能说明一些问题。项羽兵败后，古下相的项姓人怕受连累，逃的逃，迁的迁，还有一些没迁走的，便不敢再姓项，巧妙地取“项”字的半边“页”字为姓，千百年后，“页”姓又演变成了“叶”姓。据说，今宿城区与宿豫县的“叶”氏也大都是西楚霸王项羽的后裔。

四

我游览乌江亭正是叶落乌啼的秋天，并且，我是以西楚霸王项羽的“娘家人”的身份前来凭吊的。

乌江亭位于安徽省和县乌江镇东凤凰山上，名义上是山，实际上是一片略高于平地的土岗头。据导游姑娘介绍，古亭本来面对长江，经上千年的人间沧桑，今日的乌江亭已与长江有相当一段距离了。亭建于何年何月，已无从查考，据地方文字记载，唐肃宗乾元年间已有此亭，大诗人李白的叔父李阳冰曾登亭怀古，书下“西楚霸王灵祠”匾额。后经数次战乱，乌江亭已无原貌，20 世纪 80 年代初至今，当地人民政府两次拨款修缮，始有现在的规模。公园内辟有霸王祠、乌江亭、抛首石、旗杆台与钟亭等景点。

霸王祠又名霸王庙、项羽庙、楚王庙、项王庙等名，祠在凤凰山最高处，站祠前可俯瞰烟雾茫茫之中的村舍农田，倘是雨雾日，山岭下一片茫茫如水波无涯。祠内塑有项羽像，当地百姓世代到祠中进香，以祈平安。在中国古代史上，武将逝后立庙焚香朝拜者主要有三人，一为关公，一为岳飞，一为项羽。关公因其义而感动天下，岳飞以其精忠报国而令后世敬仰，霸王祠年年岁岁香火不断，也因项羽的仁厚而受世代怀念。祠内绘“壮志凌云、吴中揭竿、破釜沉舟、鸿门宴、彭城定都、霸王别姬、垓下突围与刎颈乌江”等八幅壁画，概括了项羽悲壮的一生。

游罢项羽墓道，我认认真真地记下亨殿大厅上的一副楹联：“犹听叱咤之声，外黄未坑，能存孺念，壮哉心鄙秦皇帝；忍见风云变色，虞姬自刎，专为报恩，败已头抛吕马童。”此联为当代著名书法家林散之撰写，上下联记述了项羽人生中的四个事件。一是写秦始皇游会稽（今绍兴东南会稽山）时，项羽口出“彼可取而代之”的壮语豪言；二是写项羽进兵外黄县（今河南民权西北）时，欲坑埋 15 岁以上男子，幸亏外黄县令门客 13 岁的儿子冒死劝说项羽，才使其动恻隐之心；三是写项羽垓下兵败诀别虞姬；四是写项羽在乌江自刎时，把头抛给原部将吕马童之事。自刎前，他正色地对吕说：“吾闻汉购我头千金，邑万户，吾为若德。”自刎后其尸不倒，抛过去的头颅仍怒目圆睁，令周围汉将大惊失色。死后还从容地把人情留给已降汉的老部下去报功，这是何等的英雄气概！霸王祠前的抛首石处，至今还回荡着项羽的铮铮之声。

站立在乌江亭前，我一次次复述着项羽那句“无颜见江东父老”的铁石之言。然而，最令我侧耳恭听的，还是这样两个传说。其一是项羽决意不过江东，将所骑乌骓马送给了乌江亭长。那战马依恋主人，过江后一直等待着项羽。见主人久久未来，知项羽已死，便目中滴泪，在对岸山顶上咆哮翻滚，长嘶而绝。乌骓马死后，马鞍子遗落在江南岸的山上，山便被当地人取名为马鞍山，山下的城池也因之而得名。其二是一千年以后，和州出了个歌豪叫杜默，他与北宋的文学家欧阳修（文豪）、石曼卿（酒豪）并称“三豪”。杜默累举不第，抑郁之情可见。一次，他还乡拜谒霸王祠，双手抱住项羽的神像号啕恸哭，并说：“大王有相亏者，英雄如大王而不得天下，文章如杜默而进取不得官。”杜默声泪俱下，悲恸之声动天。管理庙祠的人硬把他劝扶出门，他一步一回首，似与相知作别。杜默刚走，管理祠庙的人点上蜡烛查看神像有无损坏处。奇怪的事发生了，只见项羽神像仍在垂泪不止。

五

一场楚汉战争，刘邦以其胜利而登上了政治舞台，项羽却以其失败而戴上了大英雄的桂冠。胜利自有胜利者的光彩，失败自有失败者的殊荣。据说，日本的武士道，即是因为受西楚霸王精神的影响而逐渐形成的。一个失败的英雄，能对后世产生如此深远的影响，这在世界历史上也尚属罕见。

一代大英雄的功过是非，后人已有评说。在古今评述项羽的诗词中，当首推杜牧的《乌江亭》及李清照的《夏日绝句》。不过，唐代诗人李商隐的《题汉祖庙》，则补写出了项羽英雄大气中的小家子气：“乘运应须宅八荒，男儿安在恋池隍？君王自起新丰日，项羽何曾在故乡？”项羽进兵关中，有人劝他定都咸阳，以成霸业。但项羽乡情太重，总是怀念着东方，曾说：“富贵不归故乡，如衣绣夜行，谁知之者？”于是，项羽自行其道，定都彭城，因彭城与下相仅二百余里之隔。历史上习惯把今湖北江陵一带称为南楚，把吴地（今苏州一带）称为东楚，把彭城一带称为西楚，故项羽遂自称“西楚霸王”。浑然天成的虚荣之心，竟毁了项羽的千秋大业。

关于项羽失败的原因，汉高祖刘邦曾从用人之道上加以总结。在洛阳南宫的一次宴会上，刘邦与王陵有一段精彩的对话：“夫运筹策于帷幄之中，决胜于千里之外，吾不如子房；镇国家，抚百姓，给馈饷，不绝粮道，吾不如萧何；连百万之军，战必克，攻必取，吾不如韩信。此三人者，皆人杰也。吾能用之，此吾能以取天下也。项羽有一范增而不能用，故其所以为我擒也。”面对失败，而项羽的回答却是：“天亡我，非用兵之罪也。”对此，司马迁也做了较为公正的评价：“自矜伐功，奋其私智而不师古，谓霸王之业，欲以力征经营天下，五年卒亡其国，身死东城，尚不觉悟，而不自责，过矣。”

六

四年楚汉战争，不仅给祖国的语言宝库中留下精辟的成语“破釜沉舟、约法三章、暗度陈仓、四面楚歌、锦衣夜行、沐猴而冠、鸿门宴、闭门羹、项庄舞剑意在沛公”等，而且给后人留下了珍贵的启示，给历史留下了回味的余韵。

宋代大文学家苏轼曾凭吊垓下古战场，写下《虞姬墓》一诗：“帐下佳人拭泪痕，门前壮士气如云。仓黄不负君王意，只有虞姬与郑君。”诗中郑君指的是项羽的部将郑荣。刘邦既得天下，便无所顾忌了，他下令项羽的旧臣均改名为“籍”（因项羽又名“籍”），欲以避讳名字的方法来试探降臣降将们对旧主还有没有依恋之情。在多少名降将中，唯有郑荣一个人拒不从命，十足的义士一个。从梧桐巷到乌江亭，项羽走过了一条不平常的人生之路，而在这条人生路上，真正对他忠贞不贰的，只有爱妻虞姬、爱将郑荣与那一匹伴其征战沙场的乌骓马。

在茫茫人世之中，贪生求利已经为人所不齿，人不如马，更是西楚霸王项羽悲剧之外的悲哀。

载于《江苏地方志》2002年3期

在《红楼梦》的故乡

正是首都第16届桃花节开幕期间，我独自游览北京植物园。然而，面对千红万紫的夹道桃花与琳琅满目的各种花展，我只是匆匆地一览而过，然后便直奔园东北角的曹雪芹纪念馆。

迎面是一块下为长方形、上部凸凹不平的白色的大理石屏风，上书“曹雪芹纪念馆”6个绿色大字。越石屏风北行不远，便见一尊汉白玉石的雪芹先生坐式塑像。坐像高约2米，左腿压在右腿之上，左手持卷，右手放于左膝上，俨然一副闲来读书的英姿。后面是一片竹林，竹高过头，为今人仿古所植，是取雪芹先生生前一幅画像“独坐幽篁图”的意境而设计的，又是面前这位大文学家“不可居无竹”的生活写照。我静立于坐像的左侧，请一位身材玲珑的北京姑娘，将我与“先生”及竹林拍了一张愉快的合影。

竹林的后面是纪念馆，由于竹林的遮掩，须绕过林边的水泥小径才能辨得分明。馆址位于卧佛寺东南的健锐营正白旗村民居老宅，衔水抱山，山色青翠，古槐参天，斜阳照壁。据专家多年考证，此处即当年曹雪芹凄凉穷居、著书立说之处。“健锐营”这个名词起源于乾隆初年的一种兵种“健锐云梯营”，是一支专门训练攻克碉堡城楼的劲旅。为训练此营兵，清政府在香山东麓的山坡上筑起了70余座碉堡，又从前锋、护军两个要旅中选拔勇武出众的精兵健卒，组成2000人的敢死队，目的是为了用以平定四川的大小金川之乱。后来人们就习惯把训练的地方叫作健锐营。曹雪芹晚年便居住在这一带地方。至于“曹雪芹晚年著书黄叶村”之说，那只是一种泛指或代指，因其居住的村庄近山多树，临秋黄叶纷飞而称“黄叶村”。

我此次是为寻找《红楼梦》的故乡而来的，无论雪芹先生晚年居住的村落是不是就在我面前的这片土地上，但我总是认为：这里就是《红楼梦》的故乡。一种执着的情感涌起了我对脚下这片土地的亲切与流连。250余年的历史变迁，加上20世纪以来近半个世纪的人间巨变，大大地拉近了山村与闹市的距离，当年的穷乡僻壤，如今已和一个现代化的北京城连成了一体。五环路的出现与公交车的长鸣，又使这个世界级名著的故乡，融入了新北京城区的文化圈里。

在纪念馆门前的三株古槐树下，我不由自主地停下了脚步。听馆中的一位工作人员说，这几株槐树已有五六百年树龄。也就是说，当雪芹先生在世之时，这树干就好粗好粗了，而且，那时的树冠该是枝叶纷披，树下也当是绿荫匝地。我面前的古槐树，虽然新枝犹生，但已枝残叶稀，步入暮年。我伸开臂膀抱住树干，树干太粗，怕是3个人接手才能抱得过来。索性坐在树下的石栏上与古槐合影吧，弥补当年先生的那一份遗憾。我想，当夏日来临时，雪芹先生不也是坐在这树下纳凉吗？每天，他眺望一轮夕阳从西山顶上落下去，又期待着一轮朝阳从东方地平线上升起来。他就这般地在眺望中生活，在期待中眺望，不知眺望了多少轮夕阳，也不知期待了多少轮朝阳。他一直眺望与期待到自己生命的尽头。而今我来之时，夕阳还是这般落下去，朝阳也还是这般升起来。

在这《红楼梦》的故乡，我的目光在四处寻找着，寻找雪芹先生当年人生的落差。我所寻找的，不是远方那一幢幢摩天的高楼大厦，不是植物园五彩缤纷的繁花，而是雪芹先生当年居住过的那低矮的茅屋草舍，是夕阳下山村那袅袅不绝的炊烟。人生就该这般舛错吗？想当年，雪芹先生生长在官宦之家，曾有过富庶的童年，也曾有过超越常人的繁华。一场本不该属于他的灾难，把雪芹先生从天堂送到了人间，又从人间送到了“地狱”。他后半生穷困坎坷，“举家食粥酒常赊”，生活竟是那般不可想象的凄凉！山村有许多善良的村邻，但也会有一些势利的刁民。他这个学富五车的大才子在无奈之中，饱尝了世态的炎凉，人情的冷暖。

从繁华的闹市到偏僻的山村，从丰衣足食到缺衣少食的困厄贫穷，其中有多大的精神落差？又需要多大的精神承受力？曹雪芹在努力而坚强地承受着。他是一个勇于面对现实的人，他燃烧起自己旺盛的生命之火，用坚定而豪迈的步伐，在丈量自己人生落差之间的距离。其实，这也是一种磨砺，一种从甜蜜到苦涩的磨砺，一种从荣华富贵到穷途潦倒的磨砺。一个曾经是江宁织造的儿子，就是在这种不容选择的磨砺中一天天“成熟”着。是人间的特殊养分——坎坷，使雪芹先生长成了文学殿堂门前的一株参天大树。

雪芹先生虽然有英雄之志，著血泪之书，但他毕竟还是抵挡不住贫病的摧残。恰是在乾隆二十八年（1764）的除夕之日，当千家万户爆竹除旧、笑语迎新之时，他却在贫病交加之中悲惨地离开了人世。他死后被草草安葬在村旁的一个旧坟岗上，如今早已骨不可认，墓不可寻。我曾认真地思索过，在世界一流大文豪的葬礼中，似乎只有法国 18 世纪的卢梭能与其同病相怜了，都是凄凉地离去，凄凉地安眠。然而凄凉终究不属于太阳般的生命，对于贤者，所谓凄凉，只不过是辉煌的铺垫和陪衬。

在这《红楼梦》的故乡，我的目光在四处寻找雪芹先生遗落的真情。在曾经秋来黄叶堆积的山村路上，除了撒满雪芹先生一个个治病救人的故事之外，还撒满了他以诚待人换得的诚挚的友情。他在山村居住期间，因自己的略通医道而帮助过不少村邻，但他从不索取报答，因为他最懂得，做好事是人生的一种义务，索取报答会使自己所做的好事变得鄙陋而又庸俗。雪芹先生在山村生活历时十数年，这期间他交往最密的朋友有三人，一位是山村的塾师张宜泉，另外两位是出身宦门的敦敏与敦诚兄弟。

张宜泉这位颇具侠肝义胆的旗人子弟，童年父母双亡，在“家门不幸，书剑飘零”之后，便寄身在北京西郊这所山村以从教为生。曹雪芹迁居西山，与这位年长 10 余岁的文化人交往，情投意合，他从而也在失意落魄之中获得了几许安慰。二人交于诗，交于酒，更交于心。在曹雪芹纪念馆西北约 50 米处，有一口深约 30 丈的水井，当地人称为北大井。二人常汲古井水，饮肺腑诗。张宜泉曾写了一首《题芹溪居士》诗相赠：“爱将笔墨逞风流，庐结西郊别样幽。门外山川供绘画，堂前花鸟入吟讴。羹调未羡青连宠，苑召难忘立本羞。借问古来谁得似？野心应被白云留。”诗中的芹溪居士即曹雪芹。诗酒唱和，互慰平生，此中之乐，两心相知。在曹雪芹仙逝之后，张宜泉又含泪以诗悼之：“谢草池边晓露香，怀人不见泪成行。北风图冷魂难返，白雪歌残梦正长。……”字字情真，句句意挚。

敦敏与敦诚兄弟俩是清太祖努尔哈赤的后裔。敦敏居住在北京内城西南角太平湖旁的槐园，敦诚居住在北京城内西园，二人在右翼宗学读书时认识了曹雪芹，于是结下了莫逆之交。他们俩常结伴到西山拜访曹雪芹，曹雪芹也常徒步进城在他们家小住。在他们之间搭成友谊之桥的，除了诗以外，还有酒。二敦兄弟家资尚可，但从不因雪芹先生庐舍寒酸而轻慢之。君子之交，唯挚情而已。敦诚曾在《寄怀曹雪芹》诗中写道："劝君莫弹食客铗，劝君莫叩富儿门。残杯冷炙有德色，不如著书黄叶村。"敦敏也曾以"诗才忆曹植，酒盏愧陈遵"的诗句，来赞扬雪芹先生的才华横溢与古道热肠。他们之间还留下了一个豪饮的故事：那是一个深秋的清晨，细雨冷风敲打京城。雪芹先生早起赶了数十里山路到槐园造访敦敏，恰巧与敦诚相遇。身寒会友，雪芹先生已"酒渴如狂"。敦诚善解人意，相邀步入酒家。敦诚亦是好客之人，当时身无分文，遂"解佩刀沽酒而饮之"，并作《佩刀质酒歌》以助兴。友情至此，还有何求？

雪芹先生还有一位神交之友，名叫永忠。他是康熙帝的曾孙，当读到手抄本《红楼梦》时，他悲悼与怀念之情油然而生。他曾写下七绝三首，其一曰："传神文笔足千秋，不是情人不泪流。可恨同时不相识，几回掩卷哭曹侯。"雪芹先生生前有挚友唱和，逝后有神交寄思。如此人生，更有何憾？

世间交友，痛乎伪而贵之真，生活往往真者寡而伪者众，令人结舌瞠目。得志时无须阿谀恭维，落魄时亦不疏而远之，这才是友谊的本色。雪芹先生当年遗落在山道旁的友情，被他的灵魂寻回来了，因为他在失意之时得到了人间最昂贵的馈赠——真情。

在这《红楼梦》的故乡，我的目光始终寻找雪芹先生当年那浸湿纸卷的辛酸泪痕。然而，我的目光也在寻找一个叫脂砚斋的《石头记》评注人。据红学专家们考证，脂砚斋即是《红楼梦》中史湘云的生活原形，是雪芹先生创作长篇小说《红楼梦》的鼎力相助者，也可能是其贤内助。这位也许因有难言之隐而化了名的脂砚斋，在《红楼梦》创作和流传、收藏的过程中，确实起到了无以替代的作用。从现存的诸多红学研究资料上看，脂砚斋对《红楼梦》的关爱甚于己著，可谓殚精竭虑而又鞠躬尽瘁。"漫言红袖啼痕重，更有情痴抱恨长。字字看来皆是血，十年辛苦不寻常。"这恰如其人其事的评语，如果不是作者的伉俪知己，谁能够写得出？用血泪写成的著作，又用血泪去评注，如果没有人间的心心相印，如何能评得出？

周汝昌先生对《红楼梦》的评注者脂砚斋的评价极高，称其为“作者的知己，书稿的功臣，小说评点史上的大手笔，中国妇女文学家的豪杰英才”。梁归智先生也在周汝昌所著的《文采风流曹雪芹》一书的序言中评价说：“曹雪芹与脂砚斋，这一龙一凤，一个写书，一个批书，共同创造出中国文学史上最辉煌的奇迹。”

我不知道，脂砚斋女士究竟家居何处；我也不知道，面前这山村的小路上，是否曾留下她可敬的芳踪。沿着烟雾蒙蒙的时间隧道，我似依稀看到，那井栏边洒满了情人的泪，那槐树下流淌着心灵的血。

纪念馆内的曹雪芹铜像旁有一副对联：“红梦似梦元非梦，青史有情却无情。”生活是《红楼梦》的母亲，文学是《红楼梦》的产床，曹雪芹，这人间苦难的接生婆，当产儿在母腹中孕育之时，他用自己毕生的心血与泪水去洗刷人间的惆怅。一般说来，故乡是针对一个人的出生地而言的，而我眼前的这片群山怀抱的土地，正是雪芹先生为一部书而“披阅十载、增删五次”的地方，是一代文学大师呕心沥血、泪尽而逝的地方，当然也是不朽鸿篇巨制《红楼梦》的故乡。

有位作家曾幽默地说过这样的话，如果将我评为一级作家，那么李白、苏轼、曹雪芹该是什么级别？这诙谐而轻松的语言，却说得令人心情沉重。这社会上假冒伪劣“商品”太多，而我们所敬仰的是一个从不招摇过市的曹雪芹。时光如流水，流走了这地球上一代代人，该走的被流走了，不该走的也被流走了，谁能挡得住人类时光的大潮呢？古人也想了许多求仙炼药的方法，寻求长生不老的灵丹妙药，结果都千秋成梦。其实，人间最灵验的长生不老的秘方是：把优秀的精神遗产留给后人。

落魄山村，穷途潦倒，这是雪芹先生的不幸；而山村著书，以飨百世，又是雪芹先生的大幸；有红颜知己风雨同舟，这更是雪芹先生的幸中之幸。曹雪芹是胜利者，也是成功者，他的成功在于，当他身处逆境甚至濒临生活绝境之时，他奏起的不是无可奈何的人生哀歌，而是用坚忍执着与大音希声，奏响了人生豪迈的进行曲。

仰望西天，夕阳已在青山顶上流连。我不禁猛然一声长叹：繁华与萧索都掩埋进了时间的墓道，而雪芹先生与他的《红楼梦》却依然耸立在一代代人的心中。

载于《翰林》2009年3期

附 散文诗页

滕王阁

是时光老人的健忘，还是历史老人的无情？

一座阁楼，以一个皇子的封号命名，却因一位诗人一篇诗序而流传至今。论地位，有几人可与王子比？论文才，几人堪与王勃比？论价值，此“王”自然与彼“王”不同。那李元婴的名字早已被人们遗忘，那大才子的一篇诗序却延续成了中国文人的“圣经”。

一个是洪州都督，一个是漂泊文人。世俗感情的砝码总是投给前者，只有在历史老人的手掌上，才能分得出真正的贵贱重轻。

仰望高阁，夜藏星斗，昼撩白云。高兴时，牵着朝霞起舞；寂寞时，面对清澈的赣江，欣赏自己美丽的倒影。

历经人世的烟尘，阁身已重建了29次，每一次都重复一个主题——文脉相承。一支豪笔，蘸着沧桑去书写；一座文笔峰，高于大大小小的山峰。赣水滚滚北流，每一朵浪花都是华夏文明的流韵。

登楼望远，心灵的冬天已经逃遁。蓦然回首，满眼都是万紫千红。

收起那一串朝朝暮暮的长叹。为了江河能寻到大海，为了绿叶能赶上春天，为了鸟儿能飞上天空。

2007年5月于南昌

太平湖

皖南的山可比富春山，皖南的水可比浙西水。太平湖在追赶着富春江的脚步，太平湖在模仿着千岛湖的眼睛。

从长度上说，像江；从宽度上说，像湖。有人说它是江，有人说它是湖。太平湖笑而不答，只是娴静地流着，忙碌在崇山峻岭之间。

浙西山水养育出了黄公望的《富春山居图》，皖南山水留下了李白的山水之诗，太平湖畔也曾经撒下过李白诗的种子，那一粒粒种子播进了皖南一代代才子才女心灵的土地。美丽的青弋江静静地流入美丽的太平湖，太平湖的碧波倒映着座座青山美丽的倩影。当年，李白不止一次地醉过，一半醉于酒，一半醉于山水。

你是黄山的万年伉俪，还是九华山的绝代情人？一衣带水，山是情人的肩膀，水是情人的眼睛，两山一水是一代代皖南少男少女的寄托。

山耸立了一年又一年，水奔流了一代又一代。山依然在湖边耸立着，水依然在山下奔流着。离开了水，山瘦；离开了山，水瘦，瘦了岁月，瘦了生活，肥沃了相思。

南京有十里秦淮，这里有三里青淮，南京有八艳人文之美，这里有山姑天然之美。李白说：杜鹃花开春已阑，归去陵阳钓鱼晚。那钓得白鱼升仙的传说，引来了四周上千条钓竿。

眉毛峰眉清目秀，蘑菇松笑脸盈盈；猴岛的猴们天真可爱，鹿岛的幼鹿小鸟依人；金盆湾已不见金盆洗手的浪子，白鹭洲依然有白鹭们成群的影踪。那跨湖的长桥犹如天上的彩虹，那粼粼的碧波就像移民的清泪，那水下的古镇仍然留在历史的记忆之中。还是到樵山神仙洞中去漫步吧，你会越活越年轻。

太平湖，人间永远的祝福！

2015年5月25日于安徽铜陵

琵琶亭

无尽的惆怅，都遗落在那一首长诗里；万千感慨，都兑于那一夜的琵琶声中。

如果没有酒，那一首长诗便缺少了骨头；如果没有琵琶，那一首长诗便缺少了灵魂。

那是一个秋夜吧，那夜江边没有亭子，亭子是后人虔诚的供品。其实，亭子纯属多余，它无奈于年年淅沥的秋雨，也挡不住人间凄凉的秋风。

苦难能使庸人落泪，琵琶能使诗人落泪，诗人的泪水也曾润湿过我的眼睛。

游琵琶亭，须带上一壶老酒，独倚秋风自斟自饮；游琵琶亭，须捧上一管洞箫，对滚滚江水发思古幽情。

白司马何在？琵琶女何在？纵使望穿秋水又有何用？人生路上坎坎坷坷，问君可曾遇过千年知音？

如今江边高楼林立，街衢纵横。没有荻花，没有船帆，没有琵琶声，连慨叹声都大煞风景。

在公交车的汽笛声里，在傍晚的霓虹灯群下，我一脸茫然。这是一次愉快的旅行，也是一次痛苦的旅行。最让我痛苦的，还是霓虹灯那陌生的眼睛。

2007年5月于江西九江

销烟池

看到野外焚烧秸秆的阵阵浓烟，我便想到当年的虎门销烟。看到眼前静默无言的销烟池，我似乎听到了当年那一位民族英雄的呐喊。

那是中国近代史上“第一个睁眼看世界的人”。

时间定格在1839年6月3日。珠江水滚滚南流，东岸人头攒动，烈烟升腾。谁会想到，这个日子与汉语中的“二”字密切相关：两个销烟池，两万多个木箱，两百多万斤鸦片；加上焚烧鸦片的烟阵，一直在太平镇的上空飘散了20多天。还有两种人吓破了胆：一种是英国鸦片商，一种是清朝贪官污吏；前者怕林大人挥起的大手，后者怕列强杀人不眨眼的洋炮洋枪。

此后，道光皇帝还撤了两个人的职务，一个是林则徐，一个是邓廷桢。他们的“罪名”就是禁烟。

为此，英国人还借机发动了一场侵略战争，那场战争恰好打了两年零两个月。为此，清朝政府还签订了两个丧权辱国的条约，《广州和约》是引子，《南京条约》是终点。

太平镇曾经不太平，珠江口曾经不平安。

170年后，我来到销烟池边。我看到的是蓝天白云，思绪中却飘满了当年的战火硝烟。

销烟池中的绿水换了一茬又一茬，水中倒映着绿树红花，也倒映着当年的烟阵与英雄的呐喊。池边的木棉树一年年花开，多像祖国母亲慈祥的笑脸。

销烟的故事已载入民族的史册，已刻上人民英雄纪念碑的碑壁。画面上，斧头劈开鸦片箱，就像劈翻了列强们的狰狞；焚烧的烟阵突起，就像站立起一个大国的尊严。

“林则徐”打坐在池边的浮雕台上，他左手握拳，右手拈须，目光炯炯，从容自信。国格写在他的怒容上，国威写在他的笑容上，国风写在他的目光上。那炯炯有神的目光，似乎依旧在巡视着祖国的万里河山。

池边的高楼重建了，而当年的浓烟不可重建；池畔的房屋拆迁了，而销烟池不会拆迁，因为历史不能拆迁。

两个销烟池，多像警醒国人居安思危的双眼。

载于《散文诗世界》2017年1期

小浪底

不到小浪底，不知黄河的清澈。也许，这便是母亲河此生一次光辉的洗礼。

不到小浪底，不知黄河的秀美。也许，那隔岸的青山便是母亲河当年的嫁衣。

不到小浪底，不知黄河的壮阔。也许，那船头的激浪便是母亲河女中丈夫的豪气。

有人说，这是一座华夏治黄史上的丰碑，请天上的白云撰写它的碑记。

有人说，这是一项世界级的水利工程，它把一尊巍峨的里程碑竖立在13亿人的心底。

有人说，这是一项高科技的枢纽工程，把防洪、防凌、减淤、供水、灌溉与发电六大功能，全部照在它的镜子里。

龙凤峡龙飞凤舞，孤山峡并不孤独，八里峡放眼千里。

南望古孟津，那洪水滔滔生灵涂炭的历史已成为遥远的过去；北眺王屋山，那愚公移山的故事如今已不再是传奇。

高高的大坝哟，一手牵着南岸的平原，一手牵着北岸的山岭，目送一排排浪花浩荡东去。

乘上游轮，让阵阵河风梳理你的感慨与思绪；仰望蓝天，让片片白云为你裁剪美丽的嫁衣；跨越索道桥，让悬空的你浪漫地晃动水下的你。

一首《黄水黄》的歌谣，被你彻底改写了词谱，让满眼绮丽的风光为山川大地重新谱曲。尽管，那首苍凉的民谣已经传唱了许多个世纪。

载于《宿迁晚报》2015年

三门峡

一座美丽的白天鹅群组成的城市，一座汹涌的黄河水流出的城市，一座从大禹治水神话中健步走来的城市。

仰韶村用文化抚育了你，母亲河用智慧滋养了你，上官婉儿们用诗句浇灌了你。

大禹王手中的神斧仿佛还在眼前闪动，那劈山的巨响仿佛还在耳畔轰鸣。黄河像一匹脱缰的野马，自巴颜喀拉山奔驰而来。一座大山就是一把巨锁，锁住了洪水的咆哮，也锁住了自由的呐喊。当高高的神斧落下之时，高山终于让路了，让出了一条奔腾不息之路。

三斧头，劈出三道巨流；三斧头，定下了一个民族的颜色；三斧头，打开了黄河入海的大门。

三道门，溅出了古今多少悲壮的故事；三道门，融进了人间多少悲欢离合；三道门，融汇了三个不同的世界：人门是祝福，神门是祈祷，鬼门是诅咒。一个个纤夫的背上有汗，一代代艄公的故事中有泪，汗水和泪水写出了两岸父老乡亲的苦难史。

曾几何时，黄河上出现了一道人工大坝，那是人类在改写黄河的历史。

于是，这里出现了一座城市，它与那道大坝取了这个共同乳名——三门峡，它的名字就像空中的白天鹅一样美丽。

2009年8月于河南三门峡

威远炮台

虎门，凭江扼险之塞，鹰瞵虎视之地。

一场反侵略战争曾经从这里打响，一部沉重的中国近代史也是从这里迈出了苦难的步履。

蹲在珠江东岸守望，排着队列守望，瞪大眼睛守望。

是谁起了这个名不副实的名字，让好几代人为你赧颜。威远，你究竟能走多远？

炮管曾经做过摆设，炮弹也曾是无可奈何的誓言。空让关天培的遗体久久地闭不上双眸。

你只把目光瞄准了茫茫的江口，却看不到世界；你只能看到飞蝗般的炮弹，却看不到列强们弱肉强食的贪婪。我们不缺少炮弹，也不缺少炮手，只是缺少下令发炮的人。

身临其境，怒发也直指云端。

一根根厚重的炮管，多像历史的杠杆，一端能撬起地球，一端能撬起日月；一孔孔黑洞洞的炮眼，多像历史的眼睛，欲把五千年的沧桑洞穿。

一个个石头筑成的炮台，一尊尊黑铁铸成的炮管，已经淡远在历史的烟尘里，可是在我的心中，依然是那样的沉甸甸。站在珠江岸边，我仿佛看到，170 年前祖国母亲那苍老的泪眼。

身边楼群林立，两岸高速纵横，那横跨东西的珠江大桥，多像成吉思汗手中的长弓；那蓝天上的片片云朵，多像珠江记忆中美丽的白帆。朦胧中，我仿佛看到了当年侵略者那挑衅的舰船。

回望历史的烟尘，欣赏新世纪的风景，你也成了人类的一道风景，一道沉重的风景。让一代代后来者，在这里捶胸顿足、感慨万千！

载于《散文诗世界》2017年1期

珠海渔女

东海有妈祖，南海有龙女，既心心相印，又各有千秋。两个美丽的名字就是护佑，就是祝福。

当年，你打鱼的那条小路，如今叫情侣路；当年，你泊舟的那个海湾，如今叫香炉湾。一对对情侣徜徉，掀开你的一帘幽梦；一缕缕炊烟缥缈，撩起你的往事万千。

从天庭降落人间，曾经冲云破雾；从龙宫来到渔村，破译过真真幻幻；从传说走进现实，飞越历史的隧道，那隧道中有多少悲欢离合，有多少春夏秋冬？

小渔船划出了一天的辛苦，小鱼篓背来四季的情愫。织网打鱼，捞蚌采珠，一串珍珠就是你对人间的一串倾诉。勤劳中有乐趣，勤劳中有爱情，勤劳中有幸福。宁愿嫁给一个渔家小伙，也不嫁给侯门的公子王孙。不要金银首饰，不要钻石戒指，只要一株小小的还魂草，就能将万千情意表达。

身披渔网，那是你披星戴月；裤脚轻挽，那是你含辛茹苦；头顶项珠，那是你为乡邻们引路。人类的纯善本身就是一条光明之路。渔家姑娘自小就以海为家，捕捞是渔家的耕耘，也是渔家的收获。

湛蓝的大海倒映着湛蓝的天空，蓝色象征着祥和，你的一颗向往和平的心也是蓝色的。你娴静地站立在海边，倾听阵阵海涛，采撷朵朵浪花。海有多宽，你的胸怀便有多宽；天有多大，你的智慧便有多大。你用笑容点亮了南国的街灯，让不夜的灯群与闪烁的星空比试繁华。

我数千里风尘仆仆而来，向你举手致敬。大海已将你的倩影，珍藏进记忆的深处。饱尝了人世的苦辣酸甜，展示出一身的真善美，大海才会把你编成神话，代代相传。

2010年10月于广东珠海

谒梁红玉祠

那是一个红火火的夏天，我顶着红火火的烈日，揣着一颗红火火的心，去寻访一位红火火的传奇式的女英雄。

那个传奇式的女英雄叫梁红玉。

1986年的暑假是漫长的，而我的寻访过程却是那样的短暂。拜谒一位女英雄的祠堂，只需半天时间，而拜谒后的回味过程却需要一辈子时间。

参加淮阴市暑期教师培训，选择一个星期天，我只身走出淮阴师专的大门。多少年的崇敬，多少年的向往，使我匆匆地登上了两淮的班车。午后的阳光是灼热的，我的向往也是灼热的，一个虔诚的游览者，面对一代女贤的雕像，我毕恭毕敬。我是以一个教师的身份来凭吊的，而此时却恭立成一个小学生。一所祠堂，四合庭院，600平方米空间，此时已盛不下800多年的巾帼雄风。

一条古老的大运河，哗哗地流传着她美丽的故事；享誉千年的河下古镇，至今还留下她飒爽的倩影。

淮安城的街道发福了，淮安城的楼房长高了，淮安城的硝烟远去了，一代巾帼的祠堂也在与时俱进。梁红玉化成一尊汉白玉雕像，亭亭玉立在城楼上，双手敲击着战鼓，像沙场秋点兵，阵阵喊杀声响遏行云，那激越的鼓点在敲击着一代代人的心灵。

读《双烈记》时，人们就想起了她；食蒲儿菜时，人们就想起了她；游金山寺时，人们就想起了她。报国不论性别，英雄莫问出处。守楚州，殉山阳，盘肠战，惊敌胆，头悬城门，曝尸三日，她的故事竟感动了金兀术——她战场上的敌人。三十三岁捐躯，巾帼中的巾帼。昔日的风尘路，已在不堪回首中。她用体魄阻挡侵略者的铁蹄，她用牺牲作为回馈祖国的礼品。安国夫人却安不了那风雨飘摇的故国，只留下后世的敬仰告慰忠魂。

从寒门到韩门，这也许是她的有幸；从风尘到烟尘，这也许是她的不幸，当不幸和有幸握手的时候，她已把自己飘扬成了一面旗帜。

别了，一代巾帼的祠堂。我搭上一辆手扶拖拉机，急急地赶往公共汽车站，相伴红彤彤的夕阳，我的脑海中总飘过她那红彤彤的披巾。我崇敬那披巾后的神勇，还有那史册上的忠贞。

为什么三十年记忆犹新？因为那是杜鹃泣血的红！

1986年8月游淮安

2016年8月成稿于宿城三省斋

徘徊兰亭边

别上虞，过鉴湖，绕崇山，越峻岭，终于见到了兰渚山的修竹。从大门内的群雕上，我又看到了遥远的魏晋风度。那位醉酒的“朋友”，掉了一只“鞋子”，被我捡到了相机里。

一路寻来，好辛苦，也好温暖。为了年年月月的向往，为了朝朝暮暮的心仪，也为了文学艺术的呼唤，我竟忘记了归期。我来之日，也是风和日丽。隔山隔水，倩柳枝飘落一途绵绵的相思雨。

那年，那月，那日。一个亭，一群人，一本集子，一篇序文，还有一则曲水流觞的故事，定格在时光老人的手掌中。

说是群贤毕至，实是众星拱月，四十个人做一个人的陪衬，不管他是当朝宰相，还是一介布衣。那个人就是王羲之，那天他不是最大的官，只是一颗星星，一颗文学之星，一颗艺术之星。那天他确实做了一回月亮，并穿越在时空的隧道里。

这里，有青山，有绿水，有蓝天，有白云，也有惠风。还有一支生花妙笔，一腔旷达的情怀，与一道俯仰天地的风景。蓝天还是当年的蓝天，暖阳还是当年的暖阳，流水已不是当年的流水，白云也不是当年的白云。我用心去倾听，我用情去四看，隐约之中，有个声音在山谷中回荡：斯人已远去，斯人已远去！

那山谷中空留下斯人的感叹。

不见越王勾践手植的兰花，只见后人重建的兰亭。鹅池里游动着今天的鹅，墨池里已不是昨天的墨，因了一篇《兰亭集序》，却让四面八方的游客信以为真，不远万里前来朝拜。

再喧嚣的人生也会有寂寞，再繁华的闹市也会有宁静。《古文观止》

说："苍凉感叹之中，自有无群逸趣。"金圣叹先生说："真今古一情种也。"有人从文中读到了乐，有人从文中读到了痛，我从文中读到了"前不见古人，后不见来者"的茫然。

徘徊在兰亭边。我在寻找前贤的身影，再扫描下一路沉重的悲欢，留给后人去咀嚼。

2017年4月13日于绍兴

在李清照故居

我徘徊在绿杨荫里，我感慨在趵突泉边。

四面荷花，三面柳色，一个秀美的大明湖，加上一条横穿东西的黄河，构成了历下区的物华天宝。

一池与众不同的泉水，一个独领风骚的词人，加上一个以泉命名的城市，组成了济南的人杰地灵。

有参天的杨树为侣，你就像一只天真活泼的小鸟，叽叽喳喳婀娜依人。

与性灵的清泉为伴，你就像一条无忧无虑的鱼儿，自去自来浮浮沉沉。

写下摄魂的词句，你又是一位东方超凡的文艺女神，寻寻觅觅飘然不群。

泉中翻涌着一串串气泡，多像是童年的你在淘气；清风吹出层层漪涟，多像你在与泉中的星星们低语；那泉边的点点桃红，多像你送给远方客人的笑容。

泉水之清，那是你明亮的眼睛；泉水之澈，那是你女性的静美；泉水之馨，那是你青春的柔情；那泉边飘飞的柳絮，多像你晚年漂泊的身影。

一次次读你的词句，从少年到青年，感动而又激动；一次次读你的词句，从青年到中年，清新而又清澈；一次次读你的词句，从中年到老年，沉重而又沉痛。

一个德才兼备的女性，一介多愁善感的书生，一位豪气冲天的诗人。感慨西楚霸王，你羞煞了一代代须眉；抒怀八咏楼，你愁煞了前贤，也愁煞了后生。你是技压群芳的女中烈士，把所有雄性的刚烈都兑进了酒中；你是独树一帜的扫眉才子，仅用五十首妙词，就成了一尊文学的里程碑。

你是华夏民族诗歌的月亮，你有天生的豪放，你有诗酒的人生，更有你月满西楼的才情。饮天下第一泉中的水，读古今第一女诗人的诗，天在我的头顶上变得更高，海在我的梦中变得更蓝，我比我遥远的童年更加开心。

在家乡的趵突泉中，你是一条幸福的鱼儿；在江南的风风雨雨中，你又是一个不幸的女人。也许，从有幸到不幸，就是一个文艺天才成长的路程？

我流连在趵突泉边，我沉吟在绿杨荫里，只为你天赋的才华，只为你坎坷的脚印，只为你如诗的人生。

2004年11月于济南趵突泉边